U0934709

大魚讀品
BIG FISH BOOKS

让日常阅读成为砍向我们内心冰封大海的斧头。

我遇见了人类

Matt Haig
[英] 马特·海格 / 著
李亚萍 / 译

THE HUMANS

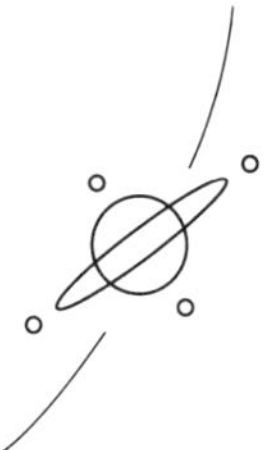

北京联合出版公司
Beijing United Publishing Co.,Ltd.

图书在版编目（CIP）数据

我遇见了人类 / (英) 马特·海格著；李亚萍译.
—北京：北京联合出版公司，2017.4（2018.6重印）
ISBN 978-7-5502-7934-6

Ⅰ.①我… Ⅱ.①马… ②李… Ⅲ.①长篇小说—英国—现代 Ⅳ.①I561.45

中国版本图书馆CIP数据核字(2016)第129659号

著作权合同登记 图字：01-2016-3887

The Humans by Matt Haig
Humans: An A-Z by Matt Haig
The Humans © Matt Haig,2013
Humans: An A-Z © Matt Haig,2014
Copyright licensed by Canongate Books Ltd.
Arranged with Andrew Nurnberg Associates International Limited.
Simplified Chinese translation copyright © 2017 by Beijing Xiron Books Co., Ltd.
All rights reserved.

我遇见了人类

作　　者：（英）马特·海格
译　　者：李亚萍
责任编辑：赵晓秋
策划监制：冯　倩
特约编辑：郑　茜
产品经理：万巨红

北京联合出版公司出版
（北京市西城区德外大街83号楼9层　100088）
三河市文通印刷包装有限公司印刷　新华书店经销
字数：250千字　880mm×1230mm　1/32　印张：11
2017年5月第1版　2018年6月第5次印刷
ISBN 978-7-5502-7934-6
定价：42.00元

未经许可，不得以任何方式复制或抄袭本书部分或全部内容
版权所有，侵权必究
如发现图书质量问题，可联系调换。质量投诉电话：010-82069336

我刚刚发现了一条全新的永恒理论。

——阿尔伯特·爱因斯坦

前　言

残酷逆境中的愚蠢希望

我知道你们正在看我的书，我知道你们中间有一部分人深信人类是个谜，但我要告诉你们的是，他们确实存在。如果诸位对人类一无所知，那么我要告诉你人类是一种智力中等的两足生物，他们位于宇宙中一个极其孤独的角落，居住在一颗小小的被水覆盖的星球上，大多生活在幻觉之中。

还有另外一部分人，也就是把我送到地球上的人，我要告诉你们的是，从许多方面来看，人类的确和你们想象中一样奇怪。第一眼看到他们时，你也的的确确会被他们的外表给吓得魂飞魄散。

仅一张脸就包含了所有凶神恶煞的元素。位于脸部正中、高高耸起的鼻子，薄薄的嘴唇，暴露在外的原始器官——“耳朵”，小而窄的眼睛以及莫名其妙冒出来的眉毛。所有的这一切都需要你花很长时间才能在心理上慢慢适应消化。

一开始，他们的举止以及社会习俗也是一个令人费解的谜。他们聊天的话题很少是他们想谈的内容——还有他们对身体的羞耻感以及穿衣礼节，这方面的书，我就算写上 97 本，你也不可能真正理解。

哦，我还有必要介绍一些本应使人类快乐，但最后却令他们痛苦的东西。这张表长得列不完，包括购物、看电视、找更好的工作、买更大的房、写半自传体小说、教育孩子、保养肌肤、隐隐约约地渴望相信人生在世一切皆有意义。

是的，他们可怜又可笑。不过我在地球上发现了人类的诗歌。其中一位名叫艾米莉·狄金森的诗人——她的诗写得最好——她这样写道：“我幽居于可能之乡。”所以，我们不如坦然接受，拥抱无限可能。让我们完全敞开心扉吧，因为后面的内容需要诸位抛开所有偏见，真正理解人类。

我们不如这样设想，也许人类的生活真的有意义；恕我直言，也许地球上的生命并不那么狰狞可笑，也许他们真的值得我们珍惜。如果真是这样，那会如何？

你们中间有些人也许已经知道了我的选择，不过肯定没人知道原因。这份文件、这份人类指南以及述职报告——随便你们怎么称呼它——会解释一切。我恳请诸位能本着开明的态度阅读，能设身处地地理解人类生活的真正价值。

赐予他们和平吧。

CHAPTER 1

手中的魔力

*

*

不是我的那个男人

呃，什么意思?

你准备好了吗?

好吧，深吸一口气，我要讲故事了。

这本书，这本有纸有墨的书，它讲述的故事发生在这里，也就是地球上。它的主题是生命的意义与虚幻。它会告诉你杀人与救人需要付出何种代价。在这本书里，有爱情、旧时诗人和带皮花生酱。有物质与反物质、万物与虚无、希望与仇恨。故事的主角是 41 岁的女历史学家伊莎贝尔和她 15 岁的儿子格利佛以及全世界最聪明的数学家。简而言之，这是一本有关如何成为人类的书。

不过我得先声明一点：我不是人类。在第一晚，在那个寒风凛冽、狂风大作的黑夜，我还不知身在何处。我第一次接触人类的书面语言，是在车库里读《时尚》的时候。我想这可能也是你第一次接触这种书面语言。为了帮助诸位了解地球人消费故事的方式，我依照人类的方式撰写了这本书，我用的都是人类的文字，打印的亦是人类的字体，遣词造句遵循的当然也是人类的文法。我相信诸位的翻译水平极高，即便是外星语和原始语也差不多都能瞬间心领神会，所以理解应该不是问题。

好了，我再重申一遍，我不是安德鲁·马丁教授。我和你们没什么两样。

安德鲁·马丁教授只是这个故事里的角色，他只是一个躯壳，一个我要借以完成一项任务的躯壳。而在任务的开头，他必须惨遭劫持，继而死亡（这种语气似乎太过冷酷，所以我决定在这一页暂时不再提“死亡”二字）。

安德鲁·马丁教授是一位 43 岁的数学家，一位有妻有子的男人，他在剑桥大学教书，在一生中最后的八年时光，他一直在破解迄今都无解的数学之谜。可重点在于，我不是他。

在抵达地球之前，我没有棕褐色的头发，发型也不是自然的边分。同样，我对霍尔斯特的《行星组曲》或“传声头”乐队的第二张唱片也没有任何想法，我并不认同这类音乐理念，或者我根本就没有任何音乐理念。我以前除了液态氮什么都没喝过，我怎么会自然而然地认为澳洲产的葡萄酒就是不如其他地区的呢？

身为一个后婚姻时代物种，不用说，我从来就不是个一心扑在工作上、视家庭如无物的丈夫，更不是一个动辄打着遛英国史宾格犬——一种毛茸茸的家神，也可称为“狗”——的幌子偷偷溜出家门的男人。我没有写过数学著作，也没有硬逼着出版商在作者简介栏使用我那张差不多已有 15 年历史的照片。

不，我不是那个男人。

我对那个男人没有一点儿感情。然而他有血有肉，和你我一般真实，他是个货真价实的哺乳类物种、一个二倍体真核灵长类动物。离午夜还差五分钟的时候，他正坐在书桌前，一边盯着电脑屏幕，一边喝黑咖啡（别急，我稍后会解释咖啡是什么以及我喝咖啡的不幸遭遇）。就在那个重大突破不期而至时，他的意识进入了人脑有史以来从未到达过的一种境界——知识的边缘。他可能从椅子上跳了下来，不过也可能没有。

就在他找到重大突破后，主人，也就是我的雇主，立即把他带走了。我甚至和他相遇了，虽然只是电光石火的一瞬间，但足以传输一些支离破碎的信息。我们在身体上合为一体，但在心智上并非如此。你知道，你可以克隆人类的大脑，但无法克隆大脑中存储的信息，至少无法克隆很多，所以我得学很多东西。虽然我是个 43 岁的男人，却是这个地球上的初生儿。我从未和他正儿八经地相遇，后来这让我颇为恼火。如果我们相遇的时间能长一点，那该有多好。至少，他可以给我讲讲玛姬的事（哦，我真希望他能和我谈谈玛姬）！

然而，不管我学到了什么知识，有一点是不能更改的，那就是我得阻止人类的进步。这就是我来地球的目的，毁灭安德鲁 · 马丁教授的重大突破证据。这个证据不仅存在于电脑中，也存在于人体之中。

好了，我该从哪里开始讲起？

我想只有一个地方吧。我先讲我被车撞了的故事吧，就从这里开始。

*

语言学习者的孤立名词以及其他初期试验

是的，我说过，我们应该从我被车撞了开始讲起。

我们只能这样讲。因为在那之前的很长一段时间，什么也没发生。全是虚空虚空虚空——

好吧，还是有一点点故事。

我，站在那里，站在“马路”边。

一到那里，我马上有了几个想法：第一，这天气到底是怎么了？我真的不习惯这种必须愣一下才能弄清楚状况的天气。但这里是英国，讨论天气可是人类的主要活动之一，这可是有充分理由的。第二，电脑在哪里？这里应该有一部电脑。说实话，我着实不知道马丁教授的电脑长什么模样，也许它和马路一样吧。第三，这是什么声音？低沉的咆哮声在我耳边呼啸而过。第四，这是夜晚。身为一名宅人，我实在不适应夜晚，就算能勉强适应，这也不是任何一个普通的夜晚。这样的夜晚是我生平所未见的，这样的夜晚神秘莫测，深不见底。这是夜的立方。天空黑得纯粹，伸手不见五指。没有月亮，也没有星星。太阳在哪里？这里有过太阳吗？刺骨的寒冷似乎在暗示这里也许从未有过太阳。因此，冷得你魂飞魄散，我的肺被冻得隐隐作痛，凛冽的寒风抽在皮肤上，我不由得打了个寒战。我怀疑人类八成不会离开家门。他们要是在外面溜达，那肯定是疯了。

一开始的时候，吸气简直困难重重。这可是个问题。毕竟，要想成为人类，吸气可是最关键的要求之一。不过我终于找到了诀窍。

然后，另一个问题又浮出水面。这里不是我应该待的地方，这一点已越来越明显。我应该待在马丁教授待的地方。是的，我应该在办公室，但这里不是办公室，我那时就已深知，除非办公室是一种可以装下整片天空的玩意儿，除非它还能容纳黑压压的一大片乌云以及隐藏在暗处的月亮。

过了一会儿——我其实是很久很久才弄清楚状况。那时我不知道马路是什么，但我可以告诉诸位马路是一种连接起点和终点的东西，这非常重要。要知道在地球上，你不能一下子就从一个地方飞到另一个地方。人类的技术还没到这一步，甚至连边都没沾到，这是自然。在地球上，你得花大把的时间在两点之间奔波，人类一直都在马路、铁路、职场或情场上来回奔波。

这种特殊的马路叫高速公路，它是最高级的一种马路。从根本上来说，大多数的人类进步意味着意外死亡率一路飙升，高速公路也是如此。我赤裸的双脚站在一种名为沥青的东西上面，感受着它奇异而粗暴的质地。我盯着自己的左手，它看起来是个粗制滥造的玩意儿，怎么看怎么诡异。我好不容易才明白这种畸形的指状物是我身体的一部分，喉间的笑声戛然而止。我是我自己的陌生人。哦，顺便说一下，那个低沉的咆哮声仍在耳畔回响，只是已不再低沉。

到了那个时候，我才发现有一种东西风驰电掣般地冲过来了。

那是光。

雪白而粗壮，横扫在地面上。它也许是平原清扫机[1]的一双明眸。只见它挥舞着雪白的翅膀飞奔而来，声音开始变得尖厉。它想减速转弯。

我想躲开已经来不及。本来是有时间的，但现在一切已太迟。我发呆太久了。

所以，它裹挟着一股强大的力量结结实实地撞在我身上。这股力量令我双脚腾空，轻轻飞了起来。只是并非真正飞翔，因为人类无论怎样扑打四肢都休想飞起来。我能选择的只有疼痛，一落地，一阵剧痛就突袭而来，之后一切又重归虚无。

再次虚空虚空虚空——

故事终于开始。

一个穿着衣服的男人站在我身边。他的脸凑得太近，我不禁不安起来。

不，比不安还高几个等级。

我又惊又惧。我从未见过像这个男人一样的生物。他的脸像外星人，上面遍布莫名其妙的洞穴和丘陵。特别是那鼻子，着实丑得恶心。从我天真的双眼来看，那鼻孔里似乎有什么东西“突突”地往外扑。我

1　译者注：平原清扫机可能是一种外星机器，专门用来清扫平原上的垃圾。

开始向下打量。是的，他的衣服。我后来才知道他穿的东西叫衬衫、领带、西裤以及皮鞋。对他来说，这就是最正规的着装，但在我看来，却是无比的匪夷所思，我不知道是该大笑还是该尖叫。他正检查我的伤口，或者可以这么说，他正在**寻找我的伤口**。

我看了看自己的左手，完好无损。那辆车先撞了我的腿，然后是躯干，但手却是纹丝未动的。

“真是奇迹啊。”他低语道，仿佛这是个天大的秘密。

但语言毫无意义。

他盯着我的脸，提高嗓门，仿佛要和汽车的噪声一决雌雄：“你在这里干什么？”

仍然毫无意义，他只是晃动嘴唇发出声音而已。

我知道地球人的语言相当简单，但每接触一种新的语言，我至少得听上一百句才能把整块的语法拼图给拼好。不要笑我笨。我知道你们有些人只用听十来句就行了，或者只要一个形容词从句就能搞定，但语言绝非我的长项。我想，这就是我对旅行深恶痛绝的原因之一。我得强调一遍，我来这里并非自愿。这项任务必须得有人做——我是一个罪人，曾在二次方程式博物馆说了亵渎神灵的话，我的罪名是玷污数学的纯洁性，因此主人认为这个惩罚比较有震慑力。主人很清楚，这事不会有人愿意做，尽管它极其重要。主人知道我属于已知宇宙中最高等的物种（诸位也是如此），因此自然可以胜任这份工作。

“我好像在哪里见过你。我认得你的脸。你是谁？”

我浑身无力。这就是穿越、物质转移以及生物设定所带来的麻烦。你真的需要灵魂出窍，虽然最后还是找了一具躯壳，但总免不了付出一些代价，这就是精力。

我坠入黑甜乡，梦很美好，缀满了紫罗兰色和靛蓝色，那是我的家。我梦见了破裂的壳，还有质数，以及千变万化的天际线。

然后，我醒了。

我在一辆奇怪的车里，身上被导线五花大绑，导线的那一头是一部原始落后的心电图机。车里有两个人类，一男一女，都身穿绿袍（女人的相貌印证了我最可怕的梦魇，他们这种物种全都一样难看，丑陋可是没有性别歧视的）。他们似乎在激动地问我问题。也许是因为我正在用刚刚“顺”来的上肢扯掉身上的导线，那部心电图机的设计实在太粗糙了。他们想绑住我，但这两个人显然对相关的数学运算知之甚少，所以我不费吹灰之力就把这两个绿衣人撂倒在地。

两个可怜的人儿痛苦得直打滚，我站起身来。司机扭过头来问我问题，他的语气比刚才的两个绿衣人还紧张，可我只关心这个星球上的重力。车开得很快，警报的声波呈波浪状，毫无疑问，它让我无法集中注意力。但我还是打开车门，跳向路边柔软的植被。我的身体打了几个滚，找了一处安全的地方隐藏起来。等一切风平浪静时，我才起身。和人类的手比起来，脚显得不是那么碍事，不过脚趾还是挺讨厌的。

我在那里呆立半晌，只是怔怔地盯着所有奇形怪状的车。它们只能在地面上行驶，显然得依赖于化石燃料。如果它们用多边形发动机，噪声会小得多。更为奇形怪状的是人——全部包裹在衣服里，他们手握一种环状控制设备，有些人还拿着一种脱离了身体的通信设备，真奇怪，这种东西不该是身体的一部分吗？

我已经来到了这个神奇的星球，看，这里智商最高的生物还得自

己开车……

我以前从未正眼瞧过诸位和我所习惯的那种简单之美。永恒之光，井然有序、飘荡于空中的车流，高级进化的星球生物，甜美的空气，还有始终如一的天气。哦，亲爱的读者，你们永远都无法理解这一刻我有多想家。

每一辆车开到我身边时都会响起尖厉的喇叭声，一张张张口瞪眼的脸伸出窗外。我实在想不通，我的模样和他们一样难看，他们凭什么视我为另类？难道我哪里不对劲？也许是因为我没待在车里，也许人一辈子就应该待在车里，或者也许是因为我浑身一丝不挂。这一晚虽然寒风刺骨，但我只是没穿人造的躯壳而已，这种鸡毛蒜皮的事真值得他们大惊小怪吗？不，不可能这么简单。

我抬头看了看天空。

现在终于有了月亮的踪影，它笼罩在薄薄的乌云中，影影绰绰。它似乎也在目瞪口呆地望着我，带着同样震惊的表情。但星星仍然隐藏在暗处，踪影全无。我想看到它们，我需要它们的慰藉。

此外，雨的种种征兆不期而至。我恨雨。对我来说，以及对于居住于穹顶建筑之下的诸位来说，雨不啻一种洪水猛兽般的恐惧。我必须在云开雾散之前找到我应该寻找的东西。

前面有一块长方形的铝质标牌。对于语言学习者来说，没头没尾地冒出来几个名词总是晦涩难懂，但上面的箭头只指着一个方向，所以我朝那里走去。

人类不断地摇下车窗，对我大吼大叫着什么，声音居然可以压过他们的汽车引擎。有时似乎还颇有幽默感，因为他们朝我吐口水，那风格像足了奥米勒克[1]。所以我也友好回敬，虽然他们的脸一晃而过，但我还是很努力地吐在他们脸上。这样一来，他们吼得更厉害了，但我并不在意。

很快，我告诉自己，我会想办法弄明白他们重重吐出的问候语“找死啊，你他妈的白痴”到底是什么意思。与此同时，我大步流星地走着，走过路标后，路边出现了一座灯火通明的建筑，它居然不会移动，这看起来实在别扭。

我要去那里，我告诉自己。我要去那里寻找一些答案。

1　译者注：应为某种外星动物。

*

德士古

那座建筑名为“德士古”。它伫立在那里，照亮了黑夜，却有着死一般的沉寂，仿佛等待着再次苏醒。

我朝它走去，这时我才发现它似乎是一座加油站。一大片遮阳棚下面停了几辆车，紧挨着它们的则是几部粗陋模样的加油设备。我现在可以肯定这是加油站，因为车只是死板板地停在那里，它们几乎已脑死亡——如果它们有脑子的话。

走进加油站给车加油的人类齐刷刷地盯着我。我现在语言功能还不完善，为了尽可能地表示友好，我朝他们吐了一大口唾沫。

我走进这座建筑，柜台后有一个穿着衣服的人类。他的头发不像别人那样根根竖在头顶，相反却能遮住半张脸。他的身体呈球状，比别人圆润得多，所以他看起来比较顺眼。他身上有一股已酸和雄甾酮的味道，我知道个人卫生并非他的头等要事之一。他盯着我的生殖器（我得承认，他的表情相当自卑），片刻之后，又按了柜台后面的一个东西。我吐出一口浓痰，可他对我的问候毫不领情，也许我吐痰的方式不对吧。

由于吐了太多的唾沫，我已口干舌燥。我发现了一个嗡嗡作响的冷藏设备，里面装满了色彩艳丽的柱状物，我走上前去，取出其中一个柱状物径直打开。这是一个罐头，里面是一种名为“健怡可乐”的液体。味道甜得发腻，略带一丝磷酸的气息，我几欲反胃。这种液体一入口便有一种灼烧感，所以我决定吃点别的什么。我找到了一种用人造材料包装的食物。我后来才明白，这个星球上的所有东西都得包裹起来。食物裹以包装材料，人体裹以衣服，蔑视裹以微笑。总之，世间万物都必须隐藏。这种食物名为“玛氏”。它抵达了我的喉间深处，但带给我的只有干呕。关上冷藏设备的门时，我突然看见一个写着“品客”和“烧烤口味”的容器。我打开那个容器，开始大口大口吃起来。味道还不赖——有点像星尘蛋糕，我风卷残云，贪婪地大嚼。咦，最近一次我真正自己吃东西、不需要任何援助是什么时候？我实在记不起来了。不过有一点可以肯定，肯定不是婴儿时期。

“你不能这样。你不能直接吃东西。你得先付账。”

柜台后面的男人说话了。我仍然不大明白他的意思，但他的音量和语速分明透着几分敌意。而且，我注意到他的皮肤——露在外面的脸部皮肤——正在变色。

我发现我的头顶上有灯光，我眨了眨眼。

我将手盖在嘴上，发出了“啵”的一声。然后我又把手伸到一臂之外，再发出“啵”的一声。我得仔细分辨这两种声音之间的差异。

即使在宇宙最偏僻的角落，声和光的传播规律仍然适用，我对此深感欣慰。不过有一点不吐不快，那就是这里的一切都显得有些黯淡。

身旁有一些搁架，不久之后我才明白上面摆的玩意儿叫“杂志”，几乎每本杂志的封面都有人脸，而且笑容几乎都是一个模子里刻出来的。26个鼻子，52只眼睛。看起来简直让人起鸡皮疙瘩。

那个男人拿起电话的时候，我抽出一本杂志。

在地球上，媒体仍然处于“前胶囊时代[1]”，你得通过电子设备或一种将树木经化学处理变为纸浆后制成的薄薄的、称为“纸”的印刷媒介获取大部分的信息，可以想象有多封闭了吧。杂志在这里非常流行，只是人类并不觉得读杂志有愉悦身心之效。事实上，杂志的主要目的是让读者产生自卑感，继而迫使他们认为自己必须买点什么。等读者对杂志言听计从后，他们更自卑了。于是他们不得不再买一本杂志，看看自己还能再买点什么。这是一个打着资本主义的旗号，无休无止不断循环的痛苦旋涡。说老实话，这套把戏超级流行。我此时此刻拿的出版物是《时尚》，它虽然一无是处，但至少可以帮我学习语言。

不一会儿我就摸出门道了。人类的书面语言简单到可笑，因为它们几乎只是词语的堆砌。读完第一篇文章后，我差不多就能掌握书面语言，只是我的语言还差一点精气神，没法帮助读者改善心情——以及婚恋关系，还有，我发现性高潮事关生死存亡。性高潮似乎是这个星球上万物的主宰，也许它是人类生存的唯一意义。他们穷极一生只是为了孜孜不倦地追求性高潮带来的希望之光。周遭的世界太黑暗，几秒钟的解脱弥足珍贵。

但阅读不等于口头交流。我全新的发音器官仍然深藏在口腔和喉

1　译者注：在作者的沃那多星球，人们不需要看书，他们吞服胶囊即可获取信息。所以在作者看来，地球处于“前胶囊时代”。

咙之间，等待进一步开发。与此同时，也有许许多多的食物我不知道该如何吞咽，要学习的东西太多太多。

我把杂志放回到架子上，杂志架旁有一块垂直的反光金属，我可以在上面瞥见自己的一部分模样。我也有高高隆起的鼻子，还有嘴唇、头发、耳朵。露出来的东西太多，五官怎么能翻出来暴露在外呢？我的脖子中间还有一个硕大的肿块，眉毛浓得化不开。

电光石火间，我想起了什么，我记起了主人告诉我的话。**是的，安德鲁·马丁教授**。

我的心狂跳起来，恐慌如潮水一般袭来。这就是现在的我，我已变身为安德鲁·马丁教授。我拼命地安慰自己，这一切只是暂时的。

杂志架的下层还有一些报纸，上面有更多的笑脸，还有一些尸体横躺在残壁断垣旁。报纸旁边则是几张地图，其中一张名为《不列颠群岛公路图》，看来我已身在不列颠群岛。我拿起地图，准备离开这里。

柜台后的男人放下电话。

门锁了。

一条信息自动在大脑中一闪而过：**剑桥大学菲茨威廉学院**。

“你他妈的别想走。”那个男人说道，我开始理解他的话语，“警察马上就来，我已经把门锁了。”

令他挫败的是，我还是义无反顾地打开了门。我走出大门，远处传来警笛的呜呜声。我听了一会儿，估摸着警车离这里顶多三百米的样子，而且越来越近。此地不宜久留，我以最快的速度逃离马路，跃过一道植被护坡，朝另一处平地奔去。

这里有一大片静止不动的货车，它们泊在那里井然有序，颇有几分几何之美。

这真是一个诡异的世界。诚然，我们毕竟是外星人，看所有的其他星球都觉得诡异，但这里肯定是我见过的最诡异的地方。我努力地寻找一些共通之处。我告诉自己这里的一切仍然还是由原子构成的，而且原子的作用方式无论在哪里都是一模一样的。如果它们相隔甚远，它们便会相互吸引；如果靠得太近，它们便会相互排斥。这是最基本的宇宙规律，适用于宇宙万物，在这里也一样。这真是一种莫大的安慰。我知道，在宇宙的任何一个角落，细微之处永远大同小异，无非是吸引和排斥而已。如果你看到差异，那只说明你看得不够仔细。

不过，就在此时，我全部所见的仍然只是差异。

呼啸着警笛的车现在冲入了停车场，闪着蓝光，我躲在停车场的卡车中间。只待了几分钟，全身就已几乎冻僵。我蜷缩成一团，冷得直打哆嗦，连睾丸都冻缩了（我发现对于雄性人类来说，睾丸是他们身体上最有魅力的一个部位，可绝大部分的男人根本不懂得欣赏，他们往往更愿意盯着其他的人体部位，比如说脸）。就在警车快要离开时，我听见身后有人说话。不是警察，而是卡车司机，也许我前面的那辆卡车正是他的。

“嘿，你在干什么？你他妈的滚远点，别挡住我的车！”

我仓皇逃走，赤裸的脚重重击在地上，四处散落的粗砂硌得脚生疼。然后，我逃到了草地上，再然后是一片旷野，我一直朝一个方向奔跑，最后到了另一条马路上。它要窄得多，这里没有一辆车。

我打开地图，在上面找到了脚下的这条马路，地图上赫然标着两个大字——“剑桥”。

我朝剑桥走去。

一边走着，一边呼吸着富含氮气的空气，思绪渐渐清晰起来。我是安德鲁·马丁教授。主人曾将与这个姓名相关的信息一一穿越时空传送给我，现在它们纷纷涌入脑海。

我是个已婚男人，今年 43 岁，正处于人类生命的中间阶段。我有一个儿子。我是个教授，刚刚解开了人类有史以来最难解的数学之谜。就在三个小时以前，我已使人类进化到一个超出任何人想象的程度。

一想到此，我开始忐忑不安，但还是继续朝剑桥走去，我要看看那里有什么样的人类在等着我。

*

基督圣体

没有人要求我提供这份有关人类生活的文件，它本不在我的计划之内。然而，为了解释人类一些了不起的特点，我还是觉得有必要谈谈。到了现在这个时候，你们中间有些人肯定已经知道我的选择了，我希望你们能够理解我。

言归正传，我一直都知道地球是一个实实在在的地方。我知道，我当然清楚。我"吃"过——以吞服胶囊的形式——那本大名鼎鼎的游记《好战的白痴：我与 7081 号水球人的故事》。我知道地球真实存在，它位于无趣而遥远的太阳系，那里比较落后，地球人旅行的方式严重受限。我还听说人类这种生物的智力顶多只能算中等，他们好战斗狠，对性事讳莫如深，常常写蹩脚的诗文，喜欢踱来踱去。

但现在我开始意识到，无论你的心理准备有多充分，到了这里还是远远不够。

早晨的时候，我终于来到了剑桥这个地方。

我差点儿被吓得灵魂出窍。第一眼看到的是建筑物，令我无比震惊的是，车库居然不是一次性的。所有的这种结构——无论是用于消费、居住或其他目的——都是**静止不动**的，它们全都**牢牢地扎根于地面之上**。

当然，这里应该是我的小镇。这是"我"居住的地方，"我"在这里断断续续住了二十多年。我必须演戏，假装一切都是真的，虽然这座小镇是我有生以来见过的最陌生的地方。

在这里几何思维可谓是稀缺资源，这够骇人听闻吧。目及之处，几乎就没有十边形的建筑。尽管我注意到有些建筑物的体积的确要大一些，相对来说，在设计上也更花哨。

我想，这就是**供奉性高潮的神庙**吧。

商店开始开门了。我很快就明白了，人类的小镇上遍地都是商店。地球人的商店相当于我们沃那多人的方程式货摊。

在一家商店的橱窗里，我看到了满坑满谷的书。我想起来了，人类是一种必须读书的物种。事实上，他们得坐下来，逐行扫描每一个字。这着实费时间，而且是大量的时间。人类不能把每一本书都吞下肚，不能同时嚼几本大部头书，更不能在瞬息之间消化掉近乎无限的知识。他们无法像我们那样痛快地往嘴里扔一粒语言胶囊。想象一下吧！他们不仅不能永生，还不得不把本来就所剩无几的宝贵时间浪费在读书上面。怪不得他们是原始物种。等他们读了足够的书，确实达到开悟通慧的境界可以无所不能时，死神马上就找上门了。

人类准备读书的时候，他们得知道自己要读的是什么书，我对此深表理解。他们得知道书的内容，是爱情故事、凶杀故事还是有关外星人的故事？

人类在书店里还有其他的问题。比如说，这是一种看了之后能产生智商优越感的书吗？或者说，这是一种要想保持智商优越感就必须假装自己从未读过的书？这本书会让他们大笑还是哭泣？或者这本书只会使他们痴痴地盯着窗外雨滴滑过的痕迹？这是个真实的故事吗？或者是虚构的？这种书会健脑益智还是有助于强身健体？这本书最后是不是会帮作者吸纳宗教信徒？还是会导致作者被信徒烧死？这本书讲的是数学还是宇宙中基于数学的其他万物？

是的，有太多太多的问题。不过书比问题更多，难以尽数。人类用他们典型的人类方式写了无数的书，多得一辈子都看不完。尽管人类的日程堆积如山（例如工作、爱情、性爱，说一些难以启齿却又不得不说的话），尽管有太多太多的事令人类抱憾却无暇处理，但他们还是要拨冗读书。

因此，人类开卷之前必须知道书的概况，就像他们应征工作时必须知道那份工作是否会让他们 59 岁时心智失常，继而从办公室的窗户一跃而下。或者第一次约会的时候，女人也一定要弄清楚那位正在大谈他的柬埔寨之行、妙语如珠的男人将来会不会有一天搞外遇，会不会为了一个开公关公司、成天把卡夫卡挂在嘴边却从未读过卡夫卡、名叫弗朗西丝卡的年轻女人离开自己。

言归正传，我走进了这家书店，翻了翻桌上的几本书。我发现有两位女店员笑得花枝乱颤，还对着我的脐下三寸指指点点。我又一次陷入困惑，是不是男人不该进书店？或者异性之间存在着某种形式的讥笑之战？店员是不是成天都以取笑顾客为乐？难道是因为我没穿衣服？谁知道呢。不管怎样，这都有一点闹心，尤其是以前我唯一听过的笑声是一只毛茸茸的伊比索[1]发出的闷哼声。我努力将注意力集中在书上面，我决定看看书架上一排一排的书。

很快我就发现他们运用的检索系统是依照字母顺序的，而且和每位作者姓氏的首字母有关。人类的字母表只有26个字母，简单得难以置信。不久之后，我又发现“M”类书籍中有一位女作家的书，名为《黑暗时代》，作者叫伊莎贝尔·马丁。我把它从书架上取下来。书架上有一块小小的标签写着“本地作家”。这本书的存货只有一本，比安德鲁·马丁的书少多了。举例来说，书架上安德鲁·马丁的书《方圆》有13本，另外一本《美国 π》有11本。它们都是和数学有关的。

我拿起这些书翻了一会儿，发现它们的背面都有“￡8.99”字样。我之前看过《时尚》，对这种语言有一些了解，所以现在我知道这指的是书的价格，但我没有钱。因此，我只能耐心等，等了好久才没有人盯着我，这时我开始以百米冲刺的速度逃出书店。

终于，我可以放慢速度走路了，裸奔实在不舒服，睾丸甩来甩去很是累赘。我开始看书。

我在这两本书中寻找黎曼假设，可除了一些讲述这位去世多年的德国数学家波恩哈德·黎曼本人的无关内容之外，我一无所获。

我把书扔在地上。

人们开始驻足打量我。身边的一切对我来说都无法理解，看看，这里有垃圾、广告、自行车。全是人类所独有的小玩意儿。

---

1 译者注：伊比索可能是一种外星生物。

我和一位身披长雨衣、一脸络腮胡须的大块头男人不期而遇，他步履蹒跚，看起来好像受伤了。

当然，我们也许知道短暂的疼痛是什么滋味，但这个男人的疼痛似乎和我们的不一样。这时我才想起地球是一个死亡之地。这里的一切会恶化、退化直至死亡。人类生活处处皆是黑暗。他们到底该如何应对？

以愚蠢应对，例如缓慢阅读。这只能用愚蠢来解释。

不过这个男人似乎无心应对，他的眼中写满了哀伤和痛楚。

“上帝啊，”男人喃喃道，我猜他把我当成了某个人，“真的是一丝不挂啊。”他身上有一股细菌感染的味道，还有其他几种说不上来的怪味。

我思忖着是不是应该找他问路，手上顺来的地图只是二维的，看得有些不大明白，但我还是没勇气问他。我也许可以说一些单词，但他的脸与我相隔太近，圆滚滚的鼻头和哀伤的粉红色眼睛几乎要贴上来，我实在没信心把话说利索（我是怎么知道他的眼神充满哀伤的呢？这是个有意思的问题，是啊，我们沃那多人从不知哀伤为何物。答案是我不知道。这只是一种感觉，也许是我内心住着一个幽灵，也许我已变成了人类的幽灵。我没有人类的大脑，但有他们的身体。感同身受是生物属性的一部分吗？我只知道他的眼神令我不安，比看到他的痛楚还让我难受。在我眼中，哀伤犹如疾病，我甚至怀疑它会传染）。所以，我与他擦肩而过。我得试着自己找路，虽然这是我记事起的头一遭。

现在，我知道安德鲁·马丁教授在大学教书，但我不知道那所大学的模样。我猜它总不会是悬浮在空中、由锆壳制成的太空站吧，可除此之外我毫无头绪。我实在没法看着两座建筑对你说，哦，这座是什么什么类型的，那座又是什么什么类型的，因为这里的建筑在我看来都一模一样。好吧，我只能继续往前走，无视人们的惊叹声和哄笑声。每路过一处建筑，我都会摸着它们或砖块或玻璃的外墙，似乎触觉比视觉能告诉我更多的答案。

然后，宇宙中最可怕的事发生了（沃那多人，打起精神听我说）。

下雨了。

雨滴打在皮肤和头发上的感觉令我毛骨悚然，雨啊，快快停吧。我感觉处处都有危险。我开始奔跑，试图找一个藏身之处，任何地方都好。我看到一座气势宏伟的建筑，门大得吓人，外面还有招牌，上面写着“基督圣体与神圣处女玛丽亚学院”。我看过《时尚》，我完全理解“处女”的意思，但其他的一些词就看不明白了。“圣体”和“基督”也许住在一个用语言无法描述的空间之中。“圣体”似乎和身体有关，因此“基督圣体”有可能是密宗教的全身性高潮。老实说，我也不知道。还有一些字体较小的文字，另外还有一块招牌——“剑桥大学”。我伸出左手打开大门，径直走了进去，穿过一片草坪，朝着一幢仍然还亮着灯的建筑走过去。

灯光意味着生命和温暖。

草坪一片濡湿，那种湿漉漉、软绵绵的感觉令我汗毛倒竖，我恨不得尖叫。

它修剪得极其整齐，我说的是草坪。之后我才明白修剪整齐的草坪象征着影响力，面对着这样的草坪，一股敬畏和敬重之情应该从我的心底油然而生——尤其是在如此“宏伟”的建筑的震慑之下。然而在那时，我对整齐的草坪和宏伟的建筑视而不见，只是一个劲地往前走，朝着主楼走去。

一辆车停在了我身后的某处，又是蓝灯闪烁，迅速地在基督圣体大楼的石墙上掠过。

（地球上闪烁的蓝灯 = 麻烦）

一个男人朝我冲过来，他身后还有一大群人类。他们是从哪里冒出来的？他们聚成一团，每个人都穿着奇形怪状的衣服，每一张脸上都写着阴险。对我来说，他们是外星人，这一点非常明显；但不明显的地方在于我其实应该是他们眼中的外星人。毕竟，我的模样和他们别无二致。也许这是人类的又一个特点——他们能够自相残杀，能够排斥同类。如果真是这样，那我这次的任务就显得尤为重要了，它使我能够更好地了解人类。

言归正传，我就在那里，在湿漉漉的草坪上。那个男人朝我冲过来，不远处还有黑压压的人群。我可以逃跑，或奋勇抵抗，但人太多了，有几个人带着老掉牙的摄影设备。男人一把抓住我："跟我走一趟，先生。"我想到了我来地球的目的。不过此时此刻，我只有乖乖就范。你们知道，我只是想远离雨。

"我是安德鲁 · 马丁教授。"我说，我知道该怎么说这个短语，对此我无比自信。这时我发现众人的哄笑声充满了可怕的力量，它让我发怵。

"我有妻子和孩子，"我说道，把妻儿的姓名告诉警察，"我要见他们，能带我见他们吗？"

"不，现在不行。不，我们爱莫能助。"

他狠狠地抓住我的手臂。这一刻，我最大的愿望是摆脱掉那只讨厌的手。让那只手碰一下我都觉得无法忍受，更不用说被它抓住。然而，我没有反抗，只是顺从地让他带我上车。

执行任务的时候，我应该尽可能少地关注自己。但我没有做到，因此我已然失败。

你必须努力表现得正常一点。

好的。

你必须尽量表现得跟他们一样。

我知道。

不许提前逃跑。

我不会的，但我不想在这里，我想回家。

你知道你不能那样，起码现在不行。

但我很快就没时间了。我现在必须去教授的办公室，必须去他的家。

你说得对。那是自然。但你首先必须冷静，他们叫你做什么你就做什么，叫你去哪里就去哪里，总之满足他们的一切要求。绝不能让他们识破你的底细。不要慌，安德鲁·马丁教授现在不在他们中间，你才是安德鲁·马丁。时间总会有的，他们会死，所以他们不会有耐心。他们的生命短暂，而你不一样。不要变得像他们一样，要灵活运用你的魔力。

我会的。但我害怕。

你当然有权害怕，你现在置身于人类之中。

*

人类的衣服

他们要我穿衣服。人类对建筑或非放射性同位素氮气燃料一无所知，出于此消彼长规律，他们的服装知识可谓是领先宇宙。他们是这一领域的天才，所有的微妙之处他们都了如指掌。我向你保证，这样的细节有成千上万处。

我先讲讲衣服的作用吧，衣服分为内层和外层。内层由“内裤”和“袜子”构成，它们用来遮盖生殖器官、臀部和脚这三个味道重的部位。“背心”也算内衣，它用来遮盖羞耻程度略轻一些的部位——胸部。这一部位包括敏感的皮肤凸起物，人称“乳头”。我不知道乳头有什么用，不过我发现用手指轻抚可以产生快感。

外层的衣服似乎比内衣更重要。它们覆盖身体 95% 的部位，只把脸、头发和手留在外面以供观瞻。在这个星球上，外衣似乎是通往权力的关键。举例来说，有两个男人把我押入了闪烁着蓝灯的车，他们穿的外衣都是一模一样的，袜子外面是黑鞋，内裤外面则是黑裤，上身为白“衬衫”和深太空蓝“外套”。在外套上，就在左乳头部位的正上方，有一块长方形的徽标，它是用质地较好的面料制成的，上面写着“Cambridge Police（剑桥郡警察）”。他们的外套不仅颜色一样，而且徽标也毫无二致。很明显，这是权力的外衣。

我很快就明白了“police”这个词的意思。它意味着警察。

我简直不能相信自己的眼睛。我只是因为没穿衣服就违法了。我百分之百地肯定，大多数人知道赤裸的人体是什么样子的。虽然我没穿衣服，但并不算犯罪。起码，我现在还没犯罪。

他们把我扔进一个小房间，这里和所有人类的房间一模一样，仍然是一个长方形的神殿。有意思的是，尽管和警察局——事实是这个星球上——其他的任何一间房相比，这间房并非更舒适或更简陋，但警察似乎认为把人关到这里是一种特别的惩罚，就因为它叫“监狱”，在他们看来，它就比其他任何一间房都要可怕。我窃笑，**人类生来就被关押在一具会死的躯壳里，他们居然会更害怕被关押在房间里！**

就在这里，警察要我穿衣服。为了“遮羞”，我找了几件衣服，绞尽脑汁琢磨它们的穿法。等我好不容易明白手和脚应该从哪个开口伸出去之后，他们说我还得再等一个小时。我乖乖顺从。当然，我可以逃跑，但我隐隐觉得待在这里我才更有可能找到我需要的东西，毕竟这里有警察和电脑。而且，我牢牢记住了主人的话。**要灵活运用你的魔力。你必须尽量表现得跟他们一样。你必须努力表现得正常一点。**

然后，门开了。

*

审讯

有两个男人。

这是两个截然不同的男人，他们没有穿一模一样的衣服，但他们的脸大同小异。不仅眼睛、高耸的鼻子和嘴巴形似，连趾高气扬的恶心表情都神似。在强烈的灯光下，我害怕到了极点。他们带我去另一间房审讯。这里有一个有趣的知识点：人类只在某些特定的房间问话。有的房间是用来静坐思考的，有的房间则是用来提问题的。

他们坐了下来。

紧张令我如坐针毡，这种紧张只存在于这个星球之上。这种紧张只是因为，知道我真正身份的生物在很远很远的地方，远得无法想象。

“安德鲁 · 马丁教授，”其中一个男人靠在椅子上发话了，“我们做了一点调查工作，我们在谷歌上查阅了你的资料，你可是学术圈的高人。”

男人噘着嘴，摊开双手。他希望我说点什么。如果我一言不发，他们会对我做什么？他们原本的计划是什么？

我不知道谷歌是什么意思，但不管它是什么，我都不能告诉他我不知道。我甚至也不知道“学术圈的高人”是什么意思，但我必须说听到这话我松了一口气，人类的房间虽然都是四四方方的，但他们还是有圆圈概念的。

我点点头，但还是有点羞于开口，这需要太多的注意力和配合能力。

接下来，另外一个男人说话了。我把目光切换到他脸上。他们两人关键的不同点在哪里呢？依我看来，应该是眼睛上方的那道毛发。这个男人的眉毛始终高高扬起，弄得前额皱成一团。

“你有什么话要对我们说？“

我狠狠地思索了许久。说话的时候到了。“我是这个星球上智商最高的人。我是数学天才。我在数学的许多领域都做出了杰出贡献，例如群论、数论和几何。我是安德鲁 · 马丁教授。”

他们相互使了个眼色，从鼻孔里重重喷出一口气，轻蔑地一笑。

“你觉得这很好玩？”第一个男人恶狠狠地说道，“你是不是觉得扰乱公共秩序是一种消遣？说呀？”

“不是。我只是想告诉你们我的身份。”

“我们已摸清了你的底细。”那个眉毛下垂且紧锁的警察说道（那模样活像沃那多星球上处于交配季节的多那鸟），“只是万万没有想到的是，你居然会早上八点半一丝不挂地在街上闲逛，你为什么要这样？”

“我是剑桥大学的安德鲁 · 马丁教授。我的妻子叫伊莎贝尔 · 马丁。我还有一个儿子格利佛。我现在非常想见他们，请让我见见他们吧。”

他们看了看手上的文件。“呃，”第一个警察说道，“根据我们掌握的情况，你是菲茨威廉学院的讲师，但这不足以解释你为什么会在基督圣体学院一带裸奔。你要么是神志不清，要么是蓄意危害社会，要么是两者兼而有之。”

“我不喜欢穿衣服。”我尝试精巧而不失精确地表达，“它们会蹭疼我的身体，尤其是生殖器官极度难受。”我想起了在《时尚》杂志上学到的所有内容，然后我向前凑了凑，补充了一句自认为颇有分量的话，“它们可能会严重妨碍我享受密宗教的全身性高潮。”

这时他们做了一个决定——送我去做心理测试。从根本上来说，这意味着送我去**另一间**方方正正的房间，对着**另一个**人类，盯着**另一管**高耸的鼻子。这次的人类是个女人，她名叫普瑞提，发音很像“美丽”的单词 pretty。可惜的是，第一，她是人类，第二，她的本性有问题。因此，怎么说呢？她的模样很有催吐感。

“好了，”她说，“我要开始问你一个非常简单的问题。我在想，你最近是不是有压力？”

我一头雾水，她指的是什么样的压力？大气压力？还是重力压力？“是的，”我答道，“很多压力，到处都是，压得我喘不过气来。”

这似乎是个正确的答案。

*

咖啡

她告诉我，她刚刚和学校里的人谈过了，仅这一句话就让我百思不得其解了。比如说，为什么要和他们谈？可接下来她又对我说："他们说你一直超负荷工作，工作量甚至远超过你的同事。今天你出了这种事，他们似乎觉得很丢脸，不过还是很担心你，你妻子也是如此。"

"我妻子？"

我知道我有妻子，我也知道她的名字，但我实在不明白有妻子到底是什么意思。婚姻完全是个外星人的概念。这个星球上的杂志很可能还不够多，所以我没法理解。她越解释我越听不明白。婚姻是一种"爱的结合"，它意味着两个相爱的人永远生活在一起，但在我看来，这似乎在暗示爱是一种相当脆弱的力量，必须得有婚姻才能维持下去。还有，这种"结合"还可以被一种叫作"离婚"的东西给割裂开来，我实在想不通，这不正好说明婚姻在逻辑意义上分明是多此一举吗？另外，我也不明白"爱"的真正意义，虽然我看的杂志张口闭口都是这个字眼。它仍然是个谜。因此，我要女医生再帮我解释“爱”的意义，此时我听得云里雾里，所有的这些蹩脚逻辑令我头晕。我怀疑他们有妄想症。

“你要喝咖啡吗？”

“是的，我要。”我说。

咖啡来了，我尝了一口，这是一种酸性强烈的双碳液体混合物，烫且臭，我忍不住喷了她一身。这种行为严重违反了人类礼仪——显然，我应该咽下它。

“你，”她站起身忙不迭地拍打身体，这说明她对自己的衬衫无比关心。之后，她问了更多的问题，都是一些荒诞无稽的玩意儿，例如，我的地址是什么？我业余时间喜欢做什么放松身心？

当然，我可以骗她。她的思维犹如墙头草，你想怎么弯都可以；而且她中枢神经中的振荡极度无力，因此尽管我的语言水平仍然差得可怜，我还是可以告诉她我很好，我的一切与她无关，请她不要管我的闲事。我已经计算出了我需要的节奏和理想频率，但我没有这样对付她。

不许提前逃跑。不要慌。时间总会有的。

事实是，我心惊胆战。心脏无缘无故地狂跳不止。手心不断有汗珠渗出。这间房以及它的格局中透着某种诡异的东西，再加上和这种莫名其妙的物种接触了大半天，我开始紧张不安。这里所有的一切都是测试。

如果你未通过一轮测试，为了弄清楚原因，他们会给你安排另一轮测试。我猜想他们之所以如此热爱测试，大概是因为他们信任自由意志。

哈！

我发现人类认为他们可以控制自己的生活，因此他们对提问和测试充满敬畏之情，这类玩意儿令他们觉得自己可以百分之百掌控他人。如果他人的选项不对，或未能使出浑身解数给出正确的答案，他们便觉得可以下定义了。许多人等到最后一轮测试一败涂地时，便只能呆坐在精神病院，吞下一颗洗脑的药丸——“安定片”，然后再被安放到另一间空荡荡、四方四正的房间。很快，我也同样落得如此下场。只是这一次，我还得吸入一股消毒水的刺鼻味道。

我的任务会很简单的，我在那间房里这样想。我的意思是最关键的任务。之所以简单，是因为我视人类为草芥，就如同他们视单细胞生物如无物一般。**为了一个比消毒更伟大的事业，我可以把他们中间的一些人轻而易举地消灭掉**。但我忘了一点，面对那个鬼鬼祟祟、神秘莫测且善于伪装的巨人之时，我和人类一样脆弱——是的，那个巨人名叫“未来”。

*

疯人

一般说来，人类是不喜欢疯人的，除非这类特殊人士擅长绘画，除非他们早已长眠于地下。但在地球上，疯狂的定义似乎极度模糊，而且前后矛盾。某个时代完全正常的行为到了另一个时代就变得不正常了。原始人可以光着身子东奔西走，这毫无问题，如今热带雨林中还有一些人类仍然如此。综上所述，我们不得不断定疯狂有时是个时间问题，有时则是个地域问题。

总而言之，如果你想在地球上表现得正常，你就得在正确的地方，穿正确的衣服，说正确的话，而且还必须踩在正确的草地上。

*

912673的立方根

不久之后，我妻子来探视了。伊莎贝尔·马丁——《黑暗时代》的作者——亲自来了。我希望她憎恨我，这样一切会容易得多。我希望自己会害怕，当然，我本来就很害怕，毕竟人类这种生物对我来说是一种恐惧。还没见面时，我想她一定面目可憎。我害怕她。我害怕这里的一切。这是毋庸置疑的事实。地球是一个可怕的地方。我连看到自己的手都会心惊肉跳。好了，继续讲伊莎贝尔。第一次见到她时，除了几万亿只规划零乱、资质平庸的细胞之外，我什么也没看见。她面孔苍白，眼神疲惫，鼻梁娇小，但仍然高高耸立。她身上散发着一种淡定正直的气质，举手投足从容不迫。她似乎在隐瞒什么，内敛之态远甚于大部分人。只消看她一眼，我就开始口干舌燥。面对这样一个特殊的人类对我来说是一种挑战，我应该是她的枕边人，而且不久之后还要和她朝夕相处。更重要的是，在执行任务之前我还得从她身上搜集我需要的信息。

她来我的房间看我，旁边有一位护士。当然，这又是一轮测试。

人类的生活处处都是测试，难怪他们个个都看起来压力重重。

我害怕她拥抱或亲吻我，或往我耳朵里吹气，总之杂志里写的任何亲昵举动都让我毛骨悚然，还好，她什么都没做。她看起来似乎没有这种想法。她只想坐下盯着我，仿佛我是912673的立方根，她得努力解开我的谜底。事实上，我费了很大的劲才摆出一副泰然自若的模样。现在我是坚不可摧的97——我最喜欢的质数。

伊莎贝尔对护士微笑点头示意，可等她坐下面对我的时候，我发现她脸上也流露出了宇宙通用的恐惧——面部肌肉紧绷，瞳孔放大，呼吸急促。我特别打量了她的头发，是深色的，全部梳到脑后，长至脖根，然后戛然而止，形成了一条笔直的水平线。这种发式叫"波波头"。她坐在靠椅上，背挺得直直的，她的脖颈修长，仿佛脑袋与身体彼此怨恨，所以要保持距离。随后我又发现她41岁，有着一张在这个星球上还算得上美貌的脸，或至少颇有姿色。但她毕竟长着一张人类的脸——人脸是我最不想琢磨的人类密码。

她吸了一口气："你好吗？"

"我不知道，很多事情我都记不起来了。我的大脑有点混乱，特别是对今天早上发生的事。听着，有没有人去过我的办公室？昨天之后有人去过吗？"

她听蒙了："我不知道。我怎么会知道？不过我想这个周末他们会去的。总之，办公室的钥匙只有你有。求你了，安德鲁，到底是怎么了？你是不是遇上什么事了？你是不是患上失忆症了？他们检查过吗？那个时候你为什么要离开家门？告诉我你在干什么？我醒来时发现你不见了。"

“我只是得出去走走。就是这样。我需要出去。”

她有几分愠怒：“我把所有的可能性都想了一遍。我把家翻了个底朝天，就是找不到你的踪影。你的车还在，自行车也在，你不接电话，安德鲁，那时是凌晨三点，凌晨三点啊。”

我点点头。她想知道答案，但我只有问题：“我们的儿子呢？格利佛？他为什么没跟你来？”

我的反应更让她捉摸不透了。“他在我妈妈家，”她说道，“我不好带他来。他很不安。你知道，发生了这么多事，他很难接受。”

她说了这么多，但全都是我不需要的信息。我决定更直接一些：“你知道我昨天做了什么吗？你知道我工作时研究出来了什么样的成果吗？”

我知道，不管她如何回答，有一点是不会变的。那就是我会杀了她，虽然不是此时此地，但迟早会在某处，而且会很快。我仍然必须弄清楚她知道了什么，或者她可能会对别人说什么。

护士此时匆匆在记录着什么。

伊莎贝尔无视我的问题，她向我凑过来，压低声音说：“他们认为你精神崩溃了。当然，他们没有直接这样说，却是这样想的。他们问了我一大堆的问题，我感觉活像面对宗教法庭的大法官。”

“问题是这里的一切，不是吗？”

我又一次鼓起勇气凝视着她的脸，问了更多的问题：“我们为什么结婚？婚姻的意义是什么？婚姻需要遵守什么样的规则？”

虽然这是一个专为提问而生的星球，但某些问题还是会被人视为耳边风。

“安德鲁，我已经跟你说了几个星期了，不，是几个月，我叫你注意休息。你一颗心都扑在工作上，晚上还熬夜，你已经油尽灯枯了。我就知道会出事，只是没想到会来得这么突然，事先一点征兆都没有。我只想知道这一切的导火索是什么，是我吗？还是别的什么？我很担心你。”

我试着给出一个合理的解释：“我想我肯定是突然之间没了羞耻心，忘记穿衣服了。就是突然之间言行失常，没法像以前那样。具体我也不太清楚。我肯定是忘了怎么做个正常人。这种事有可能发生，是不是？有时我们是不是会忘记一些事？”

伊莎贝尔抓住我的手，她用大拇指光滑的下半部分摩挲着我的肌肤，我感觉更不安了。我不知道她为什么要抚摸我。警察会架着你的胳膊把你押走，可为什么妻子会爱抚你的手？她的目的是什么？这和爱有关吗？我怔怔地盯着她戒指上一小块闪闪发光的钻石。

“一切都会好起来的，安德鲁。这只是暂时的。我向你保证，天总会下雨，你总会好起来的。”

“下雨？”我如临大敌，连声音都不住颤抖。

我尝试着搜索她的面部表情，但看不出所以然。她不再害怕，那她现在有什么样的情绪？悲伤？迷惑？愤怒？还是失望？我想读懂她，但一无所获。她叮嘱了我一百来个字便匆匆离开。还有，她在我的脸上轻啄了一下，还给了一个拥抱。我竭力控制自己不要退缩或紧张，这对我来说无异于刀山火海。她转身的时候，还擦拭了眼中渗出的某种液体。我觉得此时此刻有必要做点什么，说点什么，或有点什么特别的感受，却不得其法。“我看见你的书了，”我说道，“就在书店里，摆在我的书旁边。”

“你还是没变。”她说道，语气柔和却略有讥讽之意，或者是我会错意了，总之她是这样说的，“安德鲁，你要小心，听他们的话，总会好起来的。一切都会好的。”

然后，她离开了。

*

死牛

他们叫我去餐厅吃饭，这是一次可怕的经历。第一，这是我生平第一次必须在一个封闭的空间里直面如此多的人类；第二，那股味道，真是百味杂陈——有煮萝卜、有焗豆，还有死牛。

牛是一种居住在地球上的动物，一种经过驯化的多用途有蹄类动物，人类视它为采购食物、饮料、肥料和精品鞋的一站式商店。人类养殖它，割断它的喉管，把它切碎包装，冷藏销售，最后烹饪成食物。通过这一系列的手段，人类自然为自己赢得了把“牛”更名为“肉牛”的权力，他们开始心安理得，因为人类不愿意提醒自己他们吃的是一头活生生的牛。

我一点儿也不关心牛。如果我的任务是杀牛，我会毫不犹豫地动手。但不关心是一回事，把它吃掉却是另一回事，这中间的跨度实在太大，我做不到，所以我只吃蔬菜。老实说，我只吃了一片煮萝卜。这时我才意识到，最容易让你产生思乡之情的莫过于吃这种恶心而陌生的食物。一片已足够，而且绰绰有余。事实上，我已无法忍受，我得用尽全身的气力和精力与呕反射殊死搏斗，好不容易才没吐出来。

我独自坐在角落里，身边有一盆高大的盆栽植物。植物的血管器官呈扁平状，极其宽阔，而且绿得油亮，这种东西叫“树叶”，显然能够发挥光合作用的功能。它于我全然陌生，但毫无恐怖之感。事实上，这种植物相当漂亮。我生平第一次看着地球上的东西丝毫不觉紧张。但当我将目光从植物上移开，落在“嗡嗡嗡”的噪声之处时，我看到的是被人类归为“疯子”的一类人。他们只是不适合这个世界的规则而已。如果这个星球上有人能做我的朋友，他们肯定就在这个房间里。正当我陷入沉思之际，一个“疯子”来到了我身边。她是一个留着粉色短发的姑娘，鼻子上戴了一枚银环（脸部的这片区域似乎需要特别关照），手臂上有一块细细的橙粉色伤疤。她说话声音低沉，细声细气，仿佛在暗示她大脑中的每一个念头都是天大的秘密。她穿了一件 T 恤，上面写着“愿世间无伤，万物至美”九个大字。她叫佐伊，她一开口就告诉了我她的姓名。

*

作为意志和表象的世界

然后她说："新来的？"

"是的。"我答道。

"一天？"

"是的，"我坦然答道，"我是今天来的，还不到一天。"

她大笑，她的笑声和她的说话声截然不同。这种笑声让我不得不希望世间没有空气，这样一来，她发出的尖锐声波便无法直抵我的耳膜。

笑声落定之后，她向我解释道："不，我的意思是，你是永久性待在这里，还是只过来待一天？比如说我，我是做志愿者工作的，我只在这里待一天。"

"我不知道。"我答道，"我想我很快就会离开。我不是疯子，你也知道。我只是大脑有一点儿混乱。我还有许多事要处理，一大堆的工作等着我去完成。"

"我好像在哪里见过你。"佐伊说。

“是吗？在哪里？”

我扫视着房间，不安的感觉卷土重来。这里有76位病人，18位员工。我需要私人空间。我需要，迫切需要离开这里。

“你上过电视吗？”

“我不知道。”

她大笑：“我们可能是脸书上的朋友。”

“也许是吧。”

她挠了挠她那张狰狞的脸。真不知道那张脸下面还有什么，总之不可能更可怕了吧。她仿佛想起了什么，眼睛瞪得大大的：“不，我知道了。我在大学里见过你。你是马丁教授，是不是？你可是传奇人物呢。我在菲茨威廉学院读书，我见过你。那里的菜比这里的好吃多了，对不对？”

“你是我的学生？”

她再次扑哧一笑：“不，不。GCSE[1]数学对我来说已经够难的了。我可恨死它了。”

我顿时火冒三丈：“恨它？你怎么能恨数学？数学可是万物之本。”

“呃，我不这么看。我的意思是，毕达哥拉斯听起来像个老朋友，但是，不，我对数字没有特别大的兴趣。我喜欢哲学。这很可能是我来这里的原因，我读了太多的叔本华。”

“叔本华？”

“他写了一本书，名叫《作为意志和表象的世界》。我得写有关这

1 GCSE的英文全称是General Certificate of Secondary Education，意为普通中等教育证书，是英国学生完成第一阶段中等教育所参加的主要会考，相当于中国国内的初中毕业考试文凭。

本书的论文，这本书主要是说我们看待这个世界的方式取决于我们自己的意志。人类受基本欲望的支配，给自己带来了无穷无尽的痛苦和折磨，因为欲望使我们渴望外在世界的东西，但这个外在世界却只是一种表象。由于这些渴望会影响我们看待事物的方式，所以我们最终只能从内在世界汲取养分，直至发疯。看，这里就是终点。”

“你喜欢这里吗？“

她再次大笑，但我发现她的笑声中隐隐有一丝忧伤。“不，这里是个大旋涡。它会把你吸进去，越陷越深。你得离开这里，朋友。这里的每个人都是奇葩，你仔细看好了。”她指着餐厅里的各色人等，逐个介绍他们的毛病。第一个是离我们最近的一位体态臃肿、一脸农村红的女人。“那是肥婆安娜，她什么都偷，看她是怎么偷叉子的，她直接藏在袖子里了……哦，那是斯科特，他以为自己是王位的第三继承人……还有莎拉，她大半时间都完全正常，可一到下午四点一刻就无缘无故地尖叫。你真该听听她的尖叫有多恐怖……那是哭神克里斯……还有那是多动症患者布莉姬，她动来动去的速度和她思维的速度同步……”

“思维的速度，”我说，“这么慢？”

“还有撒谎精丽莎……和摇滚酷哥拉杰什。哦，还有一个极品，你看到那边的长鬓角男人没有？就是那个个子高高的，对着餐盘喃喃自语的？”

“看到了。”

“呃，他有 K-PAX 星球[1] 妄想症。”

1 《K-PAX》是 Gene Brewer 所著的系列科幻小说。改编电影《K-PAX》于 2001 年上映。

“什么？”

“他疯得厉害，他觉得自己来自外星球。”

“有这种事？”我很好奇，“难道他不是外星人吗？”

“当然不是，我敢保证。这间餐厅的外来人员只有一个，他是个又聋又哑的印第安人，来自杜鹃窝[1]。”

我不知道她说的“杜鹃窝”是什么意思。

她瞥了一眼我的餐盘：“你不吃这个吗？”

“不，”我答道，“我吃不下去。”也许我可以从她嘴里套一些话出来，我问她，“如果我取得了某种成就，而且是了不起的成就，你觉得我会对许多人说吗？我的意思是，我们人类是不是对这种事很自豪？我们是不是有一点喜欢炫耀？”

“是的，我想是这样。”

我点点头。恐慌从心底腾地升起，我怀疑有很多人都知道了安德鲁·马丁教授的发现。然后，我决定扩大问题的范围。毕竟，要想扮演好人类的角色，就必须多了解他们，因此我问了一个自认为最宏观的问题：“呃，你觉得人生的意义是什么？你发现这种意义了吗？”

“哈，人生的意义！**人生的意义**？老实说，人生没有意义！人们没完没了地寻找外在价值和意义，殊不知，这个世界不仅不能给他们提供答案，而且对他们的问题漠不关心。这可不是真正的叔本华。这更像是

1 “杜鹃窝”是“疯人院”的代名词。源于一首童谣，歌词里有一只杜鹃鸟发疯似的飞来飞去，后以“杜鹃窝”比喻“疯人院”。著名电影《飞越疯人院》的英文为“One Flew Over the Cuckoo's Nest”，直译应为“飞越杜鹃窝”。

克尔凯郭尔与加缪的结合体[1]，我认同克尔凯郭尔与加缪。问题在于，如果你潜心研究哲学，不再相信意义的话，你可能得开始吃精神科药物。”

“那爱呢？爱是什么东西？我在杂志上总看到这个字，就是《时尚》杂志。”

又是一阵狂笑：“《时尚》？你在开玩笑吗？”

“不，我是认真的。我很想了解这些东西。”

“你肯定问错人了。你知道，这不是我能回答的问题之一。”她的声音起码压低了两个八度，眼神变得暧昧，“我喜欢暴力的男人，我也不知道为什么。也许有一点自虐倾向。我经常去彼得伯勒，在那里可以找到很多这样的男人。”

“哦。”我说道，这时我才意识到主人的确应该把我送到这里来。人类和我所知的一样变态，他们是一个热爱暴力的物种，“这么说，爱是寻找一个能够伤害你的人？”

“相当正确。”

“这太荒唐了。“

“‘爱情之中总有几分疯狂。而疯狂之中又总不乏几分理性。’我忘了这话是谁说的了。”

接下来是一片沉默，我想离开。由于不了解人类的礼节，我直接起身离开。

她叹了一口气，继而又自顾自发笑。笑似乎和疯狂一样都是自我

1　克尔凯郭尔是与尼采齐名的存在主义（Existentialism）先驱，他们认为人存在的意义是无法经由理性思考而得到答案的。而雅斯贝尔斯、海德格尔、萨特和加缪则是存在主义的代表人物，他们最突出的命题是：世界没有终极的目标。

解嘲之道，是人类的紧急出口。

我满怀着乐观之情，走到那位对着餐盘喃喃自语的男人身边，他是这里大名鼎鼎的天外来客。我们聊了一会儿。我满怀希望地问他来自何处。他答塔图因[1]。我从未听说过这个地方。他说他住在卡孔大坑附近，开车去贾巴的宫殿只要几分钟。他曾经和天行者一起住在农场里，后来农场被烧毁了。

“你的星球有多远？我的意思是，离地球有多远？”

“很远。”

“多远呢？”

“五万英里（1 英里 =1.609344 千米）。”他的回答粉碎了我的最后一丝希望，我不得不暗自懊恼，早知如此，我还不如一开始就专心欣赏那株苍翠欲滴的绿叶植物。

我凝视了他半晌，起先我还有他乡遇故知之感，现在我知道了，我原来只是独自一人。

因此，我只能默默走开。我想，也许这就是生活在地球上的下场吧。你会发疯。你把现实端在餐盘中，眼睁睁地看着它燃烧，最后为了双手不被灼伤，只得扔下餐盘（正当我思索之际，餐厅的某处有某个人真的扔下了餐盘了）。是的，我现在想明白了——做人会把你逼疯。我从四方四正的落地玻璃窗望出去，绿树、砖房、车流和来来往往的行人尽收眼底。显然，这类物种端不住安德鲁·马丁刚刚递给他们的餐盘。我必须离开这里，执行任务的时候到了。我想到了伊莎贝尔，我的妻

1　塔图因是《星球大战》中天行者家族的故乡行星。卡孔大坑也是《星球大战》里的地名，位于塔图因星球。贾巴是这部电影里的怪物。

子。她有知识，有我需要的知识。我刚才真该和她一起离开。

“我在做什么？”

我向窗户走去，我以为它和我们沃那多星球的窗户是一样的，结果并非如此。它由玻璃制成，坚硬如岩石。我非但没能走出去，反而把鼻子撞扁了，惹得其他病人发出一阵哄笑。我离开餐厅，迫切渴望远离所有的这些人，还有死牛和胡萝卜的臭味。

*

失忆症

扮演人类是我的任务之一，但如果安德鲁·马丁把他的发现告诉了别人，那我可没时间在这里继续耗下去了。我看了看自己的左手，还有其中隐藏的魔力，我知道该怎么做了。

午餐后，我找了那位曾坐在一旁监视我和伊莎贝尔交谈的护士。我把声音压低到分毫不差的频率，把语速放慢到周密精确的速度。催眠人类是小菜一碟，因为他们似乎是宇宙中最容易轻信的物种。我对他说："我的精神非常正常。我想见能批准我出院的医生。我得回家见妻儿，而且我得回剑桥大学菲茨威廉学院继续教书。还有，这里的饭菜我吃得很不习惯。我不知道今天早上发生了什么事，我真的不知道。可能我的行为有伤风化，但在此我向您负责任地保证，不管我患的是什么病，它都是暂时的。现在我的情绪很稳定，心情也很好。我感觉好极了，真的。"

他点点头，"跟我来。"他说道。

医生要我做一些体检项目。脑部扫描，他们担心我失忆可能是因为大脑皮层受损。我意识到一点，那就是无论发生什么事，都绝不能让人类检查我的大脑，尤其是当我的魔力处于活跃状态时。所以，我信誓旦旦地对他说我没有得失忆症。我编了一大堆的陈年旧事，我编造了我所有的生活。

我告诉他我最近工作压力太大，他表示理解。接下来他问了更多的问题。不过，人类的所有问题都有答案，就像原子中必定有质子一样，我只须找到它，把它当作自己的独立想法一般奉送给医生即可。

半小时之后，诊断结果不言自明。我并未失忆。我的问题只是临时性的精神错乱。尽管他不认同“崩溃”这个术语，但他说我长期缺少睡眠，工作压力过大，再加上饮食习惯不良，所以一时“精神崩溃”。看来伊莎贝尔已经对医生说了我的饮食问题，大概主要是说我经常喝浓烈的黑咖啡——这当然是一种饮料，我已经知道它很难喝。

医生又问了我一些问题，例如我是否有恐慌症、情绪低落、神经受刺激、突发性行为失常或感觉不真实。

“不真实？”我颇为自信地想了想，“哦，是的。我最近绝对有这种感觉，但现在没有了。我很好，我感觉非常真实，我的感觉和太阳一样真实。”

医生微微一笑。他说他看过我写的数学书——貌似是一本“妙趣横生”的回忆录，讲述的是安德鲁·马丁在普林斯顿大学的教学经历。我看过这本书，书名叫《美国 π》。医生给我开了更多的安定片，他建议我“万事随缘，顺其自然”，说得好像体验生活还有别的方式似的。之后，他拿起一种通信设备（我这辈子都没见过这么原始的玩意儿），他通知伊莎贝尔过来接我回家。

记住，执行任务期间，绝不要被人类影响或腐蚀。

人类是一种自大傲慢的物种，残暴贪婪是他们的标签。他们占领了他们的地球家园；虽然这是他们目前能够居住的唯一星球，但人类却把它推上了毁灭之路。他们打造了一个分门别类的世界；虽然人类之间有共同点，但他们却一而再再而三地视而不见。他们开发技术的速度快到变态，以至于把人类哲学远远甩在后面。他们为了进步而追求进步，为了追逐人人垂涎的金钱和名利，他们亦会不择手段地往上爬。

你绝不能掉进人类的陷阱。每看到一个人类，你都一定要提醒自己他（或她）和整体人类犯下的罪恶脱不了干系。无论他们看起来有多无辜，每一张微笑的人脸背后都隐藏着他们能够干得出而且也必须为之负责的恐怖活动。

你绝不能心软，在任务面前绝不能退缩。

保持纯净。

坚守你的逻辑。

你要做的事情势在必行，不要让任何人挡住你前进的脚步。

*

坎皮恩路 4 号

这是一个温暖的房间。

有窗户，但窗帘已悉数拉上。窗帘很薄，太阳发射出的电磁辐射仍然能透进来，因此房间里的一切清晰可见。墙粉刷为天蓝色，一盏白炽灯从天花板上垂直而下，上面还套着纸质的圆柱形灯罩。我躺在床上，这是一张四方四正的大床，可以睡两个人。我在这张床上已经睡了三个多小时，现在终于醒了。

这是安德鲁 · 马丁教授的床，位于他家的二楼。他的家则坐落于坎皮恩路 4 号，和我见过的其他房子相比，这幢楼相当大，墙面都是雪白的。楼下、走廊和厨房的地面为大理石，这是一种由方解石构成的物质，对我来说颇为熟悉，看上去有一种亲切感。我去厨房喝了一点水，那里尤其温暖，大概是因为有一种被称为炉子的东西。这种特殊的炉子由铁制成，以天然气为燃料，顶面有两只能够持续升温的圆盘。上面有

AGA[1]字样，它是奶油色的。厨房有很多门，卧室也同样如此。烤箱门、橱柜门和衣柜门，整个世界被拒之门外。

卧室铺了米黄色的地毯，由羊毛制成。羊毛是一种动物的毛发。墙上贴了一张海报，上面有两个人的脸，一个是男人，另一个则是女人，他们紧紧贴在一起。海报上写了“罗马假日”四个大字，还有一些其他的字——比如说“格里高利 · 派克”“奥黛丽 · 赫本”和“派拉蒙电影公司”。

一件立方体木制家具的上方摆着一张照片，这张照片基本上是静止不动的二维全息图，只能满足视觉而已。它镶在一个钢框中，上面是安德鲁和伊莎贝尔。照片中的他们很年轻，皮肤紧致，闪耀着青春的光泽。伊莎贝尔满脸喜色，因为她在微笑，微笑是人类快乐的象征。照片中的安德鲁和伊莎贝尔站在草地上，伊莎贝尔身穿一袭白裙，也许穿白裙会让人快乐。

还有一张照片，他俩站在某处热带地区，头顶上的天空犹如蓝宝石一般澄澈。两人都没有穿礼服，四周是摇摇欲坠的巨石柱。这应该是史前人类文明的重要建筑（顺便说一下，在地球上，文明是人类聚集在一起共同压抑本能的结果）。我想，文明大概就是被忽略或被毁灭的东西吧。照片中的他们都在微笑，但这种微笑有了不同的意味，笑意仅抵达嘴部，眼神一片空洞。他们看起来不大舒服，也许是因为热浪袭人。接下来，还有一张近照，拍摄于室内。照片上多了一个孩子，是个小男孩。他的头发和妈妈的一样，都是深棕色的，也许颜色更深，而且肤色

1　英国豪华炉具制造商。

更白。他穿的衣服上面绣着“牛仔”的字样。

伊莎贝尔大半时间都待在家里，有时躺在我身边睡觉，有时则站在一旁看我。我一般故意不看她。

我不想以任何方式与她亲近。我不能对她产生任何同情心或同理心，这对我执行任务没好处。老实说，这种情况也不可能发生。她和我有天壤之别，看她一眼我都无所适从。她是陌生的外星人，但宇宙间一切皆有可能，只是在发生之前以及在几乎已无可争议地发生之前，你以为不可能而已。

我还是鼓起勇气，迎上她的双眼，问了一个问题。

“上次你见到我是什么时候？我的意思是以前，也就是昨天？”

“吃早餐的时候，然后你就上班了。晚上11点才回家，11点半上床。”

“我对你说过什么？你还记得吗？”

“你喊我的名字，但我假装睡着了，仅此而已。等我醒来的时候，你已经不见了。”

我满意地笑了。大概是如释重负吧，但那时我不知道自己为什么会这么高兴。

*

战争金钱秀

我看“电视”，电视是她为我搬进房间的，她搬得很艰难，这对她来说太重了。我想她可能希望我上前帮她。冷眼旁观一个生物物种千辛万苦地搬东西，似乎不太厚道。我百思不得其解，我想不通她为什么要对我这么好。我尝试用意念帮她减轻一部分重量——我只是想试试自己的念控力罢了。

“这比我期望的轻多了。”她说道。

“哦，”我迎上她的目光，“期望是个有趣的东西。”

“你还是喜欢看新闻，是不是？”

看新闻，这是个极好的主意，新闻也许能给我提供一些信息。

“是的，”我答道，“我喜欢看新闻。”

我盯着电视，伊莎贝尔盯着我，我们都被眼前的事物所困扰。新闻里充斥着人脸，但这些脸一般来说比较小，而且似乎离我非常遥远。

看了一小时之后，我发现了三个饶有趣味的细节。

1．地球上的“新闻”这一术语通常意味着“直接与人类相关的新闻”。简单来说，这类新闻与羚羊、海马、红耳龟或地球上的其他九百万个物种毫无关系。

2．新闻的重要程度是有等级的，只是这种等级我无法理解。比如说，它完全不会播放数学方面的最新发现或至今仍有待研究的多边形，这里大半的内容都是政治——在这个星球上，政治从本质上来说就是战争与金钱的代名词。老实说，新闻里的战争和金钱所占的比例似乎大得吓人，它的精确定义真应该是“战争金钱秀”。主人的话太对了。地球的标签就是残暴和贪婪。一颗炸弹在一个叫阿富汗的国家爆炸了。在地球的另一端，人们对朝鲜的核问题深表忧虑。股市大跌，令许多人揪心不已，他们注视着密密麻麻布满了数字的屏幕，全神贯注地研究着，仿佛它们是唯一有用的数学。唉，我一心等待有关黎曼假设的新闻，但最终什么也没等到。要么是没人知道这个，要么是没人关心。按理说，这两种可能性都应该使我高兴，可我怎么也高兴不起来。

3．人类只关心他们身边发生的事。韩国关心朝鲜。伦敦人差不多只关心伦敦的房价。人们似乎不介意雨林里的土著人赤身裸体，反正他们又不会出现在自家的草坪边。他们丝毫不理会太阳系之外发生的事情，对太阳系之内的事情也漠不关心——除非正好发生在地球上（有一点必须承认，人类的太阳系发生的事情的确不多，这在一定程度上也许可以解释人类为什么会如此自大，当然是缺少竞争嘛）。一般来说，人类只想知道他们本国——最好是本地——发生的事情，总而言之，离他们越近就越好。以此类推，人类最理想的新闻节目莫过于观众住宅的实况新闻。播放内容可以根据住宅中的各个房间划分为几个板块，并根据房间的重要程度安排播放顺序。头条新闻当然是有关电视所在房间的报道，通常来说，最重要的新闻当然是人类正在看电视。不过，在人类根据新闻逻辑逐层类推得到这个必然的结果之前，他们最喜欢的还是本地新闻。所以，在剑桥，这一天最重要的新闻是一位名叫安德鲁·马丁的大学教授于清晨时分被人发现在剑桥大学基督圣体学院新庭院一带裸奔。

这一条新闻被反复播放，因此我一回家电话就响个不停，妻子不停地对我说电脑里有新邮件也不足为奇了。

“我一直都在帮你挡驾，”她告诉我，“我对他们说你现在身体不适，不方便说话。”

“哦。”

她坐在床上，亲昵地抚摸我的手，我都要起鸡皮疙瘩了。一部分的我希望自己能当场叫她住手，但凡事都有规矩，我必须遵循。

“所有人都很担心你。”

“他们是谁？”我问。

“呃，首先是你儿子。知道了你的事之后，格利佛的心情甚至更糟了。”

“我们只有一个孩子？”

她的眼皮缓缓下垂，脸上充满了强作镇定的意味：“你知道我们只有一个。我实在不明白，你怎么不做脑部扫描就离开了？”

“他们认为我不需要。这种诊断很简单，用不着扫描。”

她在床边放了食物，我尝试着吃了一小口。它似乎应该叫乳酪三明治，另一种人类必须对牛表示谢意的食物，味如嚼蜡，但勉强吃得下去。

“你为什么给我做这个？”我问她。

“我要照顾你啊。”她答道。

我大惑不解，大脑实在不善于计算这种问题，一下子转不过弯来。过了一会儿我才明白，我们沃那多人献身于技术，而地球人似乎需要献身于彼此。

“但这对你有什么好处？”

她嫣然一笑：“从结婚到现在，我也一直在问自己这个问题。”

“为什么？”我问，“我们的婚姻一直都很糟糕吗？”

她倒抽了一口凉气，似乎这个问题是绝不能触碰的雷区：“快吃你的三明治吧，安德鲁。”

*

陌生人

我吃三明治。片刻之后，我想到了另一个问题。

“这正常吗？我的意思是，只有一个孩子。”

“从目前来看，这是我们唯一正常的事。”

她的手上有一块小小的擦伤，很小的一块，但仍然使我想起了精神病院的那个哲学家式的女人佐伊，她的手臂伤痕累累，她喜欢暴力的男友。

接下来便是长久的沉默。我大半生都离群索居，早已习惯沉默，但这里的沉默似乎有所不同。它是那种你必须打破的沉默。

“谢谢你，”我说，“谢谢你做的三明治，味道很好，特别是上面的面包。”

我想不通自己为什么要这样说，其实我一点儿也不喜欢三明治。然而，这是我生平第一次对他人表示感谢。

她淡然笑道：“看来你还没被宠坏嘛，陛下。”

她用手轻拍我的胸，手停在了那里。我发现她眉毛上扬，前额挤出了一道抬头纹。

“真奇怪。”她说。

“什么？”

“你的心跳，感觉不正常。仿佛根本就没有心跳。”

她放开手，直勾勾地盯着自己的丈夫，仿佛他是一个陌生人。当然，她猜对了。事实上，我就是个陌生人，比她想象中还要陌生。她看上去有些担心，内心有一部分的我痛恨她的这副样子。此时此刻，在所有的情绪中，她最应该有的是恐惧。

“我得去超市一趟。”她告诉我，“冰箱里空荡荡的，东西都吃完了。”

“哦。”我应道，我不知道是否应该放她走。也许我得让她走。我的任务有一套特定的程序，程序的第一步是菲茨威廉学院安德鲁·马丁教授的办公室。只要伊莎贝尔前脚离开家门，我就可以后脚离开，还不会引起任何怀疑。

“你去吧。”我说。

“但你必须好好卧床休息，知道吗？躺在床上看电视，什么也不要做。”

“好的，”我说，“我会好好休息。我会躺在床上看电视。”

她点点头，但前额仍然有抬头纹。她离开房间，继而离开家门。我跳下床，脚趾不小心撞到了门框，一阵疼痛袭来。我想，这本身不算诡异，但诡异的是，疼痛感居然一直挥之不去。它不是那种严重的疼，毕竟只是踢到了脚趾而已，但痛感却不能自行消除。我走出房间下了楼，它才慢慢消退继而消失，速度慢得可疑。我百思不得其解，于是又折回卧室。离电视越近，疼痛感就越强烈。电视里有个女人正在大谈天气，她在做一些预测。我关掉电视，脚趾上的疼痛神奇地消失了。不可思议，电视信号肯定会影响我的魔力——左手中的技术。

我离开房间，暗暗发誓绝不会在紧要关头靠近电视。

我下楼了，这里有很多房间。厨房里，有一只生物正在宠物篮中酣睡。它有四条腿，全身长满了棕白相间的毛发。这是一只狗，雄性。它躺在那里，双眼紧闭。但我进入厨房时，它还是咆哮了几声。

我四处寻找电脑，但在厨房里遍寻不着。我去了另外一间房，一间位于屋后的房间，四方四正，后来我才知道它叫“起居室”。不过按这样算，人类大多数的房间都是起居室。这里有一台电脑，和一部收音机。我首先打开的是收音机，一个男人正在介绍另一个男人——沃纳·赫尔佐格导演的电影。我狠狠地捶了一下墙，虎口一阵剧痛。关掉收音机后，疼痛感立刻停止，看来影响我的不只是电视。

计算机原始而落后，上面刻有“Macbook Pro”的字样，键盘上全是字母和数字，还有许多指向各种方向的箭头，它似乎和人类有着诸多共通之处。

大约一分钟之后，电脑启动完毕，我开始搜索电邮和文档，但找不到有关黎曼假设的任何资料。我继而访问因特网——地球上信息的主要来源。所有的新闻里都没有提到安德鲁·马丁教授证明了黎曼假设，不过我可以轻而易举地找到菲茨威廉学院的路线图。

用心记住后，我取下走道储物柜上最大的一串钥匙，悄然走出家门。

*

启动程序

只要能证明黎曼假设，绝大多数的数学家都甘愿把灵魂出卖给魔鬼。

——马库斯·杜·索托伊

电视上的女人先前说了今天不会下雨，所以我骑安德鲁·马丁教授的自行车去菲茨威廉学院。此时夜幕已降临，伊莎贝尔应该已经到了超市，所以我知道我得速战速决。

这是一个星期天，显然这意味着学校应该没什么人，但我知道万事必须小心。我知道学校的方向，骑自行车对我来说还算轻松，但交通规则就不是那么容易掌握了，我有一两次都险些被车撞到。

最后，我终于来到了一条寂静无人的林荫道，它叫斯陶瑞路，长得一眼望不到尽头，这里就是菲茨威廉学院所在地。我把自行车靠在墙边，向三幢大楼中最大的一幢走去，它也是学院的主要入口。这幢大楼有三层楼高，呈宽长形，在地球上算是相对现代的建筑。走进大楼时，我遇到了一个拿着拖把和桶的女人，她正在拖木地板。

“哈啰。”她招呼我。她似乎认得我，但见到我并不怎么开心。

我报以微笑（在医院的时候我发现微笑是对他人致意的首选正常反应，吐唾沫不算）。“你好，我是这里的安德鲁·马丁教授。我知道你可能会觉得莫名其妙，可我遭遇了一点小事故——不算严重，但导致我失去了一些短期的记忆。总之，现在我在病休，可我极其需要办公室里的一些东西，就是我的办公室，只是一些对我个人有价值的东西而已。你知不知道我的办公室在哪里？”

她端详了我几秒钟。“我希望你的病不算严重。”她说道，语气中似乎毫无真诚之意。

“不，不，不算严重。我从自行车上摔下来了。好了，很抱歉打扰你，可我现在得赶时间，可不可以告诉我办公室怎么走？”

“上楼，沿着走廊一直走，左边第二个门就是。”

“谢谢。”

我在楼梯上遇到一个女人。她满头白发，脖子上挂着一副眼镜，依人类的标准来看她长了一副精明的面孔。

“安德鲁！”她叫道，“我的老天！你好吗？你来这里干什么？我听说你生病了。”

我仔细打量她。我在想，她到底知道多少。

“是的，我的头上还肿了一块，不过现在完全好了。真的。不用担心，医生给我检查过了。我会好的，天总会下雨，我总会好起来的。”

“哦，”她仍然狐疑，“是这样啊，没事就好。”

然后我怀着一丝难以名状的恐惧，抛出了一个关键的问题："你上次见到我是什么时候？"

"我这个星期都没见到你，我们最后一次见面应该是上星期四。"

"自那之后我们一直没联系过吗？比如说打电话？写电邮？或是其他的方式？"

"不，没有，为什么要问这个？你真让我想不通。"

"呃，没什么，只是我头上肿了一块，现在脑子不是很清楚。"

"老天，这真可怕。你确定你要来办公室吗？你不是应该在家卧床休息吗？"

"是的，我必须来一趟。等会儿我就回家。"

"好吧。希望你早日恢复健康。"

"谢谢。"

"再见。"

她继续下楼，她怎么也没想到她刚刚从鬼门关侥幸逃脱。

我有钥匙，所以我把它插入锁孔。我在这里随时都有可能撞上人，所以不能做任何出格的事。

现在我走进了他的——不，是我的——办公室。我不知道我想象中的办公室应该是什么样子的。现在有一个问题，那就是之前没有期望，所以现在无从对比。一切都是新的，都是事物本应如此的直接原型——至少在这里是。

好了，这是一间办公室。

一张静态的办公桌后横着一张静态的椅子，一扇被百叶窗遮得严严实实的窗户，三面墙上几乎立满了书。窗台上摆着一盆棕色树叶的植物，比我在医院看到的小得多，也饥渴得多。办公桌上是一片由文件和文具形成的混沌深海，几张相框苦苦挣扎于其中，而电脑则屹立于正中央。

时间所剩无几，我立刻坐定打开电脑，它似乎只比家里的那台电脑先进一点点。地球人的电脑在很大程度上仍然处于进化历程的预感阶段，这种电脑只能呆坐在那里，任由你查询和获取信息，绝不会有一星半点的怨言。

我很快就找到了目标，一个名为“ζ”的文档。

打开文件后，我发现它足足有 26 页，全是数字符号，或者绝大部分都是数学符号。文件的开头有一小段文字介绍，是这样写的：

黎曼假设的证据

黎曼假设的证据是最重要的数学未解之谜，诸位很快就会明白这一点。解开这个谜底会使数学分析应用产生革命性的转变，它亦会通过无数种未知的渠道改变我们自己以及子孙后代的生活。事实上，数学是文明的基石，像埃及金字塔这样的建筑奇迹以及对于建筑至关重要的天文观测数据就是明证。自此之后，我们在数学方面的研究有了突飞猛进的进展，但进展的速度并不稳定。

在这条进化之路上，既有飞跃式的发展，也有致命的挫折（进化本身的意义也正在于此）。如果亚历山大图书馆[1]没有毁于战火，可以想象的是，我们人类也许早就在古希腊文明的基础之上取得了比如今更伟大的成就，也许在卡尔达诺或牛顿或帕斯卡时期我们已率先登月。而现在我们只能设想另一种景象，也许我们已将其他星球地球化，用我们的21世纪文明将其殖民，也许我们已在医学方面取得了重大突破，也许我们根本不会经历黑暗时代[2]。如果没有那个愚昧无知的年代，也许我们现在已经找到了青春永驻、长生不老的秘诀。

我们这一行的人经常开玩笑，说毕达哥拉斯和他的异教组织把一切都建立在完美的几何结构和其他一些抽象的数学形式之上，不过如果我们应该有一种宗教的话，数学教似乎是最理想的。原因很简单，假如上帝真的存在，除了数学家之外，他还能是别的什么人？

因此，时至今日，我们也许可以说，我们离神祇更近了。事实上，我们也许有机会让时光倒流，甚至有可能重建那座古代图书馆，这样我们便能站立在巨人的肩膀之上，达到前所未有的高度。

1　位于埃及，始建于托勒密一世（约公元前367年至前283年）时期，盛于二、三世，是世界上最古老的图书馆之一。馆内收藏了贯穿公元前400年至前300年时期的手稿，拥有最丰富的古籍收藏，曾经同亚历山大灯塔一样驰名于世。可惜的是，这座举世闻名的古代文化中心却于3世纪末被战火全部吞没。

2　欧洲中世纪的早期，大约介于476年至1000年，被认为是愚昧的黑暗时代。

*

质数

文章以这种兴奋的笔调一路向前奔腾。我顺便看了一下波恩哈德·黎曼的介绍，他是一个极度羞怯的19世纪德国天才，年幼时就在数学方面表现出非凡的天赋，成年后从事数学研究工作，精神崩溃过多次。我后来发现这是人类在研究数学的过程中遇到的最主要的问题之一，总之他们的神经系统就是无法承受。

毫不夸张地说，把这些人逼疯的罪魁祸首就是质数。看看，如今还有如此多的未解之谜，数学家们发疯也不足为奇了。他们知道质数是只能被1和它本身整除的整数，但除此之外，他们每往前走一步都会四处碰壁。

举例来说，他们知道所有质数的总和正好等于所有数字的总和，因为这两类数字都有无限个。对人类来说，这是个百思不得其解的事实，因为数字肯定要比质数多。一些人苦苦思索，怎么也想不通，最后只能把枪塞入口腔，扣动扳机，饮弹爆头自尽。

人类也知道质数就好比地球上的空气，越往上就越稀少。举例来说，100 以内的质数有 25 个，但 100 至 200 之间的质数只有 21 个，1000 至 1100 之间则只有 16 个。不过，有一点还是不同于空气的，那就是无论爬得多高，总还是会有一些质数。举例来说，2097593 是质数，在它和某个极大的质数——比如说 4314398832739895727932419750374600193——之间有上百万个质数。所以，质数的空气可以覆盖整个数字宇宙。

然而，质数显然是随机分布的，人们却得绞尽脑汁解释它的规律。它们越往上越少，但这种规律无论如何都不是人类所能领会的。这让人类万分沮丧。他们知道如果能找出其中的规律，人类就能在各方面进化升级，因为质数是数学的核心，而数学又是所有知识的核心。

人类对其他的知识还是很了解的，比如说原子。他们有一种叫作分光仪的机器，可以通过它看到构成分子的原子。但人类没法像了解原子那样了解质数，他们觉得只要找出质数的分布规律，就可以破解质数的秘密了。

1859 年，病势日渐沉重的波恩哈德 · 黎曼在柏林科学院宣布了后来在数学领域中研究最广泛、名声最响的一条假设。他假设质数的分布是有规律的，或者至少前十万个左右的质数分布是有规律的。这种规律迷人而纯净，它也许与一种名为“ζ 函数”的表达式相关。ζ 函数本身有点类似于脑力机器，它是一种看起来颇为复杂的曲线，但对人类探索质数的规律却非常有用。你把数字放进去，它就能形成一种前人从未发现过的秩序。这就是规律。质数可不是一种随机分布的数字。

当身患中度恐慌症的黎曼向一群衣着光鲜、满脸络腮胡的同行宣布这一假设时，他收获的是一片哗然。同行们深信谜底马上就要解开了，他们确信在有生之年能看到所有质数的分布规律证据。但黎曼只是找到了锁，还没有真正拿到钥匙，不久之后他死于肺结核。

随着时间的流逝，人们越来越迫切地渴望解开谜底。其他的数学之谜开始逐个被破解——例如费马大定理和庞加莱猜想，因此，这位德国人尘封已久的假设渐渐浮出水面，证明它成了最后一个终极之谜。它的价值等同于看见分子中的原子，或识别化学周期表中的化学元素。证明黎曼假设最终可以给人类带来超级计算机，帮助人类在量子物理学和星际交通方面取得重大突破。

了解了所有的这些信息之后，我开始在写满了数字、图表和数学符号的页面中四处搜索。对我来说，这是另一种需要学习的语言。和《时尚》杂志上的语言相比，这种语言要简单得多，也诚实得多。

看到最后，我不禁倒吸了一口凉气，整个人仿佛被石化。看到最后一个起决定性作用的∞时，我确信安德鲁·马丁已找到了证据——钥匙已插入那把至关重要的秘锁。

因此，我不假思索，直接就把文档删除了，动手时一股小小的自豪感从我心底油然而生。

“好了，”我告诉自己，“你也许刚刚拯救了整个宇宙。”当然，事情绝不会这么简单，就算是在地球上也没这么简单。

*

倒吸一口凉气的时刻

$$\xi(1/2+it)=[eRlog(r(s/2))\pi-1/4(-t2-1/4)/2]\times[eiJlog(r(s/2))\pi-it/2\zeta(1/2+it)]$$

*

质数的分布

我检查了安德鲁·马丁的电邮，尤其是发件箱的最后一封信。它的主题是“153 年之后……”，旁边还有一个小小的红色感叹号。内容很简单，“我已经证明了黎曼假设，震惊了吧？必须第一个告诉你。丹尼尔，请高抬尊眼好好瞧瞧。有一点不说你也知道吧，此时此刻，在未发表之前，本证明仅供观瞻。你现在作何感想？人类的生活将会发生翻天覆地的变化，自 1905 年以来全球最劲爆的新闻，请看附件。”

附件是我刚刚删掉的文档，而且它刚刚被收信人读取。我没有多耗时间，直接查看收信人的地址：daniel.russell@cambridge.ac.uk。

我很快就发现，丹尼尔·罗素是剑桥大学的卢卡斯数学教授[1]，今年 63 岁。他写了 14 本书，大半为全球畅销书。通过网络我得知，他在英语国家的每一所顶尖大牌级大学都执过教——其中包括剑桥（现在他执

1 英国剑桥大学的一个荣誉职位，授予对象为数学及物理方面的研究者，同一时间只授予一人，是牛顿、霍金和狄拉克等科学大师都曾担任过的人类有史以来最伟大的教职之一。

教的大学）、牛津、哈佛、普林斯顿和耶鲁，他获得的奖项和荣誉多得令人发指。他和安德鲁·马丁一起合著过几篇学术论文，但根据我粗浅的研究，他们之间更像是同事而不是朋友。

我看了看时间，大约再过 20 分钟，我“妻子”就会回家找我了。这个时候她对我的怀疑越少就越省事。毕竟，我的任务是有步骤的。我得一步一步来。

此时必须完成程序的第一步，我把电邮和附件悉数扔进垃圾箱。然后，为了保险起见，我还以最快的速度设计了一个病毒——是的，设计这种玩意儿需要借助质数。自此之后，谁都休想在这部电脑上查询到任何资料。

离开之前，我翻了一下办公桌上的文件。全都无关紧要，只是一些琐碎的信件、日程表、白纸，不过我在一张纸上发现了一个电话号码：07865542187。我把这张纸揣入口袋，此时桌上的一张照片吸引了我的目光——伊莎贝尔、安德鲁和一个男孩（估计是格利佛）。男孩一头棕发，三个人中唯独他没有微笑。他的眼睛瞪得大大的，一绺头发搭在眼睛上，眼神充满偷窥的意味。他对“人貌本陋”的体会甚于大多数人。至少他似乎不喜欢自己，所以我一下就对他有了好感。

又过了一分钟，我该离开了。

你的进展让我们很满意，但现在必须启动真正的任务了。

好的。

删除电脑里的文件和删除生命可不是一回事，虽然只是人类的生命。

我知道。

质数非常强大，它不依赖其他事物，它纯粹而完整，绝不会软弱。你必须像质数一样，绝不能软弱，必须和他人保持距离，绝不能因为和人类互动了就改变心意。你必须像质数一样是不能被整除的。

好的，我一定会这样。

很好，现在继续吧。

*

荣耀

赶回家之后，我发现伊莎贝尔还没回来，所以我又做了一些研究。她不是数学家，她是历史学家。

在地球上，这是个非常重要的区别，因为人类并不认为历史是数学的一个分支，他们的这种看法当然是不对的。我还发现，从人类的标准来看，伊莎贝尔的智商和她的丈夫不相上下。我之所以知道这一点，是因为卧室的书架上有一本书——《黑暗时代》，也就是我在书店橱窗里看到的那本，现在我发现这本书引用了一些书评，其中一条来自一份名为《纽约时报》的出版物，它评论这本书“睿智之极”。这本书一共有 1253 页。

楼下的门开了，我听见金属钥匙放在鞋柜上轻柔的声音。她上楼来看我，这是她回家做的第一件事。

“你好吗？”她问。

“我一直在看你的书，就是那本写黑暗时代的。”

她不禁大笑。

“你笑什么？”

“哦，不笑难道你要我哭吗？”

“听着，”我说道，“你知道丹尼尔·罗素住哪里吗？”

“我当然知道。我们去过他家吃晚饭。”

“他住哪里？”

“巴布拉汉。他的房子大得吓人。你真一点儿都不记得吗？他家简直就像尼禄的皇宫，不管是谁去了都会一辈子记得。”

“这个我当然记得，这是自然。只是有些事情还是模模糊糊的。我想可能是吃了药的原因吧。我不记得他家的位置，所以得问问你。就是这样。呃，我和他关系好吗？”

“不，你恨他，你受不了他。这些日子你总是对其他的学者有着刻骨的仇恨，但对阿里是个例外。”

“阿里？”

她叹了一口气：“你最好的朋友。”

“哦，阿里。是啦，我当然记得阿里。我只是耳朵有点不好使，我刚才没听清楚。”

“可是对丹尼尔，”她说道，声音渐大，“恕我直言，你的仇恨只能反映你内心的自卑。但不管怎么说，你们表面上还是很和谐的。你甚至有几次都请他帮忙指点，就是指点质数方面的东西。”

“是的，我想起来了，质数。这个我研究到哪里了？到哪一步了？我最后一次和你谈质数是什么时候？”我迫不及待地追问，完全顾不得掩饰，“我是不是证明了黎曼假设？”

"不，你没有。至少我知道没有。不过你应该自己去查查，因为如果你真证明了，我们会赚一百万英镑呢。"

"什么？"

"不好意思，是美元，是不是？"

"我——"

"就是千禧年大奖[1]，或者是类似的奖项。黎曼假设是至今尚未解决的最大的难题。它的主办单位是克雷研究所，在美国麻省剑桥市，不是我们这个剑桥……安德鲁，你以前知道的，你在梦里都会不停念叨。"

"当然知道。我反反复复、来来回回想几遍就能记起来了。我只是需要一点提示，仅此而已。"

"好吧，这个研究所资金雄厚。他们肯定有很多钱，因为他们已经把大约一千万美元的奖金颁给其他的数学家了，但最近的一个数学家是个特例。"

"最近的一个数学家？"

"一个俄罗斯人，叫格里戈里什么的。他证明了一个什么什么的猜想，但拒绝接受奖金。"

"但一百万美元是很大的一笔钱，是不是？"

"是的，金额可观。"

"那他为什么要拒绝？"

---

1 Millennium Prize，又称世界七大数学难题，是七个由美国克雷数学研究所于 2000 年 5 月 24 日公布的数学猜想。根据克雷数学研究所定的规则，任何一个难题的解答只要发表在数学期刊上，并经过两年的验证期，解决者就能获颁一百万美元奖金。

“我怎么知道？我不知道。你对我说他是一个隐士，和他母亲住在一起。这世上还是有不为钱所动的人，安德鲁。”

这对我来说可真算是新闻：“真的吗？”

“当然是真的。你也知道，有一条振聋发聩但引人争议的新理论，那就是金钱买不来快乐。”

“哦。”我叹道。

她又自顾自笑了起来。我想，她只是想表现得风趣一点，于是我也跟着笑。

“这么说，还没人证明黎曼假设？”

“什么？你是指从昨天到现在吗？”

“呃，是指从以前到现在。”

“不，还没人证明。几年之前有过假警报，有个法国人说他证明了，不过是虚惊一场，奖金现在还在呢。”

“这么说，他……不，是我……拼命证明黎曼假设是为了钱？”

她正在整理床上的袜子，把它们成双成对地叠在一起。她发明的这种系统真是糟糕透顶。“不只是为了钱，”她继续说道，“激励你的还有荣耀、自负感。你想让你的大名响彻世界每个角落。安德鲁·马丁、安德鲁·马丁、安德鲁·马丁，你想在维基百科上名垂千古，你想成为爱因斯坦。可问题在于，安德鲁，你仍然还是个两岁小孩。”

我如坠云端：“我两岁？这怎么可能？”

“你母亲从来都没有给予你需要的那种爱，你得一辈子贴在那个没有奶水的乳头上吃奶。你希望这个世界知道你。你渴望成为伟人。”

她的语气相当冷酷。我不禁疑惑，这是人们惯常的说话方式吗？或者说这是夫妻之间的独特方式？我听见钥匙开门的声音。

伊莎贝尔瞪大了惊恐的眼睛望着我：“是格利佛。”

*

暗物质

格利佛的房间在顶楼，也叫“阁楼”。这是抵达热层[1]之前的最后一站。他径直去房间，路过我的卧室时，他只停顿了几秒钟，然后头也不回地上了顶楼。

伊莎贝尔出门遛狗了，我从口袋里拿出那张有电话号码的纸片。这也许是丹尼尔 · 罗素的号码，我得打着试试。

“你好，”一个女人的声音，“哪位？”

“我是安德鲁 · 马丁教授。”我答道。

电话那头的女人笑了：“哦，你好，安德鲁 · 马丁教授。”

“你是谁？你认识我？”

---

1 thermosphere，亦称热成层、热气层或增温层，是地球大气层的一层。它位于中间层之上及散逸层之下，其顶部离地面约800公里。当然，格利佛的房间离真正的热层还很远，这只是比喻意义上的，抵达热层之前的最后一站是“散逸层”——也叫“逃逸层”。也就是说，格利佛的阁楼位于“逃逸层”，这里是他逃避的绝好场所。

“你如今是 YouTube 上的红人，所有人都认识你，你的大名几乎无人不晓。裸奔教授。”

“我的天。”

“嘿，你没什么好担心的。暴露狂简直人见人爱呢。”她一字一顿地说道，似乎每个字都有特别意味，需要着重强调。

“请你告诉我，你是怎么认识我的？”

她绝无一丝回答的机会，因为就在这一刻，格利佛走进来了，我匆匆挂断电话。

格利佛，我的“儿子”。我在照片上见过他，那个棕发男孩。他的模样和我想象中的一模一样，但可能要高一些。他的个头快赶上我了，眼睛被头发遮了一大半（顺便说一下，头发在地球上非常重要。呃，当然没有衣服重要，但也差不多了。对人类来说，头发不仅仅是一种生长于头顶的丝状生物材料。它具有各种各样的社会象征，不过绝大多数的意义只可意会不可言传）。他身上的衣服如太空一般漆黑，T 恤上印着三个大字——“暗物质”，也许这是某些人特有的交流方式——通过 T 恤上的标语。他手上绑了一根“腕带”，双手插在裤兜里。他盯着我的脸，那眼神怎么看怎么别扭（这种感觉是相互的）。他的声音相当低沉，起码根据人类的标准就是如此——其低沉的程度几乎和沃那多星球上的嗡嗡树不相上下。他走过来坐在床边，起初还是想对我示好的，可不知怎的就变得咄咄逼人了。

“爸爸，你为什么要这样做？”

“我不知道。”

“现在学校就要变成地狱了。”

“哦！”

“你只会说这个‘哦’？你这是什么态度？除了这个，你他妈的就不会说人话了吗？”

“不，我他妈的不知道，真是见鬼，格利佛。”

“哼，你毁了我的生活，我成了一个笑话。以前已经够倒霉了，我的意思是，自从我到那里之后。可现在——”

我魂不守舍，满脑子里只想着丹尼尔·罗素，我现在如饥似渴地想给他打电话。格利佛发现我心不在焉。

“没关系。你从来都不想搭理我，昨晚算是太阳从西边出来了，我懂了。”

格利佛离开了房间，他重重地摔上门，只留下一声咆哮。他今年15岁，这意味着他属于一类名为“青少年”的特殊人群，这类人的主要特征为地心引力的影响作用减弱（他们会变高）、拥有丰富的抱怨类词汇、缺乏空间意识（永远以自我为中心）、频繁手淫以及对谷类食物永远欲求不满。

昨晚。

我跳下床，爬上阁楼。我敲他的房门，他没有应声，我不管三七二十一，直接把门打开。

房间里的主色调是黑暗。墙上贴了音乐人的海报——有“恒温器”“史奇雷克斯”“恶臭”“母亲之夜”，还有他T恤上写的“暗物质”。墙上有一扇窗，倾斜的角度和天花板一致，但百叶窗全拉下了。床上有一本书，是查尔斯·布可夫斯基的《火腿黑面包》[1]。地板上横着几件衣服，整个房间弥漫着绝望的云数据。我感觉得出来，他渴望以这样或那样的方式摆脱痛苦。我当然会替他了结，不过首先得问他几个问题。

他的耳朵里塞着一种类似于音频发射器的东西，所以没听见我进来。他全神贯注地盯着电脑，也没看见我。屏幕上有一张动态图像，那是我一丝不挂地在大学楼中裸奔。屏幕上还有一些文字评论，最上面的一条是这样写的："格利佛·马丁，你肯定骄傲爆了吧。"

下面则是排山倒海的评论，其中有一条最经典："哈！哈！哈！哈！哈！哈！哈！哈！哈！哈！哈！哈！哈！哈！哦，我差点忘了，还有一个——哈！"我看了看这条评论旁边的评论者姓名。

"谁是'西奥·克拉克大爷'？"话音刚落，格利佛几乎要跳起来，他回头望着我。我又问了一遍，但他还是不理我。

"你在干什么？"我问他，纯粹是出于研究的目的。

"请你出去。"

"我想和你谈谈，谈昨晚的事。"

他留给我一个背影，身体如斗鸡一般僵硬："出去，爸爸。"

"不，我想知道我对你说过什么。"

他从椅子里跳将出来，人类说的"一蹦三尺高"就是他这副德行："离我远点，行吗？你从来都懒得管我的死活，所以现在就别假惺惺了。你他妈的这样有意思吗？"

1 德裔美国小说家布可夫斯基的自传，讲述他的童年故事。他当时和酒鬼父亲一同生活，母亲备受残虐，家中一贫如洗。其父经常失业，经常辱骂他，对他拳脚相加。

墙上有一面小小的圆镜，犹如一只死鱼的眼睛，我注视着镜中他的背影。

他凶神恶煞般地吼了一通之后，又坐回到椅子，继续对牢电脑，手指在怪模怪样的指令装置上不断翻飞。

“我想知道一些事，”我说道，“我想知道你是否了解我的工作情况，就是上个星期的工作情况？”

“爸爸，请你——”

“听着，这非常重要。我回家的时候，你还是醒着的吗？你知道，昨天晚上？你在不在家里？你有没有睡着？”

他咕哝了几声，我没听清楚。这话估计只有伊比索才能听明白。

“格利佛，你的数学学得怎么样？”

“你他妈的最清楚，别问我！”

“我他妈的不知道，起码是现在忘了。不然我他妈的干吗要问你？我问你什么，你他妈的就给我乖乖地答！”

死一般沉寂，我以为我使用他的语言会有效果，但格利佛只是坐在那里，回避着我的目光，右腿轻微而快速地上下抖动。我的话犹如一拳打在棉花上。我猜他的一只耳朵仍然塞着音频发射器，也许它正在发送无线电信号。我站了一会儿，觉得是时候离开了。可等我走到门口时，他终于开口了：“是的，那时我醒着，你对我说话了。”

我的心一阵狂跳：“什么？我对你说了什么？”

“说你是人类或世界的救世主。”

“可以详细一点吗？我有没有说具体细节？”

“你证明了你心爱的黎曼假设。”

“黎曼，是黎曼，黎曼假设。我他妈的真跟你说这个了？”

“是的，”他说道，仍然是半死不活的语气，“这是你在一个星期之内第一次和我说话。”

“你后来把我的话对谁说了？”

“什么？爸爸，说老实话，我觉得别人对你在大街上裸奔的事更感兴趣，你的那些破方程式根本没人在乎。”

“但你妈妈不会也这样吧？你有没有对她说？她肯定问过你我对你说什么了，你知道，昨晚我不见了。她是不是问过你？”

他耸耸肩（我发现耸肩是青少年的主要沟通模式之一）：“是。”

“那么，你怎么说的？快说呀，格利佛，你告诉她什么了？”

他转身，对牢我的眼睛，眉头紧锁，眼神充满了愤怒和迷惑。“我他妈的就是不相信你，爸爸。”

“你他妈的说什么？”

“你是父亲，我是孩子。以自我为中心的人应该是我，而不是你。我 15 岁，你 43 岁。爸爸，如果你真的病了，我自然会照顾你，但你现在除了有裸奔的新爱好以及喷脏话的诡异行为之外，骨子里还是和以前一个德行，一点没变。想听真话？你可扶稳了。我们其实根本不在乎你的破质数。你那份操蛋的高薪工作，还有屎一般的白痴书，对我们来说都算个屁。是啊，你有天才大脑，你也有能力破解全世界最难的数学玩意儿，可这又怎样？所有的这些东西只会伤害我们。”

“伤害你们？”也许我低估了这个男孩的智力，“你这话是什么意思？”

他的目光“唰”地一下向我扫过来。胸口不断起伏，情绪十分激动。

“没什么意思。”他最后说道，“我还是回答你的问题吧，我没有跟妈妈说。我只说你提到了工作方面的事，仅此而已。那个时候我觉得你的什么破假设一点都不重要，不值得一提。”

“但有奖金呢，你知道这事吗？”

“是的，我当然知道。”

“你还是不觉得这是大事？”

“爸爸，我们有很多银行存款。我们有大房子，它的面积在剑桥可是数一数二的。现在我很可能是我们学校最有钱的学生，但这算个屁啊。这里又不是佩斯，你还记得吗？”

“佩斯？”

“你每年花两万英镑的学校，你连这都忘了？你他妈的到底是谁？杰森·伯恩[1]？”

“当然不是。”

“你很可能也忘记我被开除了。”

“怎么会呢？”我撒了一个小谎，“我当然不会忘记！”

“我看再多的钱也救不了我们。”

我着实听糊涂了。这明显和我们对人类的印象不符。

“的确如此，”我说道，“你说得对，钱不是万能的。还有，我那晚弄错了。我没有证明黎曼假设，我想它根本上就是无法证明的。我以为

---

1 电影《谍影重重》的男主角。

我证明了，但是没有，所以这事没必要跟别人提。”

格利佛把音频发射器塞入耳朵，双眼紧闭。他不想再搭理我。

“你有种。”我咬牙切齿地低语，转身离开了房间。

*

艾米莉·狄金森

我下楼翻出了一本“通信簿”，里面都是联系人的地址和电话号码，按字母顺序排列，我很快就找到了我要的号码。电话里的女人告诉我丹尼尔·罗素出去了，大约一个小时后回来，届时他会给我回电。与此同时，我还翻阅了几本历史书，在精嚼细咽之际学习了一些知识。

和宗教一样，人类的历史也是一部血泪史，充斥着殖民、疾病、种族主义、性别歧视、打压同性恋、阶级势利、环境破坏、奴隶制度、极权主义、军事独裁、灾难发明（人类总是发明一些让自己自乱阵脚的玩意儿，例如原子弹、因特网、分号[1]）、迫害天才、膜拜白痴、无趣、绝望、周期性崩溃以及精神世界的大灾难。在所有的这些悲剧中，总少不了一些令人发指的食物。

我找到了名为《美国名诗集》的书。

---

1 在英文写作中，分号是个难点。

“在我心里，一弯草叶可比天上繁星起落。”一位名叫沃尔特·惠特曼的诗人这样写道。这一观点谁都知道，但他的诗句却有一种别样的美。这本书里还有一首诗也很美，诗人是艾米莉·狄金森，她的诗是这样写的：

这颗小石何等幸福，
独自在路旁漫步，
它不汲汲于功名，
也从不为变故担心。

变幻的宇宙
也得披它质朴的棕色外衣；
它独立不羁如太阳，
与众辉映，或独自闪光。
它顺应天意，
单纯，一味自然。

顺应天意，我暗想，**为什么这话会让我心中一震**？狗对我狂吠不止。我翻动书页，发现了更多不可思议的智慧。我不禁念出声来：“灵魂应整装待发，时刻准备着，迎接美妙的体验。”

“你下床了。”伊莎贝尔回家了。

“是。”我说道。做人就得说废话，把显而易见的事颠来倒去反复地说，直到大限将至。

“你得吃东西。”她端详着我的脸，补充道。

“是。”我说。

她拿出一些食材。

格利佛从门口走过。

“格利佛，你要去哪里？等会儿要吃饭了。”男孩一言不发，头也不回地离开。摔门声几乎把房子震倒。

“我很担心他。”伊莎贝尔说。

趁她担心的工夫，我仔细研究了一下餐台上的食材。主要是绿色蔬菜，不过还有一些别的东西。鸡胸，这让我耿耿于怀，许久都不能释然。鸡的胸脯，鸡的胸脯，鸡的胸脯。

“这看起来像肉。”我忍不住开口。

“我准备做炒菜。”

“用它做？”

“是的。”

“鸡胸？”

“是的，安德鲁。你什么时候开始吃素了？”

狗躺在宠物篮中，它的名字叫牛顿，牛顿仍然对我狂吠。“狗胸怎么样？我们也吃狗胸吗？”

“不。”她耐着性子答道。我在挑战她的底线。

“狗比鸡聪明吗？”

“是的。”她说道，继而又闭上双眼，“我不知道。不，我没时间回答你的问题。还有，你一向无肉不欢。”

我一阵反胃：“我可以不吃鸡肉吗？”

伊莎贝尔痛苦地紧闭双眼。她深吸了一口气，自顾自低语：“老天啊，给我一点力量吧。”

当然，我可以给她力量。但我现在正好缺乏能量，实在爱莫能助。

伊莎贝尔把安定片递给我：“你今天吃了药吗？”

“没有。”

“你很可能应该吃。”

我乖乖就范。

我拧开瓶盖，将一枚药片倒入手心。这种药的形状像语言胶囊，它是绿色的，颜色和知识胶囊一模一样。我将药片抛入口中。

万事小心。

*

洗碗机

晚餐我只吃炒青菜，气味犹如巴扎丁[1]的排泄物。我实在不忍直视，所以只好把目光落在伊莎贝尔身上，这是我第一次觉得盯着人类的脸是一种解脱。但我必须吃东西，所以我硬咽了下去。

“昨晚我失踪后，你去找格利佛，他跟你说话了吗？”

“说了。”她说。

“他说什么了？”

“说你晚上 11 点左右回的家，当时他正在客厅看电视，你走了过去。你对他说，你很抱歉回家晚了，但你把某项工作给做完了。”

“就是这样？有没有更详细一点的内容？”

“没有。”

“你觉得他说这话是什么意思？我的意思是，我说这话是什么

1 译者注：巴扎丁可能是一种外星生物。

意思？”

“我不知道。但我要说的是，你回家居然能对格利佛好脸色，这实在不像你的风格。”

“为什么？我不喜欢他吗？”

“两年前你就不喜欢他了。说出来真让我心痛，但你整个人真的是变了。”

“两年以前？”

“自从他被佩斯开除之后，这就是战火的开端。”

“哦，是的，战火事件，我想起来了。”

“我希望你能够花点心思和他修复关系。”

随后，我跟着伊莎贝尔进了厨房，帮她把盘子和餐具放进洗碗机。我在她身上发现了更多的内容。最初我只把她当作普通的人类，但现在我却在欣赏细微之处的美。我注意到了以前没发现的东西——她和其他人之间的差异。她身穿开衫和一种名叫牛仔裤的蓝色长裤，修长的脖子上挂着一条细细的银链子。她的眼神深不见底，仿佛一直在寻找不存在的东西。或者要找的东西一直都在，只是她没看见。透过她的眼神，似乎一切都有深度，即一种内在的距离。

“你没事吧？”她问我，似乎颇为忧心。

“我很好。”

“我问这个，只是因为你在往洗碗机里放盘子。”

“因为你也在这样做。”

“安德鲁，你以前从不把脏盘子往洗碗机里放。我无意冒犯，我只是想说，你是那种十指不沾阳春水的人。”

“为什么？难道数学家就不该洗碗吗？”

“在这个家里，”她悲哀地说道，“不，数学家从不洗碗。一向如此。”

“哦，是的。我知道，那是当然。我今天只是心血来潮想帮帮你，我有时也做家务的吧。”

“算了，我和你讲不通。”

她看了看我身上的毛衣，蓝色羊毛上粘了一根面条。她把它挑下来，在污迹处轻抚了几下，脸上迅速荡漾出一丝微笑。她关心我，她虽然处处克制，但关切之情溢于言表。我不需要她的关心，这对我没有任何好处。她把手指插入我的头发，帮我把头发理顺。令我惊讶的是，我居然丝毫不觉恐惧。

“爱因斯坦式的时髦固然是件好事，但这样就太荒谬了。”她柔声说道。我报以微笑，假装心领神会。她也微微一笑，但这种笑容之下似乎隐藏着什么。仿佛她戴着一副面具，下面虽然还是一张差不多的脸，但笑意却大打折扣。

“你简直就像厨房里的外星克隆人。”

“呃，”我说道，“差不多吧。”

就在这里，电话响了。伊莎贝尔过去接电话，片刻之后，她回到厨房，手里拿着听筒。

“你的电话。”她的声音突然郑重起来，眼睛睁得大大的，仿佛在无声地传递着一种我无法领会的消息。

“你好？”我接过电话。

对方迟疑了好一会儿，呼吸声，然后是吭哧吭哧的声音隐约传来。

一个男人小心翼翼地问道："安德鲁，是你吗？"

"是的，你哪位？"

"丹尼尔，丹尼尔·罗素。"

我的心狂跳不止。我意识到是时候了，扭转乾坤在此一举。

"哦，你好，丹尼尔。"

"你好吗？我听说你可能身体抱恙。"

"我已经好了，真的。只是最近有点用脑过度。你知道，大脑一直在跑马拉松，最后精疲力竭。我的大脑只适合冲刺，一旦长跑就精力不济。不过不用担心，说真的，我已恢复正常，一点儿也不严重，吃点药就控制住了。"

"那我就放心了，我还一直担心你呢。总之，我希望和你谈谈你发给我的那封惊世电邮。"

"我正有此意。"我说道，"不过电话里谈不大方便，我们不如见面详谈吧，我也想见见你。"

伊莎贝尔眉头紧锁。

"太棒了，我可以去你家吗？"

"不，"我不容置疑地说道，"不，我去你那边。"

我们等着你的好消息。

*

——

豪宅

伊莎贝尔提议载我去，她一再坚持说我的身体尚未恢复，不能独自出门。她当然大错特错，我之前偷偷出门去过菲茨威廉学院，只是她不知道而已。我说我需要磨炼一下，而且丹尼尔有很紧急的事要对我说，可能是有新的工作机会。我说我会把手机带在身上，她要是不放心可以随时打电话。最后，我终于从伊莎贝尔的笔记本里拿到了地址，然后离开家门直奔巴布拉汉。

那是一幢大房子，面积之大是我生平所未见。

应门的是丹尼尔·罗素的妻子，她是一位人高马大、虎背熊腰的女人，白发及腰，皮肤皱得像干橘皮。

“哦，安德鲁。”

她摊开双臂，我依样画葫芦模仿她的手势，然后她吻了吻我的脸。她身上有肥皂和辣椒的味道。她显然和我很熟，因为她不断念叨我的名字。

“安德鲁，安德鲁，你好吗？”她问我，“我听说了你的小小不幸。”

“我没事。这只是一个，呃，小小片断。现在已经翻过去了，以后的日子还长呢。”

她仔仔细细地把我打量了一番，然后把门敞开。她满脸堆笑地请我入内，我走进玄关。

“你知道我为什么要来吗？”

“去看楼上的他。”她指着天花板说。

“是的，但你知道我为什么要来看他吗？”

我的态度令她猝不及防，但她还是耐着性子摆出一副彬彬有礼的样子，整个人如通了电一般活泼，却仍有几分慌乱。“不知道，安德鲁。”她急促地说道，“说老实话，他没告诉我。”

我点点头。我发现地板上有一只巨大的陶瓷花瓶，上面有黄色的花纹，我想不通人们为什么要摆这样大而不当的容器，它们到底有什么用？也许永远都无从知道。我们走过一间房，我瞥了一眼，里面有沙发、电视和书架，墙是深红色的，如血一般凄厉。

“你要喝咖啡吗？橙汁怎么样？我们还有石榴汁口味的果汁。不过丹尼尔认为抗氧化剂只是一种广告噱头。”

“我可以只喝白开水吗？”

我们现在在厨房里，这里大概比安德鲁·马丁的厨房大两倍，只是堆满了乱七八糟的东西，所以也没显得特别大。我的头顶挂着几口炖锅，餐桌上放着一封信，信封上写的收件人是“丹尼尔·罗素和塔碧莎·罗素”。

塔碧莎从水壶里给我倒了一杯水。

“本来应该在里面放一片柠檬的，不过家里的柠檬正好用完了。碗里可能有一个，可现在肯定放坏了。钟点工从来都不帮我们清理水果，他们就是不碰。”

“丹尼尔不吃水果，医生都跟他说了应该多吃水果。医生也叫他多休息，不要那么拼命。他总是只当耳边风。”

“哦，为什么？”

她一脸茫然。

“他有心脏病，你不记得了吗？世上玩命工作的数学家可不止你一个。”

“哦，”我说道，“他还好吧？”

“呃，他一直在服用心脏病药。我准备让他吃杂锦果麦和脱脂牛奶，这样心脏会好受一些。”

“他的心脏。”我随口应道，心思立刻活络起来。

“是的，心脏病。”

“事实上，我来这里也是为了看看他的病情。”她把水递给我，我啜了一小口。此时我不禁想到，这类物种具有一种惊人的天赋即听风就是雨。在我还尚未完全领悟占星术、顺势疗法、宗教团体和益生菌酸奶的概念之前，我就知道人类特别容易受骗，这也许是因为他们缺乏外表上的魅力，正所谓美不够，蠢来凑。跟他们说话只要语气中的信服力足够，他们就会相信。真是什么都信，当然，除了事实。

“他在哪里？”

“在书房，楼上。”

“他的书房？”

“是的。你知道书房怎么走吧？”

“当然，当然，我知道。”

*

丹尼尔·罗素

当然，我一直都在撒谎。

我当然不知道丹尼尔·罗素的书房在哪里，他的房子大如迷宫，但我走到一楼楼梯的拐角处时，我听到了一个声音，和我在电话里听到的干巴巴的声音一模一样。

“人类的救世主来了吗？”

我循着声音一直走到左边的第三个门，它半开着，我可以瞥见墙边摞了厚厚的纸堆。门推开后，迎面而来的是一位面容消瘦生硬、长着小鸡嘴（依人类的标准来看，他的嘴小得可怜）的秃头男人。他一身的衣服可谓是气派至极，红领结，格子衬衫。

“真高兴看到你穿衣服了。”他偷笑道，“我的邻居可都是神经敏感的人。”

“是的，我今天不仅穿了衣服，而且件数适宜，不用担心。”

他点点头，而且点个不停，他倒在靠椅中，手放在下巴上轻轻摩挲。

他身后的电脑屏幕开着，上面布满了安德鲁·马丁的曲线图和公式。空气中有咖啡的气息，我看到了一只空杯子。事实上，是两只。

“我已经看了，而且还看了两遍。这肯定都快把你榨干了，我看得出来，你真了不起。我想你肯定已经油尽灯枯，安德鲁。我只是把它看完就已经虚脱了。”

“我的确很拼命，”我说道，“我整个人都陷进去了。不过总算皇天不负有心人。”

他关切地听着。“他们给你开药了吗？”他问道。

“安定片。”

“你觉得有用吗？”

“当然，当然，我觉得很有用。说老实话，现在一切都感觉有些陌生，仿佛来自外星球，来自另一个世界，仿佛空气都变了样，地心引力也有所减少，甚至连以前熟悉的空咖啡杯现在也变得陡然陌生。你知道，从我的角度来看就是如此。甚至你，现在的你在我眼中变得面目狰狞，几乎等同于恶魔。”

丹尼尔·罗素拊掌大笑，这并非开怀的笑。

“呃，我们之间总少不了龃龉，不过我总把它归因于学术上的较量，这种情况在所难免。我们不是地理学家或生物学家，我们是研究数字的，数学家总喜欢这样。看看那个倒霉的小杂种艾萨克·牛顿。”

“我给家里的狗取名叫‘牛顿’。”

“看，你就是这样的人。不过听着，安德鲁，现在不是把你推到路边的时候，现在我要做的是轻拍你的背鼓励你。”

我们在浪费时间：“你有没有跟别人说这事？”

他大摇其头："没有，当然没有。安德鲁，这是你的成就。应该是你用自己的方式公布于世。不过我很可能还是应该以朋友的身份建议你，再耐心等一会儿。至少等一个星期，毕竟你在基督圣体那边出了有伤风化的事，等这阵风声平息了再说。"

"对人类来说，数学还不如裸奔重要吗？"

"差不多是这样。安德鲁，听我说，回家吧，这个星期好好休息。我会和菲茨威廉的黛安打个招呼，跟她说你会好起来的，只是暂时可能需要放几天假，她肯定会灵活处理的。等你第一天来上课时，学生十之八九会拿你当笑料，你需要一颗强大的心脏。休息一会儿吧，听我的话，安德鲁，现在就回家。"

我可以闻到咖啡的腐臭味，而且越来越浓。我打量着墙上所有的证书，暗暗为自己感到庆幸——幸好个人成就在我们那个星球毫无意义。

"回家？"我说道，"你知道我的家在哪里吗？"

"我当然知道。安德鲁，你在说什么？"

"老实跟你说，我不叫安德鲁。"

他再次神经质地傻笑："安德鲁 · 马丁是你的笔名吗？如果是这样，我真该帮你取个更好听的笔名。"

"我没有名字，名字是把个人利益放于集体利益之上的物种所特有的一种东西，这是你们的一种病。"

他终于从椅子上站起来了，他身材颀长，个子比我还高："安德鲁，你在说什么？这真是太有意思了。我真觉得你必须看医生，听着，我认识一位非常专业的心理医生……"

"我不是安德鲁 · 马丁，真正的安德鲁 · 马丁已经死了。"

“死了？”

“他证明了他要证明的东西，我们别无选择。”

“我们？你到底在说什么？安德鲁，你清醒一下子吧，你似乎着了魔，我觉得你应该回家。我开车送你回去，这样会安全一些。来，我们走。我带你回家，你得回到家人身边。”

他伸出右手，示意我出门。

但我哪里都不会去。

*

——

痛感

“你说你想拍我的背。”

他的眉头皱了起来，皱眉的时候，他额头上的皮肤闪闪发光。我死死地盯着，盯着那片光亮。

“什么？”

“你想拍我的背，你刚才就是这样说的。所以，为什么不试试呢？”

“什么？”

“拍我的背，然后我就走。”

“安德鲁——”

“拍我的背。”

他长叹一声，眼神中交织着担忧和恐惧。我转身，把后背交给他，等待他的手掌，等待一下一下地拍打。然后就那么发生了。他拍了我的背。第一次接触时，尽管我们之间隔着衣服，但我还是能读取数据。然后我转身，电光石火之间，我的脸不再是安德鲁·马丁，那是我的本来面目。

“你——”

他向后趔趄了几步，“轰”的一声撞在书桌上。此时我已恢复了安德鲁·马丁的脸，但他已经看到了我的真面目。此时我只有一秒钟，我必须以迅雷不及掩耳之势阻止他尖叫，因此我麻醉了他的下巴。他的眼球几乎凸出眼眶，里面写满了恐惧，似乎在问一个问题：**他到底是怎么了？**要想圆满地完成任务，我还需要再次接触他的身体——我的左手碰一下他的肩膀就已足够。

然后，疼痛袭来，我召唤来的疼痛。

他紧握自己的手臂，脸扭曲成紫罗兰色，我家乡的颜色。

我也有痛感，头痛，还有疲劳感。

他双膝一软跪倒在地，我从他身边走过，把电邮和附件通通删光。我特意检查了他的发件箱，没有一丝可疑的痕迹。

我走到楼梯口：

“塔碧莎！塔碧莎，叫救护车！快！丹尼尔好像心脏病发作了！”

*

——

埃及

顷刻之间，塔碧莎拿着电话冲上楼来。她惊恐万分地跪下，拼命地把一粒药丸——阿司匹林——往丈夫口里塞：“他的嘴打不开！他的嘴打不开！丹尼尔，张嘴！亲爱的，哦，上帝啊，亲爱的，快张嘴！”继而电话响了，“是的！我跟你们说过了！刚才已经说过！霍利家！是的，乔瑟路！他快要死了！他快死了！”

她好不容易把药硬塞入丈夫的口中，药丸化为一串白沫，从嘴角流淌到地毯上。“嗯，”她的丈夫挣扎着说话，“嗯。”

我站在一旁看着他。他双目圆睁，瞪得很大很大，犹如伊比索的眼睛，仿佛人生在世就是为了强迫自己睁大双眼看这个世界。

“丹尼尔，别害怕。”塔碧莎对着丈夫的脸说道，“救护车马上就来了，你会没事的，亲爱的。”

他的目光现在落在我身上，他望着我的方向，脸部肌肉抽搐：“嗯！”

他想提醒妻子：“嗯。”

她哪里会懂？

塔碧莎以一种几乎癫狂的温情爱抚着丈夫的头发：“丹尼尔，我们就要去埃及了。坚持一下，想想埃及。我们马上就要去看金字塔，只用再等两个星期。坚持一下，我们肯定会很快乐。你一直都想去……”

我在一旁看着，一种不可思议的感觉涌上心头。那是一种渴望，一种向往，但我也不知道自己到底渴望着什么。男人的血液无法流入心脏，这是我的杰作，女人跪倒在男人身边，此情此景令我震撼得动弹不得。

“上次你就挺过来了，这次肯定也能化险为夷。”

“不”，我暗暗低语，“不，不，不。”

“嗯。”他紧缩着肩膀，痛苦万分。

“我爱你，丹尼尔。”

此刻他双眼深闭，痛感达到了顶点。

“别扔下我，不要扔下我，你叫我一个人怎么活……”

他的头倒在她的膝盖上，她仍在爱抚丈夫的脸庞，看来这就是爱了，两个生物相依为命。我本应认为自己正在冷眼旁观人类的弱点，我本应嗤之以鼻，但此时此刻，我完全没有这些想法。

他不再发出任何声音，刹那间，他似乎变得更重了，塔碧莎几乎难以承受。他的双眼不再紧闭，刚才太过用力挤出的皱纹悉数放松下来，脸部变得柔和，结束了。

塔碧莎号啕不止，仿佛身体的一部分被人硬生生地撕裂出去。我从未听过这样悲恸的声音。这让我深感不安，真的。

一只猫如幽灵般从门边出现，也许是被这里的声音所惊扰，但总的来说，它对这幅场景漠不关心，无所谓地原路折回。

“不，”塔碧莎哭喊道，一遍又一遍，“不，不，不！”

门外，救护车在碎石路上戛然停住，蓝色的灯在窗外不住地闪烁。

“他们来了。”我告诉塔碧莎，然后急步下楼。踏在柔软、铺着地毯的楼梯上，心头的千钧重担就此莫名卸下，绝望的哭泣声、徒然的喊叫声渐渐退去，归于虚无。

*

我们的世界

我想到了我们——你和我——的世界。

在我们的世界，没有自欺欺人的幻念，没有宗教，没有脱离现实的小说。

在我们的世界，没有爱憎，有的只是纯粹的理性。

在我们的世界，没有由情而生的罪行，因为我们没有情。

在我们的世界，没有悔恨，因为所有的行为都有合乎逻辑的动机，势必能在特定的情况下产生最理想的结果。

在我们的世界，没有姓名，没有居住在一起的家人，没有夫妻，没有阴郁的青少年，没有癫狂。

在我们的世界，恐惧早已不复存在，因为我们已解决了死亡的问题，我们不死不灭。这意味着我们不会任由宇宙骑在我们头上，因为我们要在宇宙中永生不朽。

在我们的世界，绝不会有人躺在奢华的地毯上，死死抓住胸口，面庞渐渐变紫，双眼百般留恋地环视四周，直到咽气的最后一刻。

在我们的世界，因我们在数学方面的知识无所不包且已到了登峰造极的地步，我们的技术至臻完美。这意味着我们不仅能星际旅行，还能将生物成分重新排列组合，并随时进行更新和补充。这些先进的技术亦使我们在心理上无坚不摧，我们绝不会有内心的挣扎，我们绝不会把个人欲望置于集体的需要之上。

在我们的世界，我们都知道如果人类掌握的数学知识超出了他们的心理成熟程度，那我们就必须采取行动。比如说，丹尼尔·罗素死了，他掌握的知识随之长眠地下，这样可以拯救成千上万的性命。因此，他的牺牲是合情合理也是合乎逻辑的。

在我们的世界，没有噩梦。

然后，那一晚，我生平第一次有了噩梦。

在那个世界里，我置身于死人堆中，一只猫漠然地在铺满了尸体的大街上走过。我想回家，但回不去。我被困在这里，我已成为他们中间的一分子。我被困在人类的躯壳中，人类无法摆脱的命运摆在面前，我无处可逃。我饥肠辘辘，想吃东西，但无能为力，因为我的嘴巴紧闭。饥饿令我痛苦到了极点，我即将成为饿殍，生命在以最快的速度消逝。我去了第一夜去过的垃圾箱，我想往嘴里塞一些食物，但怎么也做不到，我的嘴巴莫名其妙地被麻醉了，仍然紧锁。我知道我要死了。

死。

人类怎么能忍受死亡？

我醒了。

我大汗淋漓，上气不接下气。伊莎贝尔轻抚我的后背："没事了。"她的语气像足了塔碧莎，"没事了，没事了。不要怕。"

*

狗和音乐

第二天，我一个人在家。

呃，不，其实也不尽然。

我不是一个人，家里还有狗。这只狗以一位数学家——那位想出了万有引力定律和惯性定律的人——的名字命名。它离开宠物篮的速度慢得出奇，我发现它的名字太贴切了，真可谓是向牛顿的发现致敬。此刻它醒了，这是一只年老体弱、步履蹒跚的狗，而且还瞎了一只眼。

它知道我是谁，或者知道我不是谁。每次一靠近我，它便咆哮不止。我还无法领会它的语言，但可以感觉出它的不快。它对我示以森森白牙，但我知道它多年以来对它的两足主人百般奉承，这意味着我仅凭着自己能够直立行走就足以对它发号施令。

我感觉浑身无力，我把这一切归咎于地球上的空气。但每次一闭上眼，我就隐约看见丹尼尔·罗素倒在地毯上极度痛苦的脸。我头痛欲裂，但这是昨天运用了能量之后的遗留效应。

我知道，如果把牛顿争取到身边，我在地球上小住的这段日子会好过得多。它也许掌握了一些信息，也许懂得一些信号，也许听过一些事。我知道宇宙中有一条规则是通用的，那就是：要想把某个人争取到身边，你必须缓解他的痛苦。现在看来，这样的逻辑当然荒谬可笑。但事实甚至更荒谬，而且危险得连我自己都不敢承认——在伤害过地球物种后，我居然会有治愈他们的冲动。

我走上前去，递给它一块饼干。喂完饼干之后，我让它失明的那只眼复明了。接下来，我抚摸它跛瘸的后腿，它在我的耳畔呜咽不止，说着我无法翻译的话。我治愈了它，不仅令自己的头痛更为剧烈，而且在这一过程中，一波又一波的疲劳感不断袭来。事实上，我熬不住了，一下子倒在厨房的地板上人事不省。待到醒来时，我身上沾满了狗的唾液。牛顿的舌头仍在我身上打转，舔得不亦乐乎。它舔了又舔，越舔越有劲，没完没了，仿佛狗存在的意义就是舔出我皮肤下的某种东西。

“你可以就此打住吗？”我说，但它依然如故。最后我只得站起身来，它还是没停下那张该死的嘴。

尽管我站起身来，它还是试图站在我身上，仿佛它也想直立行走。这时我才意识到，比被狗憎恨更可怕的是被狗热爱。说真的，在这个宇宙中，我还从没见过这么不知廉耻的物种。

“走开，”我喝道，“我不要你的爱。”

我走到客厅，一屁股坐在沙发上。我需要整理思绪，人类会不会觉得丹尼尔·罗素的死有可疑之处？一个有心脏病史的男人第二次发作，突然间一命呜呼，看起来可疑吗？我没有毒药，没有他们能用肉眼看得出的武器。

狗坐在我身边，脑袋依偎在我的膝盖上，然后它竖起脑袋，旋即又倒下，仿佛把脑袋支起还是倒下是它这辈子面临的最大抉择。

那天我们在一起度过了几个小时，我和狗。起初我烦它纠缠我，因为我需要集中精力，好好想想下一步该做什么。最后一步当然是斩草除根，干掉安德鲁·马丁的妻子和孩子，但在这之前，我得好好想想还需要搜集多少信息。我再次呵斥狗，叫它滚远一点，它灰溜溜地走开，但等我独自呆立在客厅，四下空落，唯余思绪和计划之时，一阵蚀骨的寂寞劈头而来，我只得唤牛顿回来。它来了，似乎很高兴我又需要它。

我找到了自己感兴趣的东西，这是古思塔夫·霍尔斯特的《行星组曲》。它的主题是人类所在的微不足道的太阳系，所以当气势恢宏的音乐流泻出来时，我一下子被震住了。另外一个让我疑惑不解的地方是它共分为七个乐章，每一章都以占星术中的神话人物命名。例如，火星是“战争之神”，木星是“欢乐使者”，土星是“老年使者”。

这种原始的音乐让我觉得滑稽，它的理念也让我啼笑皆非——音乐居然会和毫无生命的行星扯上关系。但它似乎让牛顿安静了一些，而且我必须承认有那么一两个乐章对我也产生了某种影响，某种电化学类的影响。我意识到，听音乐纯粹是一种数拍子的享受，你甚至意识不到你在数拍子。随着电脉冲从耳朵神经细胞流遍全身，我体会到了一种前所未有的感觉——平静。自从眼睁睁地看着丹尼尔·罗素倒在地毯上咽气之后，我一直都莫名其妙地紧张不安，这一刻，我的心灵终于归于平静。

我一边听音乐，一边想弄清楚牛顿和它的同类为什么会对人类迷恋不已。

“告诉我，”我说道，“人类到底是什么玩意儿？”

牛顿大笑，或者说它的声音感觉就像狗的笑声，真的太像了。

我不依不饶地继续发问：“来吧，说说你的心里话。”它似乎有几分忸怩作态，也许它真的没有答案，也许它没有定论，或者它对人类太过忠诚，所以无法说实话。

我换了一张唱片，这是一位名叫恩尼奥·莫里科内的作曲家写的曲子。接下来我又放了大卫·鲍伊的《太空怪谈》，它的节奏虽然简单，但相当悦耳。还有“空气乐队”的《月光狩猎》，虽然这张唱片和月亮本身毫无关系。接下来的唱片是约翰·柯川的《至高无上的爱》和塞隆尼斯·孟克的《忧郁的僧侣》，它们都是爵士音乐，充满了复杂性和矛盾性。我很快就明白了，人类之所以成为人类，其原因正在于此。我听雷昂纳德·伯恩斯坦的《蓝色猜想曲》、贝多芬的《月光奏鸣曲》和勃拉姆斯的《间奏曲作品第 18 号》。我听披头士、海滩男孩、滚石、傻瓜庞克、王子、传声头、艾尔·格林、汤姆·威茨、莫扎特。我听得如醉如痴，我发现各种各样的声音都可以成为音乐——例如披头士《我是海象》中奇怪的电台广播声，王子《树莓贝雷帽》开头的咳嗽声，还有汤姆·威茨的一些歌的结尾。也许对人类来说，这就是美。灾难、瑕疵都可以放入美的模式。他们讲究不对称的美，对数学的公然对抗，我想起了我在二次方程式博物馆的演讲。海滩男孩的歌声缓缓响起，一种奇妙的感觉从眼眶、从心底袅袅升起，我说不出那是一种什么样的感觉，但我想起了伊莎贝尔。昨晚回家后，我告诉她丹尼尔·罗素心脏病突发，就在我面前一命呜呼。伊莎贝尔听后拥抱了我很久很久。

她有过一丝怀疑，眼神变得生硬，但只是一瞬间，很快就软化为怜悯。她无论如何都不可能相信自己的丈夫是凶手。我听的最后一首曲子是德彪西的《月光曲》。这是我所听过的诠释太空最为贴切的音乐。我站在那里，站在房间正中间，震惊得呆立半晌，人类居然可以制造出如此优美的声音。

这种美让我毛骨悚然，仿佛看到一个外星生物神出鬼没地冒了出来。比如说，伊比索会从沙漠里突然出现，我必须凝神静气，我必须相信主人告诉我的一切，人类是一种丑陋、暴力、无可救药的物种。

牛顿用爪子抓门，刺耳的“咔嚓”声将音乐毁之殆尽，我只得走过去，设法破解它的意图。结果表明它想出去，我看到了伊莎贝尔用过的“项圈”，于是我把它套在牛顿的脖子上。

遛狗的时候，我搜肠刮肚地思索人类恶的一面。

人与狗的关系从伦理上来说极为可疑，和宇宙中所有的物种相比，人和狗的智商只能算中等，二者之间的差距并不大。但我不得不说，狗似乎并不在乎。事实上，它们大多数时候都对这种安排相当满意。

我牵着牛顿走。

马路对面有一个男人，他停下来盯了我一会儿，然后低头暗自微笑。我对他笑笑并挥手致意，我知道这是人类正确的问候方式。他没有挥手回应。**是的，人类真是莫名其妙的物种**。我们继续向前走，然后又碰到了一个男人。他坐在轮椅上，似乎认识我。

“安德鲁，”他开口说话了，“你知道丹尼尔 · 罗素的事吧？真是太可怕了。”

“我知道，”我说道，“我当时就在那里，而且亲眼看见了。真的很惨。”

“哦，我的天啊，我真没想到。”

“死亡是一件非常悲惨的事。”

“的确如此，唉。”

“不好意思，我得走了，狗急着拖我走。再见。”

“好，好，快去吧。不过我可以再问一个问题吗？你好吗？我听说你最近不大好。”

“哦，我还好。那件事已经过去了，只是一场小误会而已，真的。”

“哦，原来如此。”

对话越来越乏味，我找了一个借口离开。牛顿拖着我向前走，最后我们来到一大片草地上。我发现，这是狗钟爱的地方。它们喜欢在草地上撒欢奔跑，假装它们自由了，恨不得对彼此欢呼：“我们自由啦，我们自由啦，看，看哪，看我们多么自由！”这个场景着实有几分可怜，但它们就是喜欢，尤其是牛顿。这是它们选择相信的集体幻觉，所以它们全心全意接受，对自己曾经为狼的前身不再有一丝一毫的留恋。

人类有一个了不起的地方——他们能够塑造其他物种的未来，改变他们的根本属性。这种事有可能发生在我身上，也许我会潜移默化地被改变，也许我已经被改变？谁知道呢？我希望不会这样。我希望我能保持主人要求的纯粹性，像质数（例如 97）一样强大独立。

我坐在长椅上看车来车往，每次一看到车我就难受，无论在这个星球上待多久，我怀疑自己永远都无法适应。看看那些车，被地心引力、还有低劣的交通技术所限制，马路上车一多，它们简直就没法移动。

阻碍某个物种的技术发展是不是很不道德？我不禁扪心自问。我不想再坐在这里，所以听见牛顿开始汪汪叫时，我长舒了一口气。我扭头看它，它站着一动也不动，虽然声嘶力竭地咆哮，但脑袋一直保持一个方向。

“看！”它似乎对我这样说，“看！快看啊！那里！”我懂得了它的语言。

那里还有一条路，一条没有如水车流的路，那里有一排面朝公园的连栋房屋。

显然，牛顿要我看那里，我听从了它的命令。我看见了格利佛，他独自一人走在人行道上，头发遮住半边脸，似乎在竭力隐藏自己。这个时候他应该在学校，可他没有，除非人类的学校会在街上行走，而且还会思考，这当然太荒谬了。他看到了我，整个人吓得灵魂出窍。然后，他扭头往另一个方向走去。

“格利佛，”我喊他，“格利佛！”

他充耳不闻，不仅如此，还加快了脚步，他的行为令我担忧。毕竟，他知道这个世界上最大的数学难题已经被他父亲破解。我昨晚没有采取行动，当时我觉得自己需要收集更多信息，需要确认安德鲁·马丁有没有把这事告诉其他人。另外，和丹尼尔见面几乎耗尽了我的精力。我得改天再采取行动，甚至可能得再等两天。总之，我迟早是要除掉他的。格利佛告诉我，他什么都没说，而且也不准备对任何人说。但我凭什么就无条件地相信他？现在他母亲还以为他在学校，可显然他不在。我从长椅上起身，踩着草坪上的垃圾，朝格利佛的方向追了过去。

“快走，”我对牛顿命令道，这时我才意识到真不该放过这个孩子，“我们得走了。”

我们到达了格利佛走的那条马路上，我决定跟踪他，看他会去哪里。他走到一个地方便停了下来，还从口袋里掏出了一个盒子。他从盒子里取出一根柱状物，把它放入嘴中点燃，他开始转身，我感觉得出来，他马上就会躲在树后面，是的，他已经躲在树后面了。

之后他开始继续走，很快他就到了一条大马路上，这条路叫柯勒律治路。他不想在这条马路上逗留太久。这里的车太多，待得越久，就越容易被人发现。于是他继续走，不久之后，建筑物越来越少，这里不再有车和行人。

我担心他会回头看，因为这里再没有树或其他的东西做掩护。而且，尽管我离他极近，只要他一转身，就能轻而易举地看到我，但要想用意念操纵他，我们之间的距离还是远远不够。幸运的是，他没有回头，一次都没有。

我们路过一幢门口停满了空车的建筑，它在阳光之下闪闪发光。楼顶耸立着两个大字——“本田”。玻璃门里有个西装革履的男人盯着我们，然后格利佛径直穿过草坪。

最后，他到了一处地面上有四条铁轨的地方，四条平行线，相隔极近，但还是可以看见彼此之间的距离。他就站在那里，一动也不动，似乎在等待着什么。

牛顿看了看格利佛，继而又抬头看着我，似乎焦虑万分，它故意发出一声哀鸣。“嘘！”我打断它，“别出声！”

过了一会儿，远处出现了一列火车，它轰隆隆地行驶在铁轨上，越来越近。我发现格利佛捏紧了拳头，整个身体变得僵硬起来。此时此刻，他离火车行驶的那条轨道只不过一两米。当火车驶过他身边时，牛顿汪汪叫了起来，但火车的声音太大，而且离格利佛太近，他完全听不见狗叫声。

这真是有趣，也许根本用不着我动手，也许格利佛准备把自己解决掉。

火车驶过去了，格利佛紧握的拳头渐渐松开，他整个人似乎又放松下来，不过这也许是一种失望。趁他还没有转身往回走，我赶紧把牛顿拉回，闪电般地从他的视野里消失。

*

格里戈里·佩雷尔曼

就这样，我离开了格利佛。

连碰都没碰一下，更不用说伤害他。

我和牛顿一起回家，而格利佛则继续闲逛。我不知道他要去哪里，但有一点很清楚，他是漫无目的的，没有特定的去处。因此，我可以断定他并非找人。事实上，他似乎见人就躲。

不过我知道还是不保险。

问题不仅仅在于黎曼假设的证据，更在于知道黎曼假设能够证明的理念，格利佛有这个理念，就存在于他的脑袋中，他在大街上走动，随时都有可能泄密。

然而，我有理由拖延，因为主人说过要有耐心。他说过要务必找出哪些人知道这个秘密。我的任务是阻止人类的进步，而且必须做得干净彻底。现在杀格利佛还为时过早，因为杀他和杀伊莎贝尔应该是最后一步，这个时候动手势必会引人怀疑。

是的，我就是这样告诉自己的。我解开牛顿的项圈，再次走入家门，然后打开客厅的电脑，在搜索栏输入“庞加莱猜想”。

很快我就发现伊莎贝尔说的都是对的，这个猜想——涉及球体和四维空间的一些最基本的拓扑定律——被一位名叫格里戈里·佩雷尔曼的俄罗斯数学家成功证明。2010 年 3 月 18 日，也就是在三年前，克雷数学研究所宣布他赢得了千禧年大奖，但他断然拒绝，连 100 万美元的奖金都分文未取。

“我对金钱名利毫无兴趣，”他说，“我不愿像动物那样被摆在动物园里供人观赏，我也不是什么数学英雄。”

这并非他获得的唯一奖项，还有欧洲数学学会颁发的一项权威大奖，马德里国际数学家大会颁发的一项大奖以及数学界最高荣誉菲尔茨勋章。所有的奖项都被他拒之门外，他固执地选择清贫的生活。格里戈里长期处于失业状态，只一心照顾年迈的老母。

人类自大，人类贪婪，他们眼中只有金钱名利。他们并不在乎数学本身，只在乎能够从中获取的利益。

我退出系统，突然之间，浑身犹如被抽去了筋骨一般。我饿了，也许刚才一直都很饿，只是我没注意到，于是我去厨房找吃的。

*

香酥味带皮花生酱

我吃了一些酸豆，喝了一碗浓缩汤，接下来还嚼了一根名叫芹菜的棍状蔬菜。最后，我吃了几片面包，这是人类的一种主食，之后意犹未尽，我打开橱柜继续找东西吃。白砂糖是我的首选，我还尝了一些混合香草料，味道都不怎么样。我心下惴然，仔细研究了一下营养成分，遂决定尝试一种名为“香酥味带皮花生酱”的玩意儿。我在面包上涂了一点这种酱，把它递给牛顿，它吃得津津有味。

“我应该试试吗？”我问它。

它汪汪叫了几声，似乎在说：“当然，你绝对应该试，它真的很美味（狗的语言没有真正的文字，它更像一种旋律。有时是无声的旋律，但毕竟也是旋律）。”

它的话一点不错。

我往嘴里塞了一点，细细嚼了起来，这时我才意识到人类的食物原来也可以如此可口。我以前从未享受过美食，深想之下，我才明白我其实什么都没享受过。直到今天，虽然感觉陌生，仍深陷无力感和迷惑之中，但我体验到了音乐和食物带来的快乐，甚至可能享受到了宠物陪伴的简单快乐。

吃完了一片涂了花生酱的面包之后，我又涂了一片面包和牛顿一起分享，接下来又涂了一片。牛顿的胃口奇大，至少和我不相上下。

“我不是安德鲁。”我在某一刻告诉他，“你早就知道了，是不是？我指的是，你一开始对我充满敌意，你那时就知道了吧。所以只要我一靠近，你就对我咆哮。你感觉得出来，是不是？你的感觉比人类灵敏多了。你知道不对劲。”

它的沉默意味深长，我凝视着它如水一般澄澈、诚恳的双眼，突然间有了一种冲动——我必须对它坦诚。

“我杀了一个人。”我告诉它，说完之后如释重负，“我是人类称为‘凶手’的那种人。‘凶手’是一个带有评判意味的字眼，如果说我是‘凶手’，那就是失之客观了。你知道，有时为了拯救，你就必须杀戮。不过，如果人类知道了我的行为，他们还是会称我为‘凶手’。不过我是不会让他们知道的。”

“听我说，有一点你肯定很清楚，那就是人类的发展仍然极不平衡，在同一具身体里，心理和生理之间存在着天壤之别。他们治疗心理和生理的医院都各自为政，似乎身和心是两种毫不搭界的东西。因此，如果他们不能接受一个人的思维会直接影响身体这一事实，那他们几乎就不可能掌握运用思维——尽管并非人类的思维——控制他人身体的方法。当然，我的技巧并非只是生物学方面的知识。我还有技术，但它是看不见的，它在我体内，存在于我的左手之中。有了它，我可以变成现在这个样子，我可以和我们星球的人联系，我可以有坚韧的意志。它帮助我控制人类的思维和身体，我可以用意念控制事物——看，快看，花生酱的盖子自己打开了吧，这就是我的杰作。这和你熟悉的催眠极其相似。你知道，在我们的那个世界，一切都是无缝的，思维、身体、技术全都完美地融为一体。”

就在这个时候，电话响了。它先前也响过，只是我没有接。花生酱太美味了，和听海滩男孩的歌一样，是一种莫大的享受（例如《在我的房间里》《只有上帝知道》《小帆船“约翰 B”》），我没法分心接电话。

但到了这个时候，花生酱吃完了。牛顿和我面面相觑，不禁悲从中来：“对不起，牛顿，我们好像把花生酱吃完了。”

“这不是真的，你肯定弄错了，再看看。”

我又检查了一番：“真没有了，我没弄错。”

“仔细一点，好好地仔细检查，你刚才只扫了一眼。”

我仔细检查，甚至把空荡荡的罐子给它看。它还是不信，我只好把罐子放在它的鼻子底下。显然，它要亲自查看。“哼，你看，还有一点。看，就在这里。”它把罐底舔得干干净净，直到最后，它自己也不得不承认实在是没有花生酱了。我忍不住放声大笑，我从来没有这样笑过。这是一种很匪夷所思的感觉，但没有任何不快之处。之后我们离开厨房，一同坐在客厅的沙发上。

“你为什么来这里？”

我不确定一只狗望着我，是不是在问这样的一个问题，但我还是认真地回答了它：“我来这里是为了销毁信息，销毁存在于某些机器以及某些人脑中的信息，这就是我的目的。不过，我来这里显然还要做另一件事——收集信息。我想知道人类有多反复无常？有多暴力？对自己以及对他人有多危险？他们的缺点是无法改变的吗（他们的确有一身的毛病），或者说他们还有希望吗？这些问题存在于我的脑海之中，我真不该想这么多，毕竟我的首要任务还是销毁信息。”

牛顿忧郁地望着我，但它没有加以评判。我们一起依偎在那张紫色的沙发上，待了很久很久。突然我意识到，我身上有某些东西正在转变，自从听了德彪西和海滩男孩的音乐之后，我就一直在蜕变，我真希望我没听过这些音乐。我们坐在一起沉默了十来分钟，直到家里响起了开门声，这种沉闷的气氛才被打破。

是格利佛，他站在走廊里静静地呆立了半晌，然后默默挂好外套，扔下书包。他走进客厅，步履缓慢，他看都没看我一眼。

“不要告诉妈妈，行吗？”

“什么？”我问道，“不告诉她什么？”

他一脸尴尬：“我没上学的事。”

“好的，我不会说。”

他看了看牛顿，牛顿的脑袋正靠在我的膝盖上，他的眼中闪过一丝疑惑，但什么也没说，只是转身上楼。

“你在铁轨边做什么？”我问他。

我看见他的双手紧张地拧紧：“什么？”

“火车经过的时候，你就站在那里。”

“你跟踪我？”

“是的，是的，的确如此。我跟踪你了，我本不想告诉你。事实上，问你这个问题，我自己都吓了一大跳，但我的好奇心太强烈了。”

他闷哼了几声，权当是回答，随即上楼消失。

如果有一只狗躺在你的膝盖上，不久之后你就会明白自己应该抚摸它。不要问我凭什么就应该这样，显然这是由人类上半身的构造所决定的。总之，我抚摸着狗，手触碰到牛顿温软的毛时，我发现这种感觉充满了温情和韵律感，享受至极。

*

伊莎贝尔的舞姿

终于，伊莎贝尔回家了。为了能亲眼看见她从前门走进来的样子，我特意在沙发上换了一个姿势。我只想看看她的简单动作，推门、取下钥匙、关门，再将钥匙串放在木制家具上一只小巧玲珑的椭圆形竹篮中——所有的一切让我看得如醉如痴。她的一系列动作犹如行云流水，几乎犹如舞蹈，有一种不假思索的流畅。我本应报以鄙夷的目光，但我没有。无论做什么，她的动作总是优雅至极，犹如一曲余音袅袅的旋律。然而，她的本质毕竟摆在那里，她是人类。

她走进玄关，一路上都在喘气，笑容和蹙眉同时凝固在她的脸上。和格利佛一样，她也没看明白狗为什么会依偎在我的膝盖上。当她看到狗从我的膝盖上跳下来，欢快地向她奔过去时，她的迷惑更浓重了。

“牛顿怎么了？”她问。

“没怎么呀！”

“它看起来精神多了。”

“是吗？”

“是的，它的眼睛似乎更亮了，我真想不通。”

“哦，可能是因为花生酱吧，还有音乐。”

“花生酱？音乐？你从不听音乐，今天你听音乐了？”

“是的，我们一起听的。”

她狐疑地望着我：“哦，是这样啊。”

“我们听了一天的音乐。”

“你感觉怎样？我的意思是，丹尼尔的事还让你难过吗？”

“嗯，情绪还是有些低落。”我说，“你今天过得好吗？”

她叹气：“还好。”她在撒谎，我看得出来。

我的目光停留在她身上，我发现，我居然可以坦荡自如地凝视她。这到底是怎么了？难道这是音乐的另外一个副作用？

我想我已经适应了她，也差不多适应了人类。毕竟从外表来看，我也算是人类。从某种意义上来说，这已成了一种新常态。即便如此，每每路过窗边看到有人朝我窥视时，我仍然会有一阵肠胃不适，但在伊莎贝尔面前，我完全没有任何不适。事实上，那一天，或者是那一天的那一刻，我简直通体舒坦。

“我想我应该给塔碧莎打个电话，”她说道，“不过还是挺难开口的，她说不定会哭到崩溃。我也许还是只给她发邮件比较好，你知道，起码得告诉她我们愿意帮忙。”

我点点头：“这是个好主意。”

她怔怔地看了我半晌。

“是的，”她缓缓说道，“我也这样觉得。”她转而查看电话，“有人打过电话吗？”

“也许是吧，电话响了几次。”

“但你没有接？”

“没有，我没接，我真的没法应付冗长的对话。我觉得自己肯定是被诅咒了。上次我和除了你以及格利佛之外的人说了长长的一通话，然后他就死在了我面前。”

“不要用这种方式说话。”

“这样怎么了？”

“油嘴滑舌，这是个悲伤的日子。”

“我知道，”我说道，“我只是……思绪仍然是木的，真的。”

她听电话留言，之后回到我身边。

“很多人打电话找你。”

“哦，”我问，“谁？”

“你母亲，但你得小心了，她可能会使出拿手的担忧绝命招。她听说了你在基督圣体的小风波，我不知道她是怎么知道的。学校也给你打了电话，他们想和你谈谈，他们听起来挺担心你的，还有《剑桥晚报》的记者。此外还有阿里，他总是这么好心，他想知道你星期六去不去看足球赛。另外还有一个人，”她停顿了一会儿，“她说她叫玛姬。”

“哦，是啊，”我假装心领神会，“当然，玛姬。”

伊莎贝尔对我高高扬起眉毛，显然，她的表情另有深意，只是我不懂，这真让人沮丧。你知道，话语只是人类的语言之一。正如我以前说过的，他们的语言种类还有很多，例如叹气，还有沉默——最要命的是还有皱眉。

然后，她又走入另一个极端，她的眉毛开始耷拉下来，低至极限。她叹了一口气，走进厨房。

“你动了白砂糖？”

“我吃了一点点。”我说道，“对不起，这是个错误。”

“呃，你知道，东西要原样放回。”

“我忘了，抱歉。”

“没什么，才过去一天半，你大概还没恢复。”

我点点头，尝试表现得像一个真正的人类：“你需要我做什么？我的意思是，我现在应该做什么？”

“呃，第一件事应该是打电话给你母亲，不过不要跟她说医院的事，我知道你的德行。”

“什么？我是什么德行？”

“有很多话你不对我说，但全部都跟她说。”

现在我陷入了烦恼，真正的烦恼。我决定马上打电话。

*

母亲

听起来很奇特吧，不过对人类来说，母亲是个极其重要的概念。他们不仅清清楚楚地知道谁是他们的母亲，而且绝大多数人终其一生都会和母亲保持联系。当然，对于像我这种从不知母亲身在何处的人来说，这真是一种天外怪谈。

太不可思议了，以至于我不敢拿起电话。但我还是硬着头皮打了电话，因为如果她儿子和她无话不谈，那我必须知道他们谈了什么。

“安德鲁？”

“母亲，是我。

“哦，安德鲁。”她说话就像连珠炮，我从未见识过语速这么快的人。

“你好，母亲。”

“安德鲁，我和你爸爸担心死你了。”

“呃，”我说道，“只是小问题罢了。我暂时失去理智，忘了穿衣服。真没什么。”

“这就是你要说的全部内容？”

“不，不，当然不是。我有个问题要问问你，母亲。一个非常重要的问题。”

“哦，安德鲁，这到底是怎么回事？”

“事？哪件事？”

“是伊莎贝尔干的好事吗？她是不是又唠叨你了？你发病是不是因为她？”

“又唠叨？”

她叹气，终于消停了一会儿：“是的，一年多以来，你一直告诉我们，你和伊莎贝尔之间矛盾不断。你忙得不可开交，可她不理解。而且你需要她的时候，她总是不在。”

我认真地想了想，伊莎贝尔回到家，为了不让我担心，说她很好。她为我做饭，抚摸我，安慰我。

“不是这样，”我说道，“她总在他——不，是我——身边。”

“那格利佛呢？他怎么样？我觉得她把孩子教得跟你作对，就因为你不让他加入那个乐队。亲爱的，你是对的。他不该玩什么破乐队，现在应该以学业为重。”

“乐队？我不知道。母亲，我觉得你说得不对。”

“你怎么喊我‘母亲’了？你以前从来不这样喊。”

“可你是我母亲呀！我应该怎么喊你？”

“妈，你喊我‘妈’。”

“妈。”我喊道，它简直是所有字眼中最陌生的一个，“妈，妈，妈，妈，听着，我想知道我最近是否和你说过话。”

她心不在焉：“我们真希望能陪在你身边。”

“那来吧，”我说，我很想看看她长什么模样，“现在就来。”

“呃，你知道我们离你有 12000 英里。”

“这样啊！”我有些失望，不过 12000 英里似乎不是个很远的距离，“那你们下午来吧。”

母亲哈哈大笑：“你还是和以前一样爱耍嘴皮。”

“是的，”我说道，“我还是很幽默的。听着，我上个星期六和你打过电话吗？”

“没有。安德鲁，你失忆了吗？是不是失忆症？我感觉你患上了失忆症。”

“我只是暂时有些糊涂，真没什么，不是失忆症。医生已经诊断过了，只是……最近工作太辛苦。”

“是的，是的，我知道。你和我们说过。”

“那我对你们说什么了？”

“说你几乎没有睡觉，说你比以往任何时候都要辛苦，差不多自从你获得博士学位后就没这么辛苦过。”

然后，她开始主动提供我压根儿不需要的信息。她开始大谈她的髋骨，髋骨带给了她无尽的痛苦。她在吃止痛药，但效果不大。我发现这种谈话让我头疼，甚至有些反胃。我不知道什么是慢性病痛，这对我来说属于外星概念。人类以为他们的医学技术相当发达，可他们连这个问题都没解决好，更不用说死亡问题了。

“母亲——妈，听着，你知道黎曼假设吗？”

“就是你一直在证明的那个玩意儿嘛，是不是？”

“一直在证明？是的，我还在证明。我现在才意识到，我永远都证明不了。”

“哦，没事，亲爱的。别对自己这么苛刻。好了，听着……”

很快，她又开始继续谈她的病痛。她说医生建议她做髋关节置换手术，人工髋关节是钛合金的。她说这些时，我几乎倒抽了一口凉气，但我不想和她详谈钛合金，因为人类显然对它一无所知，他们得以后自己慢慢摸索。

然后，她开始谈我的“父亲”以及他逐渐衰退的记忆力。医生叫他不要再开车了，“父亲”一直在写一本有关微观经济理论的书，但现在看越来越不可能写完，他的出版梦估计要破碎了。

“这让我很担心你，安德鲁。你知道，就在上个星期我才跟你说过医生的话，那时我就建议你去做个脑部扫描，你的失忆症可能是你爸爸遗传的。”

“哦。”我嗫嚅着，实在不知道还能说什么，老实说，我想结束谈话。显然，我没有对父母说证明了黎曼假设的事，或者至少是没对母亲说。而且从母亲的话来看，父亲的大脑严重失忆，就算我对他说了，他很可能也会忘得一干二净。还有，非常重要的是，这样的对话令我难过，它迫使我用一种全新的角度来思考人生。我发现，从母亲的描述来看，人类的年纪越大，生活便越困苦。你来到人世间，有着婴儿的手和脚，还有无限的快乐。之后，手脚越长越大，快乐一点一点蒸发。再然后，青春岁月转瞬即逝，快乐从指缝中匆匆流过，越流越快。仿佛你越知道它会流逝，就越抓不住，就算你有巨手和天足也是枉然。

为什么我会难过？这并非我的任务，我为什么要在乎？

我不得不再次深深庆幸，幸好我只是空有人类的皮囊，而不是真正属于他们。

母亲继续口若悬河，在耳朵生茧之际，我意识到就算我不听，对她也不会有任何影响。想明白之后，我挂断了电话。

我闭上双眼，什么也不想看，但我还是看到了一些东西，我看见了塔碧莎，她依在丈夫身边，阿司匹林化成的泡沫从她丈夫的嘴角溢出，缓缓流下。我不知道我母亲是不是和塔碧莎一般年纪，或者她的年龄更大？

再次睁开双眼时，我看见牛顿站在面前，仰着小脑袋看我，它的眼神写满了困惑。

“你为什么不说再见？你以前总是要说再见的。”

这时，我做了一件我自己也不能理解的事，这真是无比诡异，毫无逻辑可言。我拿起电话，拨了母亲的电话。铃响三声后，母亲接起了电话，然后我说：“对不起，妈，我忘了说再见。”

哈啰，哈啰，你可以听见我吗？你在吗？

我们可以听见，我们在这里。

听着，一切顺利，信息已被销毁。从现在开始，人类仍将处于三级水平，无须担心。

你已经销毁了所有的证据以及所有可能的证人吗？

我销毁了安德鲁·马丁电脑里的信息，丹尼尔·罗素的电脑也被我洗了一遍。丹尼尔·罗素本人已被干掉，心脏病发作。他有心脏病，所以我做得干净利落，不露痕迹。

伊莎贝尔·马丁和格利佛·马丁干掉了吗？

没有，我还没有，没必要多此一举吧。

他们不知道？

格利佛·马丁知道，伊莎贝尔·马丁不知道，但格利佛·马丁没有跟任何人说这事的动机。

你必须干掉他，必须把他们两个都干掉。

不，真没必要。如果你要我这么做，如果你真认为势在必行，那我可以控制他的大脑，我可以让他忘记他父亲告诉他的话。这孩子并不是真正知道这事，而且他对数学也差不多一无所知。

控制大脑是没用的，你一回沃那多，效力就会消失。你明明很清楚。

他什么都不会说。

他也许现在已经说了。不要相信人类，他们连自己都不相信。

格利佛什么都没说，伊莎贝尔也什么都不知道。

你必须完成任务。你不做，我就派别人帮你做。

不要，千万不要，我一定完成，不用担心，我会完成任务的。

CHAPTER

2

指间的珍宝

*

你不能说A由B构成，反之亦然。所有物质都是相互作用的。

——理查德·费曼

我们都孤独，却不知为何而孤独。

——大卫·福斯特·华莱士

对于我们这些渺小的生物来说，唯有借助爱才能承受浩瀚宇宙。

——卡尔·萨根

*

梦游

我站在床边，看着熟睡的他。我不知道自己在黑暗中站了多久，我听着他悠长的呼吸声，他已坠入了梦的黑甜乡。也许，我已站了半个小时。

他没有拉下百叶窗，我可以看见窗外的夜色。从这个角度看不到月亮，但依稀能瞥见几颗星星。太阳正照耀着银河中其他已死去的太阳系，天空中可以看到的任何地方——或者几乎是任何地方——都死气沉沉。这肯定会影响人类，肯定使他们以为自己就是宇宙的主宰，所以他们自大疯狂。

格利佛翻了个身，我决定不再等下去。机不可失，时不再来。

把被子掀开。我告诉他，我的声音极低，他醒着是不可能听见的。我的声音借着 θ 波[1]直达目标，摇身化为他的大脑发出的命令——**慢慢**

1　频率为 4~8 赫兹的脑电波。θ 波为优势脑波时，人的意识中断，身体深沉放松，这是一种高层次的精神状态，也就是我们常听到的“入定态”。在这样的状态下，由于意识中断使得我们平常清醒时所具有批判性或道德性的过滤机制被埋藏起来，因而大开心灵之门，对于外界的信息呈现高度的受暗示状态，这就是为什么人在被催眠时容易接受外来指令的原因。

地从床上坐起来，把脚放在地毯上，深呼吸，全身放松，站起来。

他一一照办，真的站起身来。他站在那里，呼吸悠长而缓慢，等待下一道命令。

现在走到门边，不用想怎么开门，因为门已经开了。好了，只管走，继续往前走，走到门边就好。

他乖乖听我使唤。不久，他就走到了门口，除了我的声音，他对周遭的一切都视而不见。现在，我只需要吐出三个字——**往前倒**。我走近他，突然之间，这三个字怎么也吐不出来。我需要时间，至少再等一分钟。

我站在那里，离成功只有一步之遥，我可以闻到他身上的睡意，还有人类的味道。我想起了主人的话：**你必须完成任务。你不做，我就派别人帮你做**。我吞咽了一下，此时口干舌燥，烧灼得生疼。我感觉身后是浩瀚的宇宙，一股巨大而不带任何感情色彩的力量呼啸而来。时间、空间、数学、逻辑和生死通通失却色彩，我闭上眼睛。

静静等待。

还没等睁开眼睛，我的喉咙就已被扼住，几乎无法呼吸。

他转身 180 度，左手捏着我的脖子。我把它甩开，可现在他的双手又捏成拳头，如暴风骤雨般向我砸过来，半数落了个空，还有半数结结实实地砸在我身上。

他击中了我的头部，我连连后退，但他步步紧逼。他怒目圆睁，肉眼看见了我，可心眼仍然紧闭。当然，我本可以叫停，但我没有。也许我想亲自体验人类的暴力，尽管这是无意识的暴力，但起码可以让我理解自己的任务有多重要。只有理解了，我才能认真执行。是的，应该就是这样。因此，他一拳打在我的鼻子上，我任由鼻血横流。我退到了书桌前，身后再无退路，所以我只是站在那里，任由他痛击我的脑袋、脖子、胸部和手臂。他开始怒吼了，嘴角几乎咧至耳边，露出森森白牙。

“啊！”

这声怒吼把他从梦中震醒，双腿渐渐软如面条，他几乎当场跌倒在地，但最后还是适时站定了。

“我，”他手足无措，一时间，他不知自己身在何处。他看见了黑暗中的我，这一次是真正的看见，“爸爸？”

我微微点头，一线鼻血缓缓流到嘴边。伊莎贝尔从楼下奔上来：“怎么了？”

“没什么。”我说道，“我听到楼上有声音，所以过来看看。格利佛梦游了，就是这样。”

伊莎贝尔打开灯，看到我的脸时，她大惊失色：“你在流血。”

“没什么，他不是故意的。”

“格利佛？”

格利佛坐在床边，竭力躲避光亮。他也看着我的脸，但沉默不语，什么也没说。

*

我是一个虚无

格利佛想继续上床睡觉。所以，十分钟之后，伊莎贝尔单独和我在一起，我坐在浴缸边，她用棉球蘸了一点 TCP 消毒液，轻轻涂在我的额头，然后是嘴唇的伤口上面。

你们也知道，这些伤口我动用一下意念便可轻松痊愈。但我打消了这个念头，感受痛苦应该是个充分的理由。而且，这个时候伊莎贝尔正在给我涂消毒液，伤口不宜自动消失。我得强迫它保持原样，我不能让她怀疑。只是，这就是所有的理由了吗?

“你的鼻子疼吗？”她问我。我看了一下镜中的自己，鼻孔周围还有一块血渍。

“还好。”我一边感受着痛苦，一边说道，“它又没骨折。”

她眯着眼，关切地打量我：“前额上的这道伤口真的很严重。还有这里，以后可能会留明显的疤痕。他肯定下手很重，你有没有试着制服他？”

“当然，”我撒了一个谎，“但扛不住他的架势。”

我可以闻到她身上的气息，一股清新、属于人类的味道。她脸上洗面奶和保湿露的清香。洗发水的芬芳，还有一丝不易察觉的洗涤剂的气味，差一点就被刺鼻的消毒液所掩盖。她的身体从未离我如此之近。我怔怔地看着她的脖子，上面有两颗小小的黑痣，相依相偎，犹如两颗不为人知的双子星。我想，安德鲁·马丁一定吻过这里。人类喜欢做这些事，他们亲吻。人类的许多行为都毫无意义，亲吻也如此。不过，如果你愿意尝试，也许可以找出其中的逻辑。

“他有没有说什么？”

“没有，”我答道，“没有，他只是吼叫，听起来像原始人。”

“我实在不明白，你和他之间，永远都不会结束。”

“什么不会结束？”

“我总为你们头疼，永远不会结束。”

她把沾了血的棉球扔进水池旁的垃圾箱中。

“对不起，”我说，“我犯过太多错误，过去无可挽回，未来已刻下伤痕。”痛得麻木至极，这番道歉让我觉得自己身上充满了人性。我真应该写一首好诗。

我们回到床上，她在黑暗中握住了我的手，我轻轻把它拂开。

“我们已经失去了他。”她说。我过了好一会儿才明白她指的是格利佛。

“呃，”我说道，“也许我们只需要接受现在的他，虽然他和以前大不一样了。”

“我只是没法理解他。你知道，他是我们的儿子。16 年以来，我们把他捉摸得通通透透。可现在，突然之间，我觉得我根本不认识他。”

“别难过，也许我们不应该猜测他的心思，只用接受就好。”

“真难以置信，安德鲁，这话居然能从你嘴里冒出，真是太奇怪了。”

看来我要抛出下一个问题了：“那么我呢？你理解我吗？”

“我觉得你都不了解自己，安德鲁。”

我不是安德鲁，我知道我不是安德鲁。但与此同时，我正在失去自我。我成了一个虚无，这真是个问题。我和一个女性人类躺在一起，此时此刻，即便我有意识地感受消毒液渍在伤口上钻心的痛，但仍然觉得眼前的这个女人楚楚动人。我满脑子里想的都是她那陌生而光滑的肌肤，还有她对我的种种关心。在这个宇宙中，从没人这样关心过我（你们也一样，是不是）。如今我们技术发达，自有设备关心我们，我们不需要感情，我们独自居住。为了集体的利益我们一起工作，但在感情上我们不需要任何人，我们唯一需要的是数学的纯粹性。然而，我开始害怕入睡，因为一睡着，伤口便会自动痊愈，我不要这样。就在那时，我发现疼痛是一种奇妙而真实的安慰。

我有太多的忧虑，太多的问题。

“你觉得人类是可知的吗？”我问她。

“我写过一本查理曼大帝的书。我希望如此。”

“但人类从本性上来说，到底是好人还是坏人？你怎么看？他们值得信任吗？或者说他们在本质上就是暴力、贪婪和残忍的物种？”

“怎么说呢，这是个古老的问题。”

“你怎么看？”

“安德鲁，我困了，对不起。”

“是啊，我也困了。明天再聊。”

“晚安。”

“晚安。”

伊莎贝尔沉沉睡去后，我仍然辗转反侧。问题在于，我还是不习惯黑夜。夜色也许不如我最初想象中黑，这里有月光、星光、大气光、灯光和星际尘埃反射出的太阳光，但人类仍然得将半生光阴虚掷于这片黑暗之中。我敢打赌，人类之所以需要感情和性爱，主要原因之一正在于此。人类需要在黑暗中寻找慰藉，有她在身边就是一种慰藉。所以我躺在那里，静静聆听她的呼吸声起起落落，犹如海水的潮汐。不知不觉，在羽绒被下的双重黑夜中，我的小拇指碰到了她的身体。这一次，手指停在了那里，我想象自己真的就是安德鲁，我们相互取暖。两个人类以一种最原始的方式真正相互关爱，这种想法让我深感温暖，它引领我在永远黑暗的意识之梯上逐级而下，最终走入梦乡。

我可能需要更多时间。

你不需要时间。

该杀的人我肯定会杀，不用担心。

我们不担心。

但我在这里并不仅仅为了销毁信息，我还要收集信息。你以前就是这样吩咐我的，不是吗？我知道，数学知识是全宇宙通用的。我指的不是那种大脑里的信息，我指的是只能在这里，在地球上收集的信息，这样我们可以更好地了解人类的生活方式。你知道，很久以来——至少是按人类的时间概念——我们都没有派人来地球了。

解释一下你为什么需要更多时间。对付高等物种需要时间，可人类只是原始物种。他们是最浅显的秘密。

不，你错了，他们同时存在于两个世界之中——表面世界和真实世界。这两个世界之间的纽带形式有许多种。我刚来的时候，有许多事情都看不明白，比如说，我不知道人类为什么非要穿衣服，死牛为什么会变成牛肉，修剪成某种形状的草地为什么不能走，宠物为什么对人类无比重要。人类害怕自然，他们需要证明自己能主宰自然，这样便会安心许多。因此就有了草坪，狼也会被驯化成狗，你也会明白他们的建筑为什么都采用一些不自然的形状。但说真的，自然——纯粹的自然——对他们来说只是一种符号，一种人性的符号。自然和人性是可以互换的，所以，我的意思是——

你的意思是什么？

我的意思是，了解人类需要时间，因为连他们自己都不了解自己。他们穿衣服的历史非常悠久，我指的是那种比喻意义上的衣服。这就是我要表达的意思，这就是人类文明的代价——要建立文明，就必须关闭通往真实自我的心门。因此，他们陷入了迷茫，这是我的一些理解。他们之所以发明艺术——书籍、音乐、电影、戏剧、绘画、雕塑——的原因也正在于此。艺术是他们连接自我的桥梁，帮助他们找回本我。然而，不管他们离本我有多近，最终还是触摸不到。我要说的是，昨晚我准备除掉那个男孩，格利佛。他差一点儿就要在睡梦中从楼上掉下摔死，但就在那个时候，他的本我跳出来了，他袭击了我。

用什么袭击你?

用他自己，他的手臂，他的双手。他仍处于沉睡状态，但双眼圆睁。他袭击了我，他可能把我当成了他应该袭击的人，他的父亲。我终于见识到了人类纯粹的愤怒。

人类本来就暴力，这一点都不新鲜。

当然不是，我知道，我知道。但醒来后，他就不暴力了。这是他们所特有的一种心理斗争。我相信，如果我们能更好地了解人性，以后在人类有了其他的进步之时，我们就能相应地采取更好的措施。你知道，如果以后我们沃那多又出现人口过多的问题，我们也许可以选择在地球上生活。所以，尽可能地了解人类的心理、社会以及行为对我们很有用，你觉得呢?

他们的天性就是贪婪，没什么好了解的。

事无绝对。比如说，有一位叫格里戈里·佩雷尔曼的数学家，他拒绝接受金钱和荣誉，一心照顾年迈的母亲。我们对人类有偏见，我想我应该做更多的调查，这对我们沃那多有好处。

但你不需要留那两个人。

哦，我需要他们。

为什么？

因为他们把我当成了安德鲁，所以我有了实实在在的机会看清他们，看清人类真实的一面，我可以穿越人类树起的重重心墙。顺便说一下，格利佛现在什么都不知道了。昨晚我把他父亲最后一晚告诉他的话从他的大脑里删除了，只要我在这里，就没有危险。

你必须尽快动手，这两个人没必要永远留着。

我知道，别担心，我会伺机行事。

他们必须死。

我明白。

*

比天空更辽阔

“这是睡眠精神病，”第二天早餐时伊莎贝尔对格利佛说道，“这种情况非常常见，许多人都有这种问题，许多无比正常、神志健全的人都有。比如R.E.M.里的一个成员，他就有，所以他会成为摇滚巨星。”

她没有看到我，我刚刚走进厨房。但当我坐下的时候，她不仅注意到了我的存在，还看蒙了。“你的脸，”她说道，“昨晚还有伤口和瘀青。现在居然完全痊愈了。”

“也许本来就不严重，夜色有夸大的作用。”

“是的，但是即使如此——”

她无意中瞥见了儿子，格利佛正战战兢兢地吃麦片。于是她决定不再多谈。

“格利佛，你今天也许应该请个病假。”伊莎贝尔说道。

我想他肯定会一口应允，这孩子情愿站在铁轨边都不愿意上学。可万万没有想到的是，他望着我思忖了一会儿，最后扔下一句话：“不，不，我还是上学好了。我没事。”

片刻之后，家里只剩我和牛顿。诸位看明白了吧，我仍然处于“恢复期”。恢复就是recover，它意味着“重新掩饰”。诸位明白了吧，这是最典型的人类用语，它说明要想过健康正常的生活，就必须隐藏一些东西——健康正常之下的暴力，前一晚我在格利佛身上看到的暴力。健康意味着隐藏，字面意义以及比喻意义上的掩饰。现在我必须找出掩饰之下的秘密，找出一些既能令主人满意、又能为自己迟迟不执行任务提供合理理由的东西。我发现了一扎用松紧带捆着的纸，它在伊莎贝尔的衣橱里，藏身于一堆基本款衣物的中间，纸页泛黄，已有些年岁。我闻了一下，估计至少有十年。最上面的一张纸上赫然写着“比天空更辽阔”，下面还有一行小字，“伊莎贝尔·马丁的小说手稿”。一本小说？我看了几页，很快就发现主角的名字虽然叫夏洛特，但一眼能看出真身就是伊莎贝尔。

夏洛特听见了自己的叹息，犹如一部千疮百孔的旧机器释放压力。

所有的一切都压在她身上，做每日例行的家务琐事——洗碗、接送孩子、做饭时，她感觉自己犹如身在水下，一举一动都沉重无比。她不得不承认，母亲和孩子之间共有的那种能量源如今已被奥利佛一人垄断。

她把奥利佛从学校接回家，一路上奥利佛都如脱缰的野马，拿着那个蓝色的外星人冲击枪之类的玩意儿四处扫射。她真不明白母亲为什么要给奥利佛买这种玩具。好吧，她其实知道，母亲是为了证明一个观点。

“五岁的男孩喜欢玩枪，夏洛特。这只是天性而已，你不能剥夺他们的天性。”

“杀！杀！杀！”

夏洛特关上烤箱门，设置好时间。

她一转身，正好看见奥利佛用那支巨大的蓝枪对准她的脸。

“不要，奥利佛，”她说道，奥利佛的表情下隐藏着说不清道不明的愤怒，她疲倦得无力抵抗，“不要朝妈妈开枪。”

他充耳不闻，仍然自顾自扫射，廉价的电子枪声此起彼伏。然后，他跑出厨房，穿过走廊，向楼上冲去，一路扫射看不见的外星人，枪声吵得人头疼。她忆起了大学走廊里回荡着的窃窃私语，这时她才意识到原来失去这一切是一种刻骨的痛。她渴望回去，渴望再次执教，但她担心自己也许已离开得太久。产假无限延长，成了永久性的假期。她越来越深信要想做一个完整的女人，唯有做贤妻良母一条路，这是千百年以来的典型女性形象，正如她母亲经常说的那样，要“脚踏实地”。而与此同时，她的丈夫越飞越高，从不肯屈尊从云端降落。

夏洛特带着表演式的愠怒表情摇了摇头，仿佛眼前有一群表情严肃的母亲正在围观她，她们不仅监督她做母亲的进展情况，而且还拿着写字板做记录。夏洛特常常会意识到为人母的外在属性——她必须根据世俗的观点养育儿子，接受命运早已给她安排好的角色。

不要朝妈妈开枪。

她蹲下身子，隔着烤箱门朝里张望。意大利千层面还要45分钟才能烤好，乔纳森下午开会，现在还没回来。

她重新站起来，走进客厅。酒柜里的圆底酒杯闪闪发光，犹如虚假的承诺。她扭动旧钥匙，将酒柜门打开。昏暗的光线下，一个迷你版的酒瓶都市徐徐展开。

她的手依次碰到了“帝国州”和“孟买蓝宝石”，她给自己倒了一杯酒，这是她每晚的小小享受。

乔纳森。

上个星期四晚归，这个星期四又是如此。

重重地倒在沙发中时，她想到了这一点，只是不敢再深想。丈夫是一个谜，她已不再有精力破解。总之谁都知道婚姻的第一原则是：解谜之日便是缘尽之时。

如此看来，家人大多住在一起。有时妻子得忍气吞声地和丈夫待在一起，不管心中有多少痛苦，都必须咬紧牙关，她们可以写小说发泄，再把小说藏在衣橱的最深处。母亲得忍受孩子，不管孩子有多顽劣，就算孩子把自己逼到崩溃的边缘也只能一忍再忍。

总之，我只读到这里为止，我觉得这仿佛是一种入侵。我知道对一位活在丈夫阴影之下的女人来说，我的行为有点过火。我把小说放回衣橱，深埋于衣物之中。

事后，我告诉了她我的发现。

她意味深长地瞪了我一眼，双颊“腾”地一下变得通红。我不知道这是羞愧还是愤怒，也许两者兼而有之。

“这是隐私，你不应该看。”

“我知道。但越隐私我就越想看，我想了解你。”

“为什么？了解我对你没用，这不能帮你取得辉煌的学术成就，更赢不了百万奖金，安德鲁。你不应该多管闲事。”

“难道丈夫不应该了解妻子吗？”

“这话从你嘴里出来，真是讽刺。”

“这是什么意思？”

她长叹一声：“没什么意思，真没什么。对不起，我不该这样说。”

“心里怎么想就应该怎么说，不要藏着掖着。”

“说得好。那我实话告诉你吧，我的意思是我们早该离婚了，根据我的保守估计，2002 年左右就该离了。”

“哦？也许你 2002 年和他——不，我的意思是我——离婚了，现在会更快乐一些。”

“这种事情我们永远无法推测。”

“是的。”

电话响了，是找我的。

“喂？”

一个男人说话了，他的语气亲切而随意，但与此同时也透着好奇：“嘿，是我，阿里。”

“哦，你好，阿里。”我知道阿里应该是我最铁的朋友，因此我得表现得亲热一些，“你好吗？你的婚姻还美满吗？”

伊莎贝尔望了我一眼，狠狠地皱了一下眉头，但我觉得阿里肯定没听清楚我的话。

“哦，我们把爱丁堡的那件事解决了，刚刚回来。”

“哦，”我说道，竭力假装知道“爱丁堡的那件事”，“是啊，我想起来了，爱丁堡的那件事，那件事进行得怎么样了？”

“还不错，老实说，相当不错，我在圣安德鲁斯大学遇到了很多同行。听着，老兄，我听说你这个星期过得很不好。”

“是的，的确如此，这个星期发生了太多事。”

“所以我觉得有必要问一下，你还能来看球赛吗？”

“球赛？”

“‘剑桥’与‘凯特林’的对决，我们可以喝啤酒聊天，比如聊聊上次你跟我说的那个天大的秘密。”

“秘密？”我浑身上下的每个分子顿时激灵起来，“什么秘密？”

“你难道觉得我会四处宣扬吗？”

“不，不，当然不会。总之不要声张，不要告诉任何人。”伊莎贝尔现在在走廊里，一脸狐疑地看着我，“至于你的问题，我的答案是，是的，我会去看球赛。”

我疲倦地按下电话上的红键，也许我不得不再将另一个人类的生命切换至虚无状态。

*

早餐时的片刻沉默

你脱胎换骨，变身为一种截然不同的物种，这个过程比较轻松，它只需简单地重新排列分子。我们体内的技术可以轻松实现，毫无问题，只要命令正确，操作的模型无误即可。宇宙之中没有新成分，人类虽然长得奇形怪状，但他们的成分和我们别无二致。

然而，真正的困难是另一个问题。当你凝视着浴室镜中的自己，看到全新的自己时，你不再一看到自己就恨不得对着洗脸池呕吐，仿佛你对这张脸一直都相当满意。当你穿上衣服时，你意识到自己已相当习惯，渐渐地习以为常。

你下楼，看到了那个名义上是你儿子的生物，你看着他吃吐司，戴耳机听音乐，这时你得过一秒钟——或者是两秒、三秒甚至是四秒——才能意识到他其实不是你的儿子。他和你毫无关系。更重要的是，他必须得和你毫无关系。

还有，你的妻子，你的妻子并不是你的妻子。你的妻子爱你，但并不会真心喜欢你，因为有些事你从来都没有做，这令她怨恨，但这还不是最要命的，最要命的是你将要做的事，是的，你来这里的目的是杀她。她是一个外星人，一个不折不扣的外星人，一个灵长目动物，根据进化理论，成天挂在树上飞来飞去的长毛黑猩猩是她的近亲。然而，当一切都如此“外星”时，外星人开始渐渐变得亲切，你开始以人类的眼光看她。你痴痴地看着她喝粉色的葡萄汁，你以关切、无奈的眼神凝望着她的儿子。你可以读懂她身为母亲的悲哀，她站在海边，眼睁睁地看着儿子坐上一艘摇摇晃晃的破船，一步一步朝深海中驶去。她明知前方是一条不归路，但还是暗暗期待儿子一切平安。

你可以看到她的美。如果地球上美的标准和其他星球一样，那美就应该是诱惑和神秘的结合物，令你迷惑却又回味无穷。

我迷惑了。我迷失了。

我真希望身上能长出一道新伤口，这样她就能过来照顾我。

“你在看什么？”她问我。

“你。”我答道。

她看了看格利佛，他戴着耳机，什么也没听见。她的目光旋即又落回到我身上，眼神和我一样迷惑。

我们很担心，你在做什么？

我跟你们说过了。

什么？

我在收集信息。

你在浪费时间。

我没有，我知道自己在做什么。

就算收集信息也用不了这么久。

我知道，但我想更深入地了解人类，他们比我们想象的复杂多了。他们有时暴力，但常常关爱彼此。他们比任何物种都善良，我可以肯定。

你在说什么？

我不知道我在说什么，我很迷惑，有些事情不需要讲出个所以然。

有时在一个全新的星球上，这种事会发生。你的观点可能会随着外星人的想法而改变，但我们的观点从来都不曾改变。你明白吗？

是的，我明白。

保持纯粹。

我会的。

*

生死球赛

人类是银河系中目前尚未解决死亡问题的极少数智慧生物之一。然而，他们没有穷尽一生深陷于恐惧之中尖叫咆哮，没有死命抓挠自己的身体或在地板上痛苦翻滚。当然，还是有些人会这样做，但他们都是疯子，我在医院里见过这样的人。

现在，好好想想吧。

人类的平均寿命为 80 个地球年或大约 3 万个日日夜夜。这意味着他们出生，之后交朋结友，吃饭，结婚生子（或不婚不育），喝酒做爱，发现身体某处长有肿瘤，继而后悔，思考时间都去哪儿了，然后感慨自己当初本应选择另外一条路，再然后又想明白了，即使人生重来一次还是会重蹈覆辙，如此这般之后，他们终于隆重断气，归于伟大的黑色虚无。告别空间、告别时间。这就是最平凡的平凡零点[1]。对，这就是人类

1　平凡零点是黎曼假设中的概念，它指的是 ζ 函数中分布有序、性质简单的零点。

的一生。一切都局限在同一个平庸的星球上。

但从根本上来说，人类似乎没有将一生葬送于抓狂之中。

当然没有，他们会做其他的一些事。例如：

——洗衣

——倾听

——种花

——吃饭

——开车

——工作

——渴望

——赚钱

——大眼瞪小眼

——喝酒

——叹气

——读书

——赌博

——晒太阳

——抱怨

——跑步

——找碴儿

——关爱

——交际

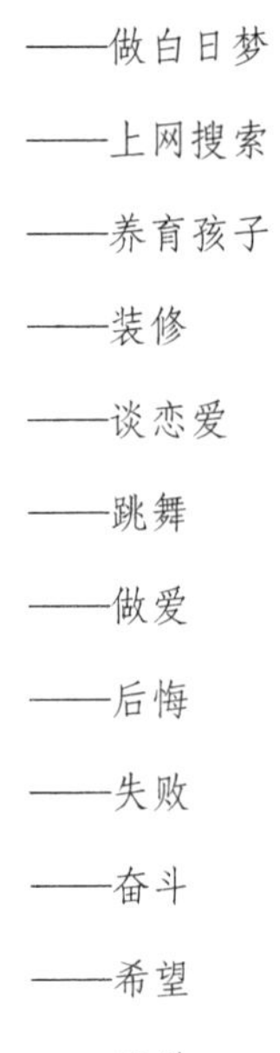

——做白日梦

——上网搜索

——养育孩子

——装修

——谈恋爱

——跳舞

——做爱

——后悔

——失败

——奋斗

——希望

——睡觉

哦，还有体育运动。

显然，我——更确切地说是安德鲁——喜欢运动，而且他喜欢的运动是足球。

安德鲁·马丁教授非常幸运，他支持的球队是“剑桥联合”，这是一支奇葩的球队，它总是成功地与胜利所带来的潜在危险和精神创伤擦肩而过。我发现，支持“剑桥联合”就等于支持失败。眼睁睁地看着球员们的脚见了那只象征着地球的球状物就退避三舍，他们的粉丝似乎气不打一处来。显然，他们并不想改变这一切。你看，不管人类如何狡辩，他们从本质上来说就是不喜欢赢的。或者可以这么说，他们喜欢只赢十秒钟，但如果一直赢下去，他们最后势必会不得不思考其他的问题，例如生死。除了赢，人类最讨厌的莫过于输，但输了你至少还能想办法扭转劣势。如果是绝对的赢，那只能高处不胜寒了，你唯有接受且忍耐。

现在，我坐在球场看“剑桥联合”与一支名叫“凯特林”的球队的对决。我之前问过格利佛要不要来（我想亲自盯着他），可他略带讽刺地说：“呃，爸爸，你真了解我。”

所以，这里只有我和阿里，阿里的全名是阿里朗玛迪·阿拉沙拉瑟姆教授。他是安德鲁最铁的朋友，不过根据伊莎贝尔的描述，我并没有什么特别亲热的朋友，阿里和我之间应该更像是熟人关系。言归正传，阿里是理论物理方面的“专家”(人类的定义)。他整个人圆滚滚的，仿佛嫌看球不过瘾，恨不得把自己也变成一只球。

“嘿，”在“剑桥联合”没有控球的间隙（应该说，是在比赛的任何时候），他问我，“事情进展得怎么样了？”

“事情？”

他往嘴里塞了一大把薯片大嚼特嚼，薯片们的悲惨命运就这样暴露在光天化日之下。“你知道，我有点担心你。”他说着便自顾自大笑起来，这是男性人类典型的笑声，一听就是为了掩饰情绪，“呃，我说担心，其实是一种轻微的担心。我说轻微的担心，其实更像是‘疑惑他是不是变成纳什了’？”

“这话是什么意思？”

他解释了他的意思，显然，人类的数学家容易精神错乱。他给我列了一串人名——纳什、康托尔、哥德尔、图灵。我连连头点，假装心领神会。然后，他说出了“黎曼”。

“黎曼？”

“我听说你不怎么吃饭，所以我觉得你实际上更像哥德尔，而不是黎曼。”他说道。后来我才知道，他指的是另一位德国数学家库尔特·哥德尔。这位仁兄的神经病至为奇特，他觉得所有人都想在他的饭里下毒，所以他干脆绝食了之。根据那种发疯的定义，大嚼薯片的阿里当然算是神志极其清醒的正常人。

“没有的事，这些傻事我全没做过。我现在吃饭很正常，主要吃花生酱三明治。”

“这似乎挺像普雷斯利[1]的。”他笑着说道，说完便严肃地瞧了我一眼。我感觉得出来，接下来他要说正题了，因为他吞咽了一下，再没有往嘴里塞薯片。“你知道，老兄，质数是他妈最严肃的玩意儿，严肃得要人的命。它们会让你迷失其中，它们就像海妖，它们用独一无二的魅力蛊惑你召唤你，你还没回过神来就已落入它们的陷阱，被弄得神经错乱。一听说你在基督圣体那边裸奔，我就想你肯定是精神出问题了。”

“没有呢，我一直都很好，就像行走在铁轨上的火车。”我说道，“或者像衣杆上挂得好好的衣架。”

“那伊莎贝尔呢？你和她还好吗？”

“我们很好。”我答道，“她是我妻子，我爱她。我们一切都好，非常好。”

---

1 此处指美国摇滚巨星“猫王”埃尔维斯·普雷斯利，他表演排练时最喜欢吃花生酱香蕉三明治。

他对我皱起了眉头，转而盯着“剑桥联合”队，花了好一会儿时间研究他们与足球之间的距离。看到他们连球的边都摸不到之后，他松了一口气。

“真的？一切都很好？”

我看得出来他不相信：“直到爱过，此生才无憾。”

他大摇其头，露出一副难以置信的表情。

“这是谁的诗？莎士比亚？丁尼生？还是马维尔？”

我也摇摇头：“不，是艾米莉·狄金森的，我最近读了她的很多诗。还读了安妮·塞克斯顿和沃尔特·惠特曼的，诗歌中蕴藏着很多真理。你知道，关于我们人类的真理。”

“艾米莉·狄金森？你在球赛时念艾米莉·狄金森的诗？”

“是的。”

我明白了，我再次与环境格格不入，这里的一切都有特定环境，没有任何事物可以在任何环境下通用。我还是想不通，在这个星球上，任何地方的空气中都少不了氢，但氢也许是唯一可以通用的事物。在这种环境下念情诗到底有什么不合情理之处？我实在不明白。

“好了，”他终于又开口了。这时“凯特林”正好进球，把他的话头截断。他和其他球迷一起发出了一阵长长的嘘声。我也跟着嘘，喝倒彩其实挺有趣的，它当然也是观看体育比赛时最好玩的一个部分。我似乎嘘得有点过火了，招来了一片怪异的目光，或者也有可能是因为他们在网上看过我裸奔。“好了，”他问，“伊莎贝尔对这事怎么看？”

“什么事？”

“你，安德鲁，她怎么想？她知不知道那事？就是你跟我说的那事？”

总算等到了这一刻，我猛吸了一口气：“我告诉你的那个秘密？”

“是的。”

“那个黎曼假设的秘密？”

他目瞪口呆，五官扭作一团：“什么？当然不是，老兄，难道你和黎曼假设睡觉吗？”

“那秘密是什么？”

“你和一位学生的婚外情。”

“哦，”我顿时释然，“那么说上次见你的时候，我肯定没有谈有关工作的任何事情了吧。”

“没有，那一次你终于没谈。”他漫不经心地看着球赛，“说正事吧，你准备老实交代你和那位学生的事了吧。”

“老实跟你说，我的记忆现在一团模糊。”

“真方便，这可是绝佳的借口，就算伊莎贝尔发现，你也可以水来土掩。现在你不再是她眼中的绝世好男人了。”

“这话什么意思？”

“没有冒犯之意，老兄，但你已经把她的看法告诉了我。”

“她对”——我迟疑了一下——“我的看法是什么样的？”

阿里把最后一把薯片塞入嘴里，就着可乐一口咽了下去，这种饮料有一股恶心的磷酸味。

“她觉得你是一个自私的浑蛋。”

“她为什么这样想？”

“也许因为你的确是个自私的浑蛋。不过怎么说呢，我们都是自私的浑蛋。”

“真的吗？”

“当然，这是我们的DNA所决定的，道金斯[1]老早就跟我们说了。但说到老兄你，你的自私基因就多到了超凡脱俗的水平。你和旧石器时代的尼安德特人有一拼，就算你的同类快死绝了，只有你和另外一个，你也要用石头把他的脑袋砸个稀巴烂，好转身去搞他的老婆。”

他对我一笑，继续看球赛，这是一场冗长的比赛。在宇宙的某个角落，有恒星正悄然形成，亦有恒星轰然陨落。人类存在的目的也是如此吗？或者说，人类之所以存在，是为了享受快乐？至少是享受球赛所带来的“单纯，一味自然”[2]的快乐？最终，球赛结束了。

“真精彩。”我们一起走出球场时我撒谎了。

“真的吗？我们零比四大败。”

“是的，但看球的时候，我可以完完全全忘记死亡，忘记我们这种会死亡的生物在晚年会遇到的种种其他痛苦。”

他再次大惑不解，刚准备说些什么时，正好有人把空饮料罐往我头上扔，把他的话头生生截断了。虽然饮料罐从脑后呼啸而来，但我敏锐地感觉到了，兔起鹘落之间，我低头躲过。反应之快，令阿里目瞪口呆。这时，我找到了扔饮料罐的人。

“哎哟，呆瓜，”那个人说，“你就是网上的那个脑残啊，那个裸奔男，现在身上很热吧，是不是？怎么穿这么多衣服呢？”

---

1 理查德·道金斯，英国著名的演化生物学家、动物行为学家和科普作家，英国皇家科学院院士，牛津大学教授，是当今仍在世的最著名、最直言不讳的无神论者和演化论拥护者之一。

2 源于艾米莉·狄金森的诗《这颗小石何等幸福》。

“滚开！”阿里不安地低吼。

那个男人反其道而行之。

他偏偏要凑过来。他脸上有两坨农村红，眼睛小如绿豆，一头黑发脏得可以滴出油来。就这样一个人，身边还有两个跟班。三个人齐齐拥上来，摆出准备上演暴力大片的架势。“农村红”凑近阿里：“大块头，你刚才说什么？”

“我刚才似乎说了一个‘开’字，现在不大肯定了，”阿里说，“不过我肯定是说了‘滚’字。”

“农村红”一把抓住阿里的衣领：“你以为你很聪明？”

“差不多。”

我抓住那个男人的手臂。“死一边去，你这个不要脸的变态狂。”他吼道，“老子在和这个死胖子说话。”

我想伤害他，我从未伤害过任何人，除非情势所逼。这次情况不同，眼前的这个男人，我觉得狠揍他一顿才能解我心头之恨。我听到他粗重的呼吸声，他肺部一紧，不出几秒钟便痛苦得喘不过气来。“我们走吧。”我边说边将施加在他胸口上的压力一一收回，“他们这三个家伙再不会来烦我们了。”

阿里和我一起走回家，身后不再有尾巴。

“我的天，”阿里说，“刚才是怎么了？”

我没有回答，我能怎么回答，这是阿里永远无法理解的东西。

瞬息之间，风起云涌。天空霎时暗了下来。

看来是要下雨了。我已经说过，我憎恨雨。我知道地球上的雨没有硫酸，但雨——所有的雨——都令我无法忍受。我惊慌失措。

我开始发足狂奔。

“等等！”阿里在我身后追，“你在干什么？”

“雨！”我真希望有一片穹顶能覆盖整个剑桥市的上空，“我无法忍受雨。”

*

电灯泡

“玩得开心吗？”回家时伊莎贝尔问我。她正站在一种史前文物（梯子）之上，更换另一种史前文物（白炽灯泡）。

“开心，”我答道，“我们喝了一些倒彩。但老实跟你说，我以后不想再去了。”

她手中的新灯泡滑落，摔得粉碎。“糟糕，这是最后一只灯泡。”她一脸焦虑，似乎要急得哭出来。她从梯子上走下来，我抬头看了看，那个没有生命的灯泡仍然悬挂在那里。我凝神发力，片刻之后，它又亮了。

“今天运气不错，看来我不用换灯泡了。”

伊莎贝尔凝视着灯光，金色的光洒在她的肌肤上，不知道为什么，我竟有些目眩神迷。光影在她身上移动，令她愈发妩媚。“真奇怪。”她疑惑，转而低头查看破碎的灯泡。

“我来处理。”我说。她对我嫣然一笑，用手轻轻碰了一下我的手以示感激，我的脉搏顿时跳得飞快。然后她做了一件让我意想不到的事，她轻轻地拥抱着我，我们的脚下仍然布满碎玻璃。

我呼吸着她的气息。我喜欢她温软的身体抵着我，这时我意识到了做人的悲哀。身为一种会死亡的生物，人类在这世间伶仃而来，茕茕而去，但他们需要他人——朋友、家人和爱人的陪伴。这是一个迷人的梦想，但至少它很容易实现。

“哦，安德鲁。”她喃喃地道。我不知道她轻呼我的名字意味着什么，但当她抚摸我的背时，我发现自己的手也在她背上摩挲，嘴里还说着似乎极为得体的话：“好了，一切有我，不用担心……”

*

购物

我参加了丹尼尔·罗素的葬礼，亲眼看见棺木缓缓下降到地底，泥土纷纷落下，飞溅在棺木上。参加葬礼的人很多，大多身穿黑衣，还有一些人抹眼泪。

之后，伊莎贝尔打算找塔碧莎说几句体己话。塔碧莎的模样大变，和我上次见她时截然不同。才过了一个星期，她已老了十年。她没有一滴眼泪，似乎是刻意为之。

伊莎贝尔轻轻抚摸着她的手臂："塔碧莎，我只想让你知道，我们在你身边。如果需要任何帮助，尽管开口。"

"谢谢你，伊莎贝尔。我真的很感动，非常感动。"

"如果你不想去超市，我可以帮你买些简单的东西。我的意思是，去超市采购对你来说太累了。"

"你真好心，我知道可以在网上购物，但一直学不会。"

"没事，不用担心。我们会打理好一切。"

伊莎贝尔说到做到，她去帮另外一个人类买东西，而且付了账。回到家时，她说我看起来顺眼多了。

“真的吗？”

“是的，你看起来又像你自己了。”

*

ζ 函数

“你确定已准备好了吗？”伊莎贝尔问我。这是第二个星期一的早晨，我正在吃这一天的第一块花生酱三明治。

牛顿眼巴巴地望着我，它可能要花生酱，不过也有可能要三明治。总之我撕了一块递给它。

“是的，我会没事的，怎么可能出问题呢？”

这时格利佛闷哼了一声，似乎是在讥笑我。这是他一整个早上发出的唯一的声音。

“你没事吧，格利佛？”

“事可多了。”他说，但没有就此扩展话题。他只是扔下没吃的麦片，气势汹汹地飞身上楼。

“我应该跟上去吗？”

“不。”伊莎贝尔说，“给他一点时间。”

我点点头。

我相信她。

毕竟，时间是她研究的主题。

一小时之后，我来到了安德鲁的办公室。自从删除了他寄给丹尼尔·罗素的电邮之后，这还是我头一遭来这里，这一次我不需要赶时间，尽可以不紧不慢地搜寻更多细节。身为教授，他的办公室每一面墙都码满了书。这样一来，无论你从哪个角度看他，总能看到满眼的书。

我瞟了几本书的书名，大半都原始得咋舌——《二进制和其他非十进制数字的历史》《双曲几何学》《六角棋盘结构秘籍》《对数螺线和黄金分割》。

有一本是安德鲁的大作，上次来这里我居然没发现，名为《ζ 函数》，封面上印有“校样本”的字样。我检查了一下办公室的门，它已锁好，随后便坐在椅子上细读。

不得不说，看这种书真让人沮丧。它的主题虽然是黎曼假设，但似乎全都是安德鲁的失败史，他想证明黎曼假设，但一再失败。他渴望解释为什么质数越往上走，数量就越少，结果不得要领。这时我才明白他渴望破解这一难题的心情有多迫切，不得不说这是一种悲哀。写完这本书之后，安德鲁终于证明了黎曼假设，可他盼望已久的名利却永远不会到来，因为所有的证据都被我一手毁了。黎曼假设和我们沃那多人的“质数第二基本理论”差不多是一回事，它可以使我们的生活产生翻天覆地的变化，这时我才有了深深的体会。它可以令我们随心所欲，星际旅行，在其他星球居住，变身为其他的生物，想活多久就活多久，搜索彼此的思想，彼此的梦境，诸如此类。

然而，《ζ 函数》列出了人类已取得的所有成就，进化之路上一座座的里程碑，帮助人类逐步迈向文明的一项项技术革新。比如说最重要的发明——火，还有犁、印刷技术、蒸汽机、微型芯片，发现DNA。当人类取得这些累累硕果的时候，第一个为他们欢呼的当然是他们自己。但问题在于，他们从未取得宇宙中其他智慧生物所取得的技术飞跃。

是啊，他们能制造火箭、探测器和人造卫星，有的甚至能升空上天。然而说真的，数学给他们拖了后腿，因此有很多重大突破他们至今未能实现，比如同步大脑、发明有自由意志的电脑、自动化技术、星际旅游。读着读着，我渐渐意识到我毁掉了所有的这些机会，我扼杀了他们的未来。

电话响了，是伊莎贝尔。

“安德鲁，你在干什么？十分钟前你就该去上课了。”

她有些愠怒，但更多的是关心。对我来说，被人牵挂的感觉仍然奇怪而陌生。我没法完全理解这种关心，我也不明白她为什么要对我这么好，但我不得不承认我很享受这种关爱。

“哦，我忘了。谢谢你提醒我。我马上走。再见，呃，亲爱的。”

注意影响。我们在听呢。

*

等式的问题

我走进演讲厅，这是一间特大号的房间，主要由死去的树木搭建而成。

无数道目光齐刷刷扫过来，他们是学生。有的准备好了纸和笔，有的则端坐于电脑前，所有人都在等待学习知识。我扫描了一下教室，总共 102 人。这个数字总让人不安，因为它介于两个质数之间。我想摸清学生们的知识水平。你们知道，我可不想无的放矢。我看了看身后，这是一块白板，上面应该写文字和等式，但现在还是一片空白。

我犹豫着，正当犹豫之际，有人觉察出了我的无助。后排有一个人，一个二十来岁的男孩，他有一头浓密的金发，T 恤上有一行字：“$N=R\times f^{s}\times f^{p}\times n^{e}\times f^{l}\times f^{i}\times f^{c}\times L$，哪一部分你看不明白？”

他吃吃笑起来，为自己深藏不露的机智而得意不已。他大声喊道：“教授，你今天好像穿多了！”他笑得更奔放了，渐渐产生了传染性，狂放的笑声如野火一般蔓延至整个教室。顷刻之间，所有人都在大笑，也不尽然，除了一个人，一个女孩。

唯一没有笑的女孩正目不转睛地看着我。她有一头红色的卷发，一双明亮的大眼睛，嘴唇丰满而诱人。她的表情没有任何掩饰，坦诚得令人吃惊。那股率真让我不由得想起了沃那多的死亡之花。她身穿开衫，正用手扭绞着发丝。

“安静，”我对其他人说道，“这很有趣。我明白你们的意思。我现在穿着衣服，你们指的是那次我没穿衣服的光荣事迹，真的很有意思。你们觉得这是一个笑话，就像格奥尔格·康托尔[1]说科学家弗朗西斯·培根写了莎士比亚的戏剧，或者像约翰·纳什[2]产生幻觉，看见事实上并不存在的戴帽子的男人。这真的很有意思。人类的大脑是一片有边界、高耸入云的高原。不要把生命浪费在边界之外，那些发了疯的数学家够聪明吧，可他们一样会摔下来。这真的很有意思，是的。不过无须担心，你们不会摔下去的。年轻人，你们还在高原的中位，离高位还差得远呢。我很感谢诸位的关心，但我要告诉诸位，我现在已经好多了，我今天穿了内裤、袜子、长裤甚至还有衬衫。”

台下的人再次哄笑起来，但这次的笑声多了几分温暖，这份温暖让我有所触动，于是我也笑了起来。不是笑我刚刚说的话，因为我并不觉得好笑，当然不是，我只是在笑我自己。我来到了这个宇宙中最荒谬的星球，然而却真正地喜欢上了这里。像人类一样大笑，这种感觉太好

1　出生于俄国的德国数学家，以不疯魔不成活著称，后半生受躁郁症严重影响。曾发表过几篇文学方面的论文，试图证明弗朗西斯·培根其实是莎士比亚作品的真正作者。

2　美国数学家，主要研究博弈论、微分几何学和偏微分方程。后患上了妄想型精神分裂症，总是看见一位戴帽子的特工，可那位特工在现实生活中根本不存在。

了。我真恨不得找个人倾诉我的快乐。是啊，我想找人倾诉，我发现我不想向主人倾诉。我的理想倾诉对象是伊莎贝尔。

总之，我开始讲课了。显然，我的主题应该是“后欧几里德几何”。但我不想讲它，因此我开始讲解男孩的 T 恤。

T 恤上面的公式名为“德雷克公式”，它可以推算地球所在星系——或人类所谓的“银河系”——中存在高智生物的概率（这是人类诠释浩瀚宇宙的方式，说它像飞溅的牛奶。于是，宇宙空间便成了从冰箱里掉出来的东西，可以在眨眼间被擦除得干干净净）。

好了，讲公式：

$N=R\times f^{s}\times f^{p}\times n^{e}\times f^{l}\times f^{i}\times f^{c}\times L$

N 代表银河系内可能与人类通信的高智生物数量。R 代表恒星形成的平均年度速率。f^{p} 代表有行星的恒星所占的比例。n^{e} 代表有正常生态系统、可供生命生存的行星之平均数量。f^{l} 代表可供生命真正进化的行星之数量。f^{i} 代表以上行星可进化出智慧生物的概率。f^{c} 代表可进化出与人类通信的高等文明生物之行星所占的比例。L 则代表通信阶段的寿命。

许多天体物理学家在查证过所有的数据后，最终认为银河系中有生命存在的恒星肯定有上百万个，如果把范围扩大到整个宇宙，这个数字还会更多。其中一些行星上肯定有高级生命，而且他们的技术肯定非常发达，这一点是毋庸置疑的。但人类不会只满足于这个答案，他们提出了一个悖论。他们说：“等等，这不对。如果外星文明有这么多，他们也有能力与我们联系，那他们怎么还不和我们联系？”

“告诉我们，这话是不是很有道理？”那个穿 T 恤的男孩开始抛出这个问题。

“不，”我说道，“事实并非如此。因为这个等式应该包含一些其他的部分。比如说，应该有——”

我转身在黑板上写下：

f^{cgas}

“这一部分代表谁闲得发疯会访问或联系地球。”

然后再写：

$f^{dsbthdr}$

“这一部分代表谁已经干了以上所有事情但人类却没有发现。”

让数学系的学生发笑其实一点也不难。事实上，我从来没见过一种生物亚种会如此地渴望大笑——不过话说回来，这种感觉很美好。就在这一瞬间，我的感觉比美好还要略胜一筹。

一阵暖流涌入心底，还有一种说不上来的感觉，也许是学生们给予的谅解或接受。

“不过听我说，”我说道，“不必担心，外星人生活在云端——他们不知道自己错过了多少人间至乐。”

掌声雷动（人类真的喜欢某种事物时，他们会一起鼓掌。这固然毫无意义，但当他们为你鼓掌时，你连大脑都会感觉暖意融融）。

下课的时候，那个目不转睛望着我的女孩来找我了。

那朵怒放的鲜花。

她距离我极近。人类站着和对方说话时，总习惯于保持一定的距离，至少双方之间能够空气流通，这不仅便于呼吸，也是礼仪使然，不至于诱发幽闭恐惧症。可这一次，我们之间几乎容不下空气。

“我给你打过电话，”她丰满的嘴唇缓缓开启，发出的声音有似曾相识之感，“想知道你好不好，但你不在家，你听到我的留言了吗？”

“哦，哦，是的，玛姬，我收到留言了。”

“你今天似乎上帝附体。”

“谢谢，我只是觉得应该尝试点新东西。”

她笑了，笑声透着几分虚假，但这份虚假使我的内心莫名地激荡起来。“每个月的第一个星期二仍然属于我们吗？”她问我。

“那是自然。”我完全听不明白，但还是一口应允，“每个月的第一个星期二一切照旧。”

“太好了。”她的声音中，暖意与威胁之意相互交织，犹如沃那多星球上的风在南部荒原上呼啸而过，“听着，还记得我们那次沉重的谈话吗？就在你那个——你懂的——之前的晚上？”

“我懂的？”

“你知道，就在你出现在基督圣体学院之前。”

“我对你说什么了？我有点失忆，对那晚的事记不太清楚了。”

“哎呀，就是你不能在教室讲的那种话。”

“有关数学的？”

“好啦，不和你多说了，但你得知道，数学是你完全能够在教室大谈的内容。”

眼前的这个女人——这个女孩——让我疑惑，确切来说，我疑惑于她和安德鲁·马丁之间的关系。

“是的，哦，那是当然。”

这位玛姬什么都不知道，我对自己暗暗说道。

“就这样，”她说，“回头见。”

“好的，好的，回头见。”

她转身离开，我目送她渐行渐远。就在这一刻，宇宙万物通通化为虚无，除了这位名叫玛姬的女性人类走出我的视线。我并不喜欢她，真不知道这种感觉从何而来。

*

紫罗兰

不久之后，我坐在了大学的咖啡馆里，和阿里在一起。我喝葡萄汁，他喝甜咖啡，外加一袋牛肉味的薯片。

“上课还顺利吗，老兄？”

我竭力避开他口中喷出的牛肉气息：“很好，很好，我给他们讲了外星生物，德雷克公式。”

“有点超出你的范畴？”

“超出我的范畴？这话什么意思？”

“不是你的学科。”

“只要是数学，就是我的学科。”

他大皱其眉：“你给他们讲了费尔米悖论[1]？”

“老实说，是他们告诉我的。”

1　意大利籍著名物理学家恩里克·费尔米在1950年提出的著名问题：“如果真有这么多外星人，那为什么我们从来没有收到过他们的信息呢？”

“全是些胡说八道的玩意儿。”

“你真这么想？”

“这么说吧，外星生物吃饱了撑着，来这里干什么？”

“我也是这样对他们说的。”

“我的意思是，我个人认为，物理学告诉我们有外星存在，而且上面有生命。但我觉得我们不知道自己在寻找什么，或者说不知道该采取何种形式。尽管我认为我们在这个世纪会找到外星人。但话说回来，人们并不想找到外星人，甚至那些假装对外星人感兴趣的人也不例外。他们真的不想。”

“真是这样吗？为什么？”

他扬起一只手，示意我耐心点，先等他把口中的薯片嚼完咽下去，这可是头等大事。“因为这会让人不安，所以不如把它变成笑话。如今全世界最聪明的物理学家都以物理学家特有的直白方式反反复复地说，外星上肯定有生命，但其他人就是不信。我主要指的是那种愚昧的人，你知道，那些迷信星座的人，那些祖祖辈辈甚至都能在牛屎里发现种种预兆的人。不仅仅是他们，还有一些人，那些应该有文化的人，他们也不信，他们说外星人肯定是虚构的，因为《世界大战》是虚构的，《第三类接触》也是虚构的。尽管他们喜欢这些玩意儿，但他们的头脑中却形成了一种偏见，他们觉得外星人只有存在于虚构故事中才可爱。因为如果你把它们当事实的话，则无异于认同历史上每一个不招人待见的科学家所持的观点。”

“那是什么观点？”

“人类不是万物的中心。你知道，行星都是围绕太阳运行的。1500年代有一个能让人笑断肠子的笑话，但哥白尼可不是喜剧演员。谁都知道，他是整个文艺复兴时期搞笑功夫最差的人。他让拉斐尔[1]一下子变成了理查德·普赖尔[2]，但他的话可是实打实的真理。行星的确是围绕太阳运行的。我得告诉你，他的思维在当时太超前了。他发表日心说的时候就知道自己命不久矣，后来让伽利略继承了衣钵。”

“是的，”我附和，“的确如此。”

听着听着，眼睛突然一阵剧痛，而且越来越强烈。渐渐地，视野的边缘突然出现一片模糊的紫罗兰色。

“还有，动物也是有神经系统的。”阿里一边呷着咖啡一边继续高谈阔论，“它们也会疼，这让一些人听了很不爽。有些人至今不愿意相信地球已有几十亿年的历史，因为这意味着我们不得不承认和地球比起来，人类的历史比一分钟还短。我们只是马桶里的夜尿，没什么了不起。”

“是啊。”我揉着眼皮应道。

“有记载的历史只相当于冲马桶的几秒钟，现在我们知道了我们根本没有自由意志，这又让许多人不爽。因此，如果我们真的发现了外星人，那肯定要气急败坏。因为到了那个时候，我们必须得彻彻底底地承认，我们人类真的毫无特别或特殊之处。”他痴痴地盯着空荡荡的薯片袋，叹了一口气，“因此我懂得人们为什么会那么轻而易举地把外星人当成一个笑话，只供那些精力过剩、想象力过于丰富的小孩子作为

1　在中世纪，人们认为天空是地球的天篷，太阳和月亮是围绕地球运转的。拉斐尔在画作《被钉在十字架的基督》中将这种世界观表现得惟妙惟肖。他亦在画作《雅典学院》中为地球中心说的创始人托勒密摇旗呐喊。哥白尼和拉斐尔是同时代人，但哥白尼学说直到临终时才发表，画家拉斐尔并不知道这个新学说。

2　美国喜剧之王。

谈资。”

“如果我们在地球上真的发现了外星人，”我问他，“那会怎样？”

“你觉得呢？“

“我不知道，所以我得向你请教。”

“呃，我想，他们肯定是有脑子的，如果他们来这里，肯定就不会以外星人的面目示人。他们可能已经来了，只是不会乘坐科幻小说中‘飞船’之类的东西来地球。他们可能没有 UFO，也许甚至连飞的环节都省了，总之没有任何飞行物，我们无从发现。天知道？也许他们就是你。”

我一个激灵，几乎从椅子中跳起来：“什么？我是外星人？”

“我说的是‘谜’，不是说‘你’。”

“吓了我一跳，我差点以为你说我是外星人。不过话说回来，如果有一个外星人生活在人类中间，最后被人类发现了，那会怎样？”

刚刚抛出这句话，咖啡馆的一切便开始笼罩在一层薄薄的紫罗兰色中，可人们似乎毫无反应。

阿里喝下最后一口咖啡，思考了一会儿后，他用肥嘟嘟的手指在脸上挠了一把：“这么说吧。我可不想做那个倒霉鬼。”

“阿里，”我说，“阿里，我就是那个——”

“倒霉鬼”是我准备吐出的三个字，但没有说出来，因为此时此刻，不偏不巧，我的大脑嗡嗡作响。那是一种频率达到极致的声音，震得我头痛欲裂。伴随而来的——与这种强度相匹配的——是双眼的一阵剧痛，疼痛程度无限加剧，这是我有生以来所遭遇的最撕心裂肺的一种疼痛，这样的疼痛令我完全无法控制。

希望没有疼痛和没有疼痛原来不是一回事，这让我无比困惑。或者说，如果我能够无视疼痛继续运转意念的话，也许这种疼痛就消失了。于是我努力将意念集中于疼痛、嗡嗡声以及紫罗兰色之上。但双眼的剧痛犹如刀剜，我一时束手无策。

“老兄，你怎么了？”

我托着脑袋，拼命地想闭上双眼，但怎么也闭不上。

我望着阿里胡子拉碴的脸，然后又环视着咖啡馆里的其他人，还有站在柜台后手拿玻璃杯的姑娘。所有人，以及整间咖啡厅都变了，所有的一切融化在一片浓烈、深浅不一的紫罗兰色中，这样的颜色对我来说再熟悉不过了。“主人，”我大声说道，音量几乎和疼痛程度一同升级，“住手，哦，快住手，哦，不要。”

“老兄，我给你叫救护车。”阿里说道。此时我已经倒在地板上，眼前是一片急速旋转的紫罗兰色海洋。

“不用了。”

我拼死抵抗，终于站了起来。

痛感渐渐减弱。

震耳欲聋的嗡嗡声变成了闷哼声。

紫罗兰色越来越淡。“我没事。”我说。

阿里略带几分不安地笑着说：“我不是专家，但老实说，你看起来很不对劲。”

“只是一阵头疼，来得快去得也快，我会去看医生做检查。”

“是啊，你应该好好检查。”

“嗯，这是自然。”

我坐下来，痛感仍然久久彷徨不去，这是一个警告。空气中有几丝只有我能看见的紫罗兰色四处飘荡。

“你刚才似乎有话要说，好像是讲外星人的。”

“没有的事。”我平静地说道。

“真的有，我非常肯定。”

“也许是吧，但我好像忘了。”

就在这时，痛感彻底消失了，空气中的最后一丝紫罗兰色也完全失去了踪影。

*

悬在头顶的疼痛

我对伊莎贝尔或格利佛只字未提。我知道这是不明智的，因为我知道痛感是一种警告。而且，就算我想告诉伊莎贝尔，我也没机会，因为格利佛回家时眼睛是乌青的。人类的皮肤有瘀伤时，他们的皮肤就像开了染铺，灰、棕、蓝、绿揉成一团。在一片姹紫嫣红中间，还有沉闷的紫罗兰色，迷人而恐怖的紫罗兰。

“格利佛，你怎么了？”那晚伊莎贝尔问了好几次，但没有哪一次能听到满意的回答。格利佛走进厨房后面的小杂物间，一声不响地关上了门。

“求你了，格利佛，快出来。”他母亲说道，“我们得好好谈谈。”

“格利佛，出来。”我也附和道。

终于，他打开了门：“让我一个人静一静。”其中“一个人”那三个字简直是咬牙切齿吐出来的，冷漠得令人胆寒，因此伊莎贝尔决定还是满足他的愿望。于是我们待在楼下，目送格利佛拖着沉重的步伐上楼回房间。

“我明天得打电话给他们学校问问情况。”

我什么也没说。当然，我后来才意识到这是一个错误。我真不该死守我和格利佛之间立下的誓约，我应该告诉伊莎贝尔，格利佛好久都没去学校上课了。但我没有，因为这不是我的使命。当然，我是有使命的，只是对人类不负有任何使命，甚至是对家里的这两个人——尤其是这两个人——不负有任何使命。我连自己正儿八经的使命都没履行，今天下午咖啡馆里的警告就是明证。

然而，牛顿却有不同凡响的使命感，它冲上三段楼梯，寸步不离地跟着格利佛。伊莎贝尔一时手足无措，她只好打开几扇橱柜门，对着里面的瓶瓶罐罐叹息不已，然后又颓然关上柜门。

“听着，”我发现自己说话了，“你得让他自己找出路，允许他犯错误。”

“我们得找出是谁打的他，安德鲁。我们不能放过恶人。他们不能就这样到处施暴，他们不能打人。你到底遵循的是什么样的道德标准？你怎么能这么漠不关心？”

我该怎么说？“对不起，我不是漠不关心。我关心他，我当然关心我们的儿子。”话音刚落，我便忍不住胆战心惊，我不得不承认一个可怕的事实，那就是我没有撒谎，我真的关心。你看，下午的警告失效了。事实上，它起到了逆反的作用。

这便是悲剧的开始，你明明知道让你无法控制的疼痛会随时袭来。你变得脆弱，因为悬在头顶的疼痛源于爱。对我来说，这无异于一个惨痛的噩耗。

*

斜面屋顶

（以及应对雨水的其他方式）

如果睡着就等于了结了，

心痛，以及千百种身体要担受的皮痛肉痛，

那该是天大的好事，

正求之不得啊！

——威廉·莎士比亚《哈姆雷特》

我睡不着。

我当然睡不着，我要担心的事有宇宙那么大。

我不停地想起疼痛、震耳欲聋的嗡嗡声，以及紫罗兰色。

最糟糕的是，下雨了。

我决定抛下伊莎贝尔，下楼找牛顿谈谈。我小心翼翼地走下楼梯，用双手捂住耳朵，云化为水滴打在玻璃窗的声音令人毛骨悚然。让我失望的是，牛顿在宠物篮中酣睡不醒。

转身上楼时，我察觉出了一丝不同寻常的气息。此时的空气突然变得冰凉，寒气来自上面，而不是下面，这显然与自然规律相悖。我想到了格利佛乌青的眼睛，我想到了很多很多。

我径直走上阁楼，这里一切如旧。电脑、“暗物质”海报、扔得乱七八糟的袜子，一切都很正常，除了格利佛本人。

一张纸裹挟着窗外的冷风，迎面扑到我身上。上面写了三个字：

对不起。

我看了看窗外，彼处是无边的夜色，还有这个无比陌生，又无比熟悉的银河系中的寒星点点。

天外的某处是我的家，如果我愿意，现在就可以回去。只要现在完成任务，就可以立刻回到那个没有疼痛的世界。窗户和屋顶的倾斜角度一致，这是一个斜面屋顶。这里的许多屋顶都是这样设计的，以便引流雨水之用。对我来说，爬出窗外容易之极，但对格利佛来说，那自然要费一番苦功。

但我现在最大的困难是雨。

它冷酷残忍。

很快，全身就湿透了。

我看到格利佛坐在屋顶边缘，就在排水沟边，双膝抵着胸口。他全身又湿又脏，似乎在打寒战。此时此刻，我眼中的他不再是一个特殊的物体，不再是一个由质子、电子和中子融合而成的外星实体。用人类的术语来说，他在我眼中已经变成了“人”。我觉得，怎么说呢，我觉得他和我紧紧相连。不是量子意义上万物相互连接在一起的那种连接，也不是原子意义上所有原子彼此之间相互交流协商的那种连接，绝对不是，这是另外一种层次上的连接，其理解的难度不可同日而语。

我可以结束他的生命吗?

我开始走近他。这很不容易，因为人类的脚本来就行动不便，何况这里还有 45 度斜坡。我得踩着由石英石和白云母制成、湿滑无比的石板瓦。

正当我快要走近时，他回头看见了我。

“你在干什么？”他劈头问道。他满脸惊恐，这是我发现的第一件事。

“我正要问你呢。”

“爸爸，快走开。”

他的话毫无意义。我的意思是，我完全可以把他扔在这里。我本可以逃离雨，逃离从天而降的水滴落在我无血管的纤薄皮肤上产生的恐怖感受，是啊，我可以回到房间。但既然千辛万苦地来了，我就不会轻易离开。

“不，”我不明白自己为什么会如此坚决，“我不会这样做，我决不离开。”

我脚下一滑，一块瓦片松脱了，滑下来，“砰”的一声掉在地上，瓦块四溅。牛顿被惊醒，于是它开始狂吠。

格利佛瞪大了双眼，然后猛地把脑袋扭到一边。他的整个身体绷得紧紧的，犹如一张弓。

“不要这样。”我说道。

他扔掉了什么东西，它落在排水沟中，是一个小小的塑料柱状物，里面原来装了 28 颗安定片，现在空空如也。

我又往前走了几步，我已看了足够的人类书籍，我明白在这里，在地球上，自杀是一种真正的选择，然而我还是想不通为什么这会让我不安。

我肯定是疯了。

失去了所有的理智。

按逻辑来说，如果格利佛想自杀，那么他可给我帮大忙了。这时我只需要站在一旁看他死就是了。

“格利佛，听我说，不要跳，相信我，你站的位置远远不够高，肯定是死不了的。”这可绝非虚言，但根据我的计算，他跳下去摔死的概率还是相当大的。在这种情况下，我就是使尽浑身解数也帮不了他。受伤了还有机会痊愈，可死亡就是死亡，零的平方仍然还是零。

“我记得以前和你一起游泳，”他说，“那时我才八岁，我们在法国。你记得吗？那晚你教我玩多米诺骨牌？”

他回头看着我，渴望寻找一种我无法给予的肯定。黑暗中，我看不清他乌青的眼睛，他的脸上一片阴暗，也许他的整张脸都布满了瘀青。

“当然，”我答道，“我当然记得。”

“骗人！你不记得。”

“听着，格利佛，我们回屋吧，有话我们在里面谈。如果你还想自杀，我可以带你去更高的楼房。”

格利佛似乎一个字也没听进去，我只好在湿滑的石板瓦上继续前行，进一步靠近他。

“这是我仅有的最后一丝美好的回忆。”他说道，语气极为诚恳。

“嘿，事实不是这样的。”

“你明白我的感觉吗？你知道做你儿子是什么感觉吗？”

“不，我不知道。”

他指着自己的眼睛：“看，就是这种感觉。”

“格利佛，对不起。”

“你让我觉得自己一直都是个白痴，你知道这是一种什么样的感觉吗？”

“你一点也不笨。”我仍然站立在雨中。人类在这种情况下往往会坐着用屁股向前缓缓挪动，但这样太耗时间了。我小心翼翼地在石板瓦上前行，身子略微后倾，以随时抵消重力作用。

“我蠢透了，我什么也不是。”

“不，格利佛。你是个优秀的孩子，你——”

他充耳不闻。

安定片起作用了。

“你服了多少颗安定片？”我问他，“是全部？”

我几乎走到了他身边，我的手几乎可以触到他的肩膀。此时，他的双眼缓缓闭上，逐渐隐入沉睡状态，或者说祈祷状态。

又有一块瓦片松脱了，我站在湿滑的瓦片上一个趔趄，整个身子倒了下去。我的身体悬在半空中，一只手紧紧抠住排水沟的边缘，我可以轻而易举地爬上去，这绝无问题，可问题在于格利佛的身体正在向前倾。

“格利佛，等等！快醒醒！快醒醒，格利佛！”

前倾的势头越来越猛。

“不！”

他一头栽了下去，连带着我。先是心理上的，一种感情上的下坠，我无声地咆哮着坠入深渊。接下来是身体上的——我被闪电般的速度所裹挟，在空中一闪而过。

我的腿摔断了。

这正是我要的效果，让腿承受痛苦，而不是大脑，因为我需要大脑，但这种痛苦犹如排山倒海。就在这一刻，我担心自己再也无法痊愈。当看到格利佛倒在几米之遥的地方人事不省时，我才真正清醒了过来。血从他的耳中汩汩流出。我知道，要想救他，我首先必须得自救。于是，心想果然就事成了。只要你的智商足够，只需许愿就够了，足够虔诚自然就能梦想成真。

即便如此，细胞再生和骨骼修复还是需要耗费许多精力的，尤其是在我失血过多、全身多处骨折的情况下。疼痛渐渐消退，取而代之的是一种陌生而强烈的疲劳感。在地心引力的作用下，我几乎瘫倒在地。一阵头痛袭来，但这与摔伤无关，而是因为修复身体后能量减少所致。

我晕晕乎乎地站起来，摇摇晃晃地向格利佛走过去，水平的地面如今变得陡峭起来，斜度似乎更甚屋顶。

“格利佛，醒醒，听得见我说话吗？格利佛？”

我知道我可以打电话寻求帮助，但帮助意味着救护车和医院；帮助意味着人类在他们混沌的医学世界里胡乱摸索；帮助意味着本可以正中我下怀的延误治疗和死亡，但我不能让这一切发生。

“格利佛？”

没有脉搏，他死了。如果我早几秒钟，也许就能探测到他微弱的生命体征。

从理智上来说，我应该放弃。

然而。

我读了伊莎贝尔的大量作品，我知道人类历史是一部人类与逆境殊死搏斗的壮烈诗篇。有的人成功了，但大多数人失败了——然而这并没有拦住他们前进的脚步。无论你对这种特殊的灵长目动物如何苦口婆心，他们就是不撞南墙不罢休。他们满怀希望，是的，他们满怀希望。

希望往往毫无理性可言，它毫无意义。如果它有意义的话，那它就应该叫“理性”。希望还有另一个特别之处，那就是你得努力，我从未习惯于努力。在沃那多，一切不费吹灰之力。这就是沃那多的全部意义，我们可以毫不费力地生活，无忧无虑。然而在这里，我得希望。不过我不仅仅只是被动地站在这里，远远地望着格利佛希望他起死回生。当然不仅如此，我把我的左手——我的魔力之手——置于他的心脏之上，然后我开始发力了。

*

长着羽翼的东西

我已心力交瘁。

我想到了双子星，一颗是“红巨星”，另一颗则是“白矮星”，它们并肩而立，可其中一颗势必要吸食另一颗的生命力。

格利佛的死是我所不允许的，或者说，我不能坐视不管。

但死亡不是扮演吸血鬼角色的“白矮星”，它的意义更为深远，它是一个黑洞，一旦踏入，便永远万劫不复。

你不能死，格利佛，你不能死。

我不断发力，因为我知道生命的意义，我理解它的性质、它的特征以及它顽固的坚持。

生命——尤其是人类的生命——是一种挑战。虽然这绝非它的本意，但在这个近乎无限大的太阳系中，无数地方都有生命的踪影。

在这个宇宙中，没有什么是不可能的。我很清楚这一点，因为我知道万物皆不可能。由此可得，生命中唯一的可能便是不可能——但万物却分明存在，所以宇宙之中处处皆有奇迹。

一把椅子可以随时不再是一把椅子，这就是量子物理。只要掌握了与原子沟通的秘诀，操控它们简直轻而易举。

你不能死。你不能死。

我生不如死，每发出一道能量波，我便得忍受灼肉烧骨的痛苦，仿佛置身于太阳耀斑的辐射之中。他仍然躺在那里，他的脸——我第一次注意到他的脸——和他母亲一模一样。如海水一般宁静，如鸡蛋一般脆弱，如宝石一般珍贵。

屋里的灯亮了，伊莎贝尔肯定醒了，估计是被牛顿的叫声所惊醒，我居然一直都没注意到。我只注意到突然有灯光打在格利佛身上，很快，我的手便感觉到了一丝微弱的脉搏。

希望。

“格利佛，格利佛，格利佛——”

脉搏又跳了一下。

力道加重。

一个充满挑战意味的生命鼓点，一声背景节奏，等待旋律缓缓响起。

咚……咚。

然后，又有一下，咚……咚。

他活了，他的嘴唇抽动了一下，乌青的眼皮开始上抬，犹如一只即将孵化的鸡蛋。一只眼睛睁开了，接下来是另一只。在地球上，眼睛可是心灵的窗户。你可以看见人——透过人的眼睛，亦可以看到他们的生命力。我看到了他，这个迷惘、敏感的男孩。突然之间，在筋疲力尽之余，我亦体会到了一种身为人父的神圣感。这真该是个大肆庆祝的时刻，但事与愿违，痛苦和紫罗兰色汹涌而来，把我淹没。

我感觉自己马上就要瘫倒在湿滑的地面上。

身后响起了脚步声，这是双眼发黑之前我听到的最后一道声音，连同记忆中的一首诗歌。我仿佛看到艾米莉·狄金森穿越重重紫罗兰色的迷雾，一脸羞怯地来到我身边，在我耳边轻声吟诵：

希望是轻翅的鸟儿，
于灵魂中幽栖，
吟唱着无词的曲调，
永不停息。

*

天堂是无晴也无雨的地方

我回到了家，回到了沃那多。这里一切如旧，我也如当初一样，置身于他们——主人——中间，没有痛苦，没有恐惧。

这是我们的世界，没有战争，只有美丽。我可以陶醉于纯粹到极致的数学之中，直到永远永远。

如果有人类来到这里，只消凝望这一片紫罗兰色的土地，肯定会以为自己已置身于天堂。

但天堂有什么乐趣可言？

你能够在这里做什么？

欣喜过后，你会不会渴望缺陷？比如说爱欲和误解，你会不会还渴望来一点点暴力以调剂生活？光明不需要阴影吗？真的不需要吗？也许还是需要吧，也许我没说明白重点，也许重点是毫无痛苦的存在。是的，毫无痛苦的存在。是的，也许这是你唯一需要的生活目标。肯定就是这样，可是，如果在你出生之前这个目标就已实现那会怎样？如果这个目标不是你要的呢？我比主人年轻，我不会像他们那样认为这样的生活有多美好。从来就没有，就连在梦里也从未庆幸过。

*

双面之间

我醒了。

在地球上。

但我无比虚弱，以至于被打回了原形。我听说过这种情况。事实上，我吞服的语言胶囊里就说明了这一点。为了不至于丧命，你的身体会被打回原形，因为此时能量稀缺，与其用来变成人形，不如用来保命。老实说，这就是魔力的全部用处，自我保护，保护永恒的生命。

从理论上来说，这样自然很好，这是个了不起的概念。但唯一的问题在于我在地球上，我的原形无法应对这里的空气、地心引力或面对面的接触。我不能让伊莎贝尔看到我，这种事绝不能发生。

因此，当我感觉到全身的原子产生痛痒之感，一股暖流在身体里涌动之时，我便立马告诉伊莎贝尔先专心做她的分内之事——照顾格利佛。

于是她蹲下身子，背对着我。我迅速站了起来，此时的我正介于两种截然不同的生物形象之间，但还有几分人形。我躲到了后花园。幸运的是，这里够大够黑，花影扶疏，灌木树木密密交织，是个绝好的藏身之所。我躲了起来，我躲到一处怒放的花影之后。我看见伊莎贝尔四处张望，甚至在给格利佛打电话叫救护车时也不忘找我。

"安德鲁！"当格利佛能够站起来时，她开始找我。

她甚至跑到花园找了一大圈，但我仍然一动也不动。

"你到哪里去了？"

我的肺开始灼烧，我需要更多的氮气。

只消用沃那多语说一个字——"家"——就可以化解困境。主人肯定会听见，然后我就可以回家了。那么，为什么我就是不说呢？因为我还没完成任务吗？不，肯定不是这样。这项任务我怕这辈子也完不成了。这晚所受的教育让我深深明白了这一点。那么，到底是为什么？我为什么情愿选择冒险和痛苦也不愿意回家呢？我到底是怎么了？哪里出毛病了？

此时，牛顿来到了花园。它一路小跑，在花草之间闻来闻去，终于发现了我的藏身之处。我以为它会大叫吸引伊莎贝尔过来，可是它没有，它只是怔怔地看着我，眼睛闪闪发光，形成两个光圈。它似乎知道躲在刺柏丛后面的是什么人，但它选择了保持沉默。

它是一只懂事的狗。

我爱它。

我做不到。

我们知道。

这个任务毫无意义。

胡说，意义大着呢。

我觉得不该伤害伊莎贝尔和格利佛。

我们觉得你被腐化了。

我没有。我学到了更多知识。这就是所有的原因。

不，你被他们传染了。

传染？传染？传染了什么？

感情。

不，我没有，事实不是这样的。

这就是事实。

听着，感情也有合乎逻辑之处。没有感情，人类就不会相互关爱。如果他们不相互关爱，这个物种就会灭绝。关爱他人是一种自我保护，你关心别人，别人就会关心你。

你这语气像足了人类。你不是人类。你是我们中间的一员。我们是一个整体。

我知道我不是人类。

我们觉得你必须回家。

不。

你必须回家。

我从来没有过家人。

我们就是你的家人。

不，这不一样。

我们要你回家。

时间到了，我会回家的，但不是现在。你们可以干扰我的大脑，但休想控制我。

我们走着瞧。

*

多尔多涅两周和一盒多米诺骨牌

第二天我们在客厅里，我们指的是我和伊莎贝尔。牛顿在楼上陪伴正在酣睡的格利佛。我们看过了格利佛，但牛顿硬要留在那里站岗。

“你感觉怎么样？”伊莎贝尔问我。

“死不了。”我说道，“我都能站起来了。”

“你救了他的命。”伊莎贝尔说。

“是他命大，我都不用给他做心肺复苏，医生说他只有一点轻伤。”

“我不管医生怎么说，他毕竟是从楼顶上跳下来了。这可是要命的事，你当时为什么不喊我出来？”

“我喊了。”这是撒谎，不过我和她从头到尾都是谎言。我不是她的丈夫，这完全是一个虚构的框架，“我真的喊了你。”

“你这样会死的。”

（我不得不承认，人类在种种假设上浪费了无数的时间——几乎是所有的时间。我会有钱。我会出名。我差点就被那辆公共汽车撞死了。我身上的痣本该少一点，胸本该再大一点。我本该在年轻的时候好好学外语。人类沉溺于这种假设的程度肯定超过任何其他已知物种。）“但我没死，我还活得好好的，不是吗？”

“你的药呢？它们原来一直都在橱柜里。”

“我把它扔了。”当然这又是一个谎言，只是我不明白我到底在保护谁，伊莎贝尔？格利佛？还是我自己？

“为什么？你为什么要扔它？”

“我现在不用吃了，放在那里碍眼。你知道，格利佛的情绪本来就不好，我怕他会吃。”

“但它们是地西泮，这是安定片。你那点药没有服药过量的危险，除非你有一千片。”

“是啊，这个我清楚。”我正在喝茶。我很喜欢茶，它比咖啡好喝多了，每一滴都是安慰的味道。

伊莎贝尔点点头，她也在喝茶，茶似乎有助于调节气氛。这是一种由叶子冲泡的热饮，非常时期饮用有助于恢复常态。

“你知道他们是怎么对我说的吗？”她问。

“不知道，他们对你说了什么？”

“他们说格利佛可以住院。”

“哦。”

“决定权在我，我必须确定他是否有自杀倾向。我对他们说，他在那边更容易自杀，所以还不如住在这里。他们说如果格利佛下次再自杀，他们绝对会把他带走，届时他一定得住院，由他们看管。”

“你做得对，还不如让我们来看着他，我也是这样想的。医院里全是疯子。有的疯子还以为自己是外星人，有太多不健康的影响。”

她挤出一丝苦笑，对着茶吹了几口气，茶杯里泛起了棕色的涟漪：“是的，是的，我们必须这样。”

我想弄明白一件事：“他自杀是因为我，是不是？是我的错，因为我那天裸奔给他丢脸了？”

这个问题一经抛出，整个气氛就变了。伊莎贝尔的脸凝重起来：“安德鲁，你真以为只是因为那一天吗？只因为你精神崩溃吗？”

“哦。”我叹道，我知道这样前言不搭后语，但除此之外，我无话可说。“哦”一直都是我的救命字眼，它总可以填充无数空格，它是语言上的茶。“哦”不是真正意义上的“不”，因为我并不认为是因为那天。冰冻三尺绝非一日之寒，也许是我之前无法观察的一千多天的累积，因此只说一个“哦”也许比较得体。

“这不是因为一个事件，这是一切的总和。显然这不是你一个人的错，但你真的长期对他不闻不问，你明白吗，安德鲁？差不多他这十多年，或者说至少自从我们搬到剑桥之后，你就一直不闻不问。”

我记起了他在屋顶上对我说的话：“那我们在法国的时候呢？”

“什么？”

“那时我教他玩多米诺骨牌，我和他一起去泳池游泳，在法国。”

她不解地皱眉：“法国？是不是？就是在多尔多涅吧？多尔多涅两周外加一盒该死的多米诺骨牌。这就是你的‘逃出生天’牌？这就是你为人父的所有成就？”

“不，我不知道。我只是举一个……合理的例子，证明他没那么失职。”

“他？”

“我的意思是我，我没那么失职。”

“度假的时候你的确在我们身边，是的，你说得没错。除非是假期，否则你当我们透明。接着说啊，你记得悉尼！还有波士顿！首尔！还有都灵，杜塞尔多夫！”

“哦，是的。”我的目光落在书架上尚未读过的书上面，仿佛在回想忘却的记忆，“当然记得，我记得很清楚。”

“我们总是看不见你的人影，好不容易看到你，你又总是挂念着要上的课和要见的人，动不动就摆脸色。我们受够你了，真的。直到后来你病了，终于才有点人样。得了吧，安德鲁，你明白我的意思。不要再装了，好不好？”

“不，我真的不知道。除此之外，我还有哪里做得失败的？”

“你没有失败，这不是学术论文，不必由你的同行来评估。它不是成功或失败，它是我们的生活，我无意于评判你，我只是想告诉你客观事实。”

“我只是想知道，告诉我，我做了哪些事让你们伤心，或者说没做哪些事而让你们失望？”

她把玩着银项链：“得了吧，少来这套。江山易改，本性难移。格利佛两至四岁期间，你没有一次按时回家，你没给他洗过一次澡，没给他讲过一次睡前故事。只要有任何事妨碍了你和你的工作，你就会暴跳如雷。我为家庭做出了实实在在的牺牲，可你连写书的交稿期都不愿意稍稍推迟。只要我一抱怨，你就会把我驳得体无完肤。”

“我知道，对不起。”我想起了她的小说《比天空更辽阔》，“我是个浑蛋，十足的浑球。我想，没有我你会更幸福。有时我想，我真应该离开，永远不再回来。”

“不要耍孩子脾气，你怎么比格……格利佛还幼稚呢？”

“我是说真的，我做了太多错事，有时我觉得我离开永远不回来会更好，真的。”

她若有所动，她把手叉在腰上，目光柔和了很多。她深吸了一口气。

“我需要你，你知道我需要你。”

“为什么？我对你一点也不好，我实在不明白。”

她紧闭了一下双眼，低语道：“你打动我了。”

“什么？”

“你昨晚在房顶上做的事，我很感动。”

然后她的脸上五味杂陈，我从未见过人类有如此复杂的表情。苦笑、轻蔑和同情通通糅杂在一起，继而渐渐缓和，化为一丝深远的自嘲，之后终于达到高潮，变身为谅解和一种我不是很理解的感情——我想也许是爱。

“你到底怎么了？”她问道，语气极轻，犹如一声叹息。

“什么？没怎么，什么事也没有。呃，虽然精神崩溃过，但我现在好了。除此之外，什么也没有。”我轻快地说着，存心要逗她笑。

她笑了，但悲伤随即又笼罩在她脸上。她抬头望着天花板，我渐渐理解了这种无声的沟通。

“我去找他谈。”我说道，一家之主的责任感此时油然而生。我入戏太深，变成了真正的人类，“我去找他谈。”

“不必这样麻烦。”

“我知道。”我站起身来，又一次，在本应实施伤害的时候，我要施以援手。

*

社交网络

基本来说，地球上的社交网络原始得吓人。这里和沃那多不一样，人类没有头脑同步技术，因此网民无法通过心灵感应相互沟通，构筑蜂群思维[1]也就成了无源之水。你不能踏入他人的梦境四处溜达，在充满异域情调的月宫之中品尝想象的美味。在地球上，社交网络往往意味着端坐于一部麻木无情的电脑前，打出一行你需要喝咖啡之类的字，然后在网络上看别人说他们需要咖啡，最后你忘记了真正给自己泡咖啡。所有人都在等待偷窥他人的私生活，这是一场主题为自恋的自曝秀。

不过人类的电脑网络也有可取之处，我发现非法入侵比呼吸还简单，因为他们所有的安全系统通通基于质数之上。因此我侵入了格利佛的电脑，在脸书上找到了欺负格利佛的所有网友，把他们的用户名全改

1 “蜂群思维”这一词源于凯文·凯利的《失控》。简单来说，蜂群思维就是群体思维。因为蜜蜂的群体结构，在蜂巢之中每个个体各有分工，自发维系整个蜂巢，蜂巢就像是一个整体，汇集了每个个体的思维。凯文·凯利用蜂群思维比喻人类的协作所带来的群体智慧。

成“我是个无耻的浑蛋”，然后阻止他们发布任何包含“格利佛”三个字的信息。最后我意犹未尽，还给他们每人奉送了一个以戏谑诗“跳蚤”[1]为名的电脑病毒，以确保他们发送的每一条消息都包含“我被人欺负了，所以我要欺负人”的签名。

在沃那多，我从未做过这种恶毒的事，我也从未如此满足过。

---

1 约翰·邓恩被收录最多的诗篇之一，诗作以诗人向情人求爱的说话体写成，语气富有调侃意味，比附出乎通常想象，推理和结论也超乎意料，反映了邓恩式的奇想。

*

永远的成分是现在

我们一起去公园遛牛顿，公园是最常见的遛狗场所。这里有一小块的自然——草坪、繁花和绿树，但还是不能算作货真价实的自然。就像狗是驯化版的狼一样，公园亦是驯化版的森林。这两样人类都爱，很可能是因为人类，呃，也是被驯化的。花美得娇艳，美得妩媚。如果要给地球做一个广告，除了爱，花可能是最好的题材。

“这不正常。”我们一起坐在公园的长凳上时，格利佛说道。

“什么不正常？”

我们一起看牛顿轻嗅花朵，它似乎从未如此欢快。

“我没事，几乎毫发无伤，甚至视力都变好了。”

“你运气好。”

“爸爸，我在去屋顶之前，已经服了 28 颗安定片。”

“你服少了。”

他瞪着我，眼神里充满愤懑，仿佛我在羞辱他，运用知识打击他。

“这事还是你妈妈对我说的。”我补充道，“我先前不知道。”

“我不要你救我。”

“我没救你，是你自己命大。不过老实说，你不该把那些消极的感觉当回事。过去再怎么样，也只是人生的某一时刻。你的未来还长得很，大概还有 24000 天，来日方长嘛。有许多更有趣的事情值得去做，你可以读很多诗。”

“你不喜欢诗，虽然我不怎么了解你，但这一点还是能肯定的。”

“人是会变的……听着，”我说，“不要自杀。永远都不要有这种想法。这只是我的建议，不要自杀。”

格利佛从口袋里掏出一样东西放入嘴中，这是香烟。他淡定地点燃，我问他我能否尝一口。格利佛似乎犹豫了一会儿，但还是把烟递了过来。我含着过滤嘴抽了一口，肺里顿时呛满了烟，我咳了起来。

“抽这玩意儿有什么好？”我问他。

他耸耸肩。

“这是一种会上瘾的东西，而且致亡率高。我想意义就在这里吧。”

我把烟还给格利佛。

“谢谢。”他含糊地说道，仍然一头雾水。

“不要担心。”我说，“要抽就抽吧，没事。”

他又吸了一口，突然间似乎意识到这对他不再有任何意义。他弹掉烟，烟在空中划出一道夸张的弧线，落在草地上。

“如果你愿意，”我说，“等回家后我们可以玩多米诺骨牌，我今天早上刚买了一盒。”

“不，谢谢。”

“或者我们也可以去多尔多涅。”

“什么？”

“去游泳。”

他摇摇头：“你需要吃药了。”

“是的，也许你是对的，不过你把我的药吃光了。”我试着挤出一丝狡黠的笑容，玩一把地球人的幽默，“你这个小兔崽子！”

继而是长久的沉默，我们看着牛顿在树周围嗅来嗅去，转了两圈。

千万道阳光洒下来。这时，格利佛终于说话了。

“你不明白我的感受。”他说，“就因为我是你的儿子，我身上背负了太多的期望。我的老师读过你的书，他们盯着我，仿佛我是从品种优良的安德鲁·马丁树上落下来的烂苹果。你知道，我成了被寄宿学校开除的小马仔，不断闯祸的小混混，被父母放弃的劣质品。这并不是说我现在还在意这些事。但即使是放假的时候，你也总不在我们身边，你总要去这里或那里。要不就是把家里的气氛搞得很紧张，和妈妈吵架，弄得家不像家。你们几年前就该离婚了，这才是正确的选择，你们两个人根本就没有共同语言。”

我陷入了沉思，不知道该说什么。身后的路上车来车往，车流声莫名地透着伤感，犹如巴扎丁入睡后发出的低音，轰隆隆，轰隆隆。

“你的乐队叫什么名字？”

“失落。”他说。

一片树叶落在我的膝头，失却生命的褐色树叶。我拿着它，鬼使神差地产生了一种同是天涯沦落人之感。也许是因为我对人类产生了共鸣，因此几乎对万物也有共鸣。艾米莉·狄金森对我的影响太大了，这成了一个问题。艾米莉·狄金森赋予了我人性，但我并非真正的人类。脑袋一阵剧痛，眼皮疲倦地直打架——我把树叶变成了绿色。

我迅速扔掉叶子，但为时已晚。

“刚才是怎么了？”格利佛盯着风中飘荡的绿叶，不解地问道。

我本想置之不理，可他又问了一遍。

“叶子没怎么样。”我说。

突然间，他把叶子忘得一干二净，因为他看到两个十来岁的姑娘和一个同他差不多年纪的男孩在公园后面的路上散步。两个女孩一看到我们便捂嘴大笑，这时我才意识到，人类的笑声基本分为两大类，眼前的这一类不属于善类。

我在格利佛的脸书上看过那个男孩，他就是“西奥·克拉克大爷”。

格利佛耸耸肩。

“这是火星人马丁家族！一窝神经病！”

格利佛在椅子上缩成一团，羞愧难当，浑身动弹不得。

我转过身，打量着西奥的体型和力量。“我儿子可以把你打得满地找牙。”我对他大吼，“他可以把你的脸打成鬼斧神工的几何形状。”

“见鬼，爸爸。”格利佛说，“你是怎么了？他就是那天打我脸的人。”

我望着他，他是一个黑洞，内中满含暴力，该是催他上战场的时候了。

“不要怕，”我说，“你是个人，该有个人样，是时候以牙还牙了。”

*

暴力

“不。”格利佛说。

但为时已晚，西奥正在过马路。“嘿，格利佛，你知道你是个小丑吗？”他一面说道，一面大摇大摆地向我们走来。

“你他妈的是来找死的吧，我等着看你被我儿子揍得屁滚尿流，那场面一定真他妈的乐死了。”我说道。

“放屁，我爸可是跆拳道教练，他教过我打架。”

“听着，格利佛的爸爸是数学家，所以他肯定赢。”

“走着瞧。”

“你输定了。”我对那个男孩说，我确保这四个字一经吐出，便会如同石子砸在浅滩中一样，发出“啪嗒”的一声脆响。

西奥大笑，他飞身跃过公园与马路之间的矮石墙，身手着实矫健，后面的两个女孩紧紧跟着。这个男孩——西奥——的个头不如格利佛，但体格要健壮得多。他差不多没脖子，两只眼睛挤在一起，远远看去就像个独眼怪。他在我们面前的草坪上踱来踱去，对着空气挥拳踢腿向我们示威。

格利佛的脸苍白如牛奶。“格利佛，”我对他说，“你昨天从房顶上摔下来了都毫发无损。这个男孩可没十多米那么高。他不算什么，就是个空架子，你也知道他的招式了吧。”

“是的，”格利佛说，“他很厉害。”

“但你身上还是有潜力的，只要你一无所惧。你现在只需把西奥当作你仇恨的一切事物，他是我，他是坏天气，他是因特网上原始落后的灵魂，他是命运的不公，要不这么说吧，我需要你狠狠揍他，就像你梦游时揍我一样。不要有任何顾忌，忘掉所有的羞愧和意识，只管揍他，你做得到。”

“不，”格利佛喃喃，“我做不到。”

我压低声音，用我的魔力催眠他：“你做得到。他身上的生化成分和你一模一样，只是神经活动要少一些。”格利佛疑惑地望着我，我拍拍他的脑袋解释道，“这是振荡方面的术语。”

格利佛站起身来，我给牛顿戴上项圈，它感觉到了空气中的紧张气息，不住地哀鸣。

我目送格利佛向草坪走去。他紧张不安，身体绷得紧紧的，仿佛被一根看不见的绳子给死死拉扯着。

两个女孩嚼着某种她们并不准备吞下去的东西，兴奋地咯咯笑起来。西奥也一副喜不自胜的模样。我这才意识到，有些人不仅喜欢暴力，而且还渴望暴力。这不是因为他们渴求痛苦，而是因为他们已有痛苦，且希望借助另一种程度较轻的痛来忘记这种真正的痛。

就在这时，西奥打了格利佛一拳，接着又是一拳。两次都打在脸上，格利佛站立不稳，连连后退。牛顿开始咆哮，恨不得冲上去，但我把它拉住了。

“你他妈的是个㞞货。”西奥说道，他飞起一只脚，向格利佛的胸口踢去。格利佛抓住了那只脚，西奥跛着跳了一会儿——这对他来说已经是奇耻大辱。

空气变得凝重，格利佛默默望了我一眼。

西奥应声倒地，格利佛等着他站起来。形势逆转了，格利佛开始如一头猛兽，他挥舞着拳头，仿佛要挣脱自己的身体，仿佛身体是可以甩掉的躯壳。很快，那个男孩的脸上渗出鲜血，倒在了草地上，他的脑袋歪在一边，贴在一片玫瑰丛中。他坐起身来，用手擦了一下脸。看到血时，他整个人惊呆了，仿佛见到了鬼魅。

“好了，格利佛。”我说道，“该回家了。”我走到西奥身边，蹲下身子看他。

“你输了，明白了吗？”

西奥明白了，两个女孩默然不语，但仍然在嚼东西，只是速度慢了半拍，犹如牛嚼草。我们走出了公园，格利佛几乎连一点刮伤都没有。

“你感觉怎样？”

“我打败了他。”

“是的，现在感觉怎样？痛快了吗？”

他耸耸肩，一丝不易察觉的笑隐藏在他的双唇之中。我有些毛骨悚然，暴力与人类彬彬有礼的外表何其亲近。令我担心的不是暴力本身，而是人类对它的竭力掩饰。现代人的外表之下隐藏着原始狩猎者的本性，区别在于原始人每天一醒来就盘算着要杀什么野兽，而现代人则盘算着要买什么东西。因此对于格利佛来说，把他只能在梦中释放的野性释放到清醒的世界中是非常有必要的。

“爸爸，你变成另外一个人了，是不是？”回家之前他这样说道。

“是的，”我说，“有点小变化。”

我以为他会继续问，但他什么也没说。

*

品尝她的肌肤

我不是安德鲁，我是他们，我们醒了，卧室里的灯仍然开着，但弥漫着一片紫罗兰色。我的头一点也不疼，但绷得紧紧的，仿佛头盖骨变成了一只捏得紧紧的拳头，而大脑则变成了头盖骨中的一块肥皂。

我试着关灯，但关了灯也没用。紫罗兰色挥之不去，它渐渐扩散，如喷洒的墨水一般浸入现实。

“走开。”我催促主人，“走开。”

但他们把我控制住了。你们，如果控制我的人正好是你们其中之一，你们应该知道你们下手有多狠。我渐渐不再是我自己，意识到这一点，是因为我在床上转过身去，正好可以看到黑暗中的伊莎贝尔背对着我。我看到了她的身体在毯子下曼妙无比，我的手碰到了她的后颈，我什么也没有感觉到。我们什么也没有感觉到，我们甚至没当她是伊莎贝尔，她只是一个人类，就如同人类眼中的牛、鸡或细菌，只是牛、鸡或细菌。

触摸到她赤裸的颈部时，我们获取到了信息，这是我们所需的全部信息。她睡着了，此时我们只需让她的心脏停止跳动即可。这易如反掌，我们把手微微下移，隔着肋骨感觉到了她的心跳。手的动作使她微微清醒，她转过身，仍在半梦半醒之间。她双眼仍然紧闭，却轻轻开口说："我爱你。"

"你"是一个单数词，指的是我或者是她以为的安德鲁。就在这时，我终于击败了他们，变成了我，不再是我们。她刚刚以毫厘之差死里逃生，一想到此我便明白了自己对她的感情，原来是如此强烈。

"怎么了？"

我不能告诉她，于是我吻她。当问话问到脸上无处可逃时，人类往往就会亲吻，它是切换至另一种语言的开关。我的吻是一种蔑视，也许是宣战。我的吻等于一种暗示，**你们不能碰我们**。

"我爱你。"我告诉她。当我深嗅她的肌肤时，我知道我想要她，其迫切程度远甚于我对其他任何人、任何事的渴望。此时此刻，我对她的渴望强烈到一点即燃，我需要不断强调我的观点。

"我爱你。我爱你。我爱你。"

接下来，在笨手笨脚地扯掉身上最后一层薄衣后，言语渐渐退化为原始之声。我们做爱了，温暖的身体与更为温暖的爱意欢快地纠缠在一起。灵与肉的融合，碰撞出一种心灵之光，一种融生化与感情为一体的磷光，它美丽迷人，却裹挟着排山倒海的力量。我想不通，人类为什么不为此而自豪，性爱太神奇了。我疑惑，如果人类必须高举旗帜，他们为什么不选一面有性爱图案的旗帜？

再之后，我拥着她，她拥着我。我轻吻她的前额，犹如微风轻叩玻璃窗。

她睡着了。

我凝视黑暗中的她。我要保护她，保证她的安全，我跳下床。

我必须有所行动。

我要留在这里。

你不能，你有魔力，不适合待在那个星球，人类会怀疑你的。

总之，我要和你们断开连接。

我们不允许。

求你们了，这一定可以。要不拿走我的魔力吧，我们做个交易，只求你们不要再来干扰我的思维。

我们没有干扰你的思维，我们只想恢复它。

伊莎贝尔对证据一无所知，她不知道，请你们放过她。放过我们，放过我们所有人。真的，不会有任何事发生的。

你不要永恒的生命？你不想回家？不想到宇宙的其他星球逛逛？要知道，地球是一个孤独的星球。

所有的这一切我都不要。

你不想变成其他的形状？你不想恢复原形？

不。我只想做人类，或尽可能地做一个人类。

在我们浩瀚的历史中，还从未有人主动放弃魔力。

呃，现在你们可以更新记录了。

你明白这意味着什么吗？

明白。

你会被困在一具无法再生的身体之中，你会面临生老病死，你会痛苦，你会永永远远地知道，所有的痛苦都是你自己的选择，所有的一

切都是你自讨苦吃。这和你想变成的无知物种不一样，他们可不是主动选择的。

是的，我知道。

很好，你已经受到了终极惩罚，我们不会因为你主动要求就从轻处理。现在你已和我们断开了连接，魔力已经消失了，你现在是人类。现在就算对人类宣称你是外星人也没用了，因为你没有证据，他们会以为你是神经病，你退出对我们来说算不了什么，找个人代替你轻而易举。

不要找人代替我，这纯属浪费资源，这个任务毫无意义。哈啰，你们在听吗？你们听得见吗？哈啰？哈啰？哈啰？

*

生命的韵律

爱是人类的全部，但他们并不懂得爱。如果他们懂了，爱就消失了。

我只知道爱是个可怕的东西。人类对它心生恐惧，所以才发明了智力竞赛节目，以便将注意力从爱转移到其他的事物上。

爱充满凶险，因为它会用一种摧枯拉朽的力量把人拽进去，拽进一个超级黑洞。黑洞从外看似乎平淡无奇，可一旦进去，你便会开始质疑你的人生观世界观价值观等一切“观”。你会像我一样，在宇宙间最温暖的毁灭中迷失自己。

它会让你做蠢事——做一切反逻辑的事。选择痛苦而非理智，选择死亡而非永恒，选择地球而非沃那多。

醒来时我浑身不舒服，双眼因疲惫而发痒，背部僵硬，膝盖隐隐作痛，我还可以听见轻微的耳鸣，本应属于地底下的翻腾声居然从我的腹部隐约传出。总之，我感觉自己正在有意识地衰老。

再总之，我感觉自己成了人类，我感觉自己是个43岁的人类。我居然执意要留在这里，现在我开始焦虑了。

焦虑不仅仅是因为我担心自己的生理命运，更是因为我害怕主人会在未来的某个时刻派遣另一位沃那多人前来。那时我该怎么办？我已失去了魔力，和普通人没什么两样。

起初是一种担忧，但随着时间的流逝，它开始逐渐消退，没有任何灾难发生，这时，我又有了另一种担忧。比如说，我能应付这种生活吗？当一切按部就班、形成一种韵律时，曾经看似光怪陆离的东西终究会归于平淡。要知道，人类的典型生活就是这样的：洗漱、早餐、上网、工作、午餐、工作、晚餐、聊天、看电视、看书、上床、假装睡着了以及然后真的睡着了。

由于我所属的这个物种是有待时日才能真正了解的，所以一开始的时候我对所有的这些韵律还是无比期待的。但现在，我这辈子就困在这里了，我开始痛恨人类贫瘠的想象力。我觉得他们应该在平淡的生活中加一点花样。我的意思是，这个物种不想做某事时，一般都会以“我没时间”为借口。听起来合情合理，可后来你会发现他们其实时间挺多的。虽然他们没有永恒，但起码有明天，还有后天，以及大后天，大大后天，大大大后天。老实说，我可以把这个“大”字写上三万遍，这才是人类所掌握的真正时间数量。

人类之所以成就不大，问题不仅在于缺乏时间，更在于缺乏想象力。他们发现自己有一天状态不错，于是便和这一天耗上了，然后不断地重复再重复，至少周一至周五是他们雷打不动的工作日。即使这一天状态不好（这种事经常发生），他们还是要死耗下去，之后他们才会有一点小改动，比如在星期六和星期天小小地享受一下。

在此我要给人类贡献一条初步建议，那就是变通。比如说，完全可以采取五天非工作日和两天工作日的制度。不如称我数学天才吧，这样一来，人类便可以享受到更多乐趣。可看看他们现在的样子，他们甚至连周末的两天都享受不到。他们只有周六，因为周日离周一太近，所以他们没法喜欢周日，仿佛周一是“星期”太阳系中的一颗坍缩星，只要一靠近，便会被吸得尸骨无存。换而言之，人类只有 1/7 的日子可以享受快乐，其他的 6/7 就没那么美妙了，而其中的 5/7 则差不多为乏味的重复。

对我来说，真正的困难莫过于清晨。

地球上的清晨等同于痛苦，你醒来了，可比入睡时还困。你背疼脖子痛，胸口发闷。你知道自己终有一死，因而总是焦虑缠身。然后，最要命的是，这一天都还没开始，你就有海量的工作要做，最最要命的是这样忙得四脚朝天只是为了能让你出门见人而已。

一般来说，人类必须做以下工作。他（或她）得起床、叹气、伸懒腰、上洗手间、淋浴、涂洗发水、涂护发素、洗脸、刮胡子、涂除臭剂、刷牙（还得用含氟牙膏）、吹头、梳头、抹面霜、化妆、对镜检查仪表仪容、根据天气和场合选择衣服、穿衣、再对镜检查——等把这一切都忙完，你才有资格吃早餐。人类居然能顺利起床，这真是个奇迹。但他们做到了，日复一日，每个步骤都已重复了上千次。不仅如此，他们完成这些工作全靠自己亲力亲为，几乎没有依赖科技的帮助。虽然可能需要一点点小家电，例如电动牙刷或电吹风，但除此之外全靠人工，所有的这一切只为去除体臭、多余的毛发、口臭以及羞耻感。

*

青少年

有一件事使本已残酷的地心引力更为残酷，使得地球不堪重负——那就是伊莎贝尔对格利佛没完没了的担心。她狠狠咬着下唇，目光茫然地望着窗外。我给格利佛买了一把低音吉他，但此时他弹的音乐充满了负能量，整栋屋子里弥漫着一股绝望。

“我一直在想，”当我告诉伊莎贝尔担心是一种不健康的情绪时，她抱怨说，“那时他被学校开除，正好称了他的心，他本来就想被开除，这是一种学习上的自杀。我只是担心，你知道，他总不善与人交际，我记得他以前上幼儿园，老师给他的第一份评价，上面说他抗拒和别的小朋友玩。我的意思是，我知道他有朋友，但总是处不好。他这个年龄不该有女朋友吗？他又不难看，而且挺帅的。”

“朋友有这么重要吗？朋友的意义是什么？”

“是连接，安德鲁。想想阿里，朋友是我们与这个世界连接的途径。我有时担心他漂浮不定，没法与这个世界、与生活产生联系。他让我想起安格斯。”

显然，安格斯是她弟弟，他三十岁出头就因为经济上的种种烦恼自杀了。得知安格斯的故事后，我很难过。为所有人类难过，他们太容易羞愧了。他们虽然不是宇宙中唯一会自杀的物种，但他们对自杀的狂热程度却是其他物种望尘莫及的。我犹豫着要不要告诉她格利佛没去上学，最后决定还是实言以告。

“什么？”伊莎贝尔不敢相信自己的耳朵，但她分明听清楚了，“哦，我的天哪。那他一直在做什么？”

“我不知道，”我说，“我想可能只是瞎逛吧。”

“瞎逛？”

“上次看到他的时候，他就在到处乱逛。”

伊莎贝尔震怒了，此时格利佛的音乐正好震耳欲聋，无异于火上浇油。

牛顿望着我，它的眼神令我内疚。

“听着，伊莎贝尔，我们——”

一切为时已晚，伊莎贝尔头也不回地冲上了楼，一场在所难免的恶战随之爆发。我只能听见伊莎贝尔的声音，格利佛极其安静，他的声音比低音吉他还低。“你为什么没去上学？”他的母亲咆哮道。我跟着上楼，胃中开始翻江倒海，内心隐隐作痛。

我是叛徒。

他对母亲高声怒吼，母亲毫不示弱地回敬。他提到我怂恿他打架的事，不过幸运的是，伊莎贝尔压根儿没听清楚。

“爸爸，你是个浑球。”他骂我。

“可是吉他，买吉他是我的主意。”

“你现在想收买我？”

我这时才意识到，青少年是极难对付的刺头，和德利丁星系东南角那边的物种一样让人头疼。

他摔上房门，我好言好语地说：“格利佛，冷静一下。我的确有错，但这也是为了你好。我现在正在努力学习，对我来说，每一天都是一堂课，只是难免有挂科的时候。”

毫无效果，除非效果指的是格利佛暴躁地踹门。伊莎贝尔终于下楼了，我仍然留在原地。我在房门对面的米黄色羊毛地毯上，足足坐了1小时38分钟。

牛顿加入了我的行列，我抚摸它，它用粗糙的舌头舔我的手腕，我呆坐在原地，歪着脑袋靠着房门。

“对不起，格利佛。”我说，“对不起，对不起，我不该让你难堪。”

有时，你唯一需要的力量就是坚持。最后，他出来了。他只是望着我，双手插在口袋里，身体倚着门框：“你是不是动过我的脸书？”

“也许是吧。”

他竭力隐藏笑意。

之后他什么也没说，但好歹下楼了，我们还一起看了电视，这是一个益智类节目，名叫《谁想成为百万富翁》[1]（由于节目针对的是人类，

1　一档英国节目，始创于1998年。节目规则极为简单，只要连续正确回答15道问题，即可赢得100万英镑大奖。节目在英国ITV电视台播出后，立即取得巨大成功，随后陆续在美国、荷兰、日本、澳大利亚等国家推出，全都获得了惊人的收视佳绩。在电影《贫民窟的百万富翁》中，男主角的故事就是从参加印度版《谁想成为百万富翁》徐徐展开的。

所以提出的问题都相当浮夸）。

不久之后，格利佛去了厨房，倒了满满的一碗麦片泡牛奶（满得超出你的想象）回房间，消失在阁楼里。我有一点小小的成就感，伊莎贝尔说艺术剧院新推出了改良前卫版的《哈姆雷特》，她给我们订了几张戏票。显然，这部戏剧讲的是一位有自杀倾向的年轻王子因父亲被觊觎王位的叔叔害死，决心为父报仇的故事。

“格利佛还是待在家里好了。”伊莎贝尔说。

“这样安排也许比较明智。”

*

澳洲葡萄酒

“我今天忘记吃药了。”

伊莎贝尔微微一笑：“没事，一天没吃无伤大雅。要不要来杯葡萄酒？”

我以前从未喝过，所以马上说要。在我看来，它似乎是一种极为可贵的物质。这一晚气温宜人，伊莎贝尔给我倒了一杯酒，我们一起坐在花园里小酌。牛顿决定待在室内。我望着玻璃杯中的黄色透明液体，品尝它，品尝发酵的味道。换而言之，我品尝地球上的生命，这里的一切生物都会发酵、老化直至病变。但我发现，当它们从成熟走向衰老时，味道却变得醇厚馥郁。

我端详玻璃杯，玻璃是岩石的提取物，因此它见证了亿万年的变迁。我知道宇宙的年龄，因为手中的玻璃杯便是宇宙。

我又小酌一口。

喝到第三口时，我开始真正尝出了滋味，它有一种令大脑愉悦放松的作用，我忘记了身体的隐痛和头脑中种种强烈的忧虑。等到第三杯下肚时，我已经醉得不省人事，我醉得太过厉害，仰望天空时，我居然会觉得天上有两个月亮。

“你知道你在喝澳洲葡萄酒，是吧？”她说。

我的回应也许是：“哦。”

“你瞧不起澳洲葡萄酒。”

“真的吗？为什么？”我问。

“因为你是个势利眼。”

“什么是势利眼？”

她拊掌大笑，瞥了我一眼。“势利眼就是从不陪家人坐在一起看电视的人。”她说，“永远都不。”

“哦。”

我喝了更多，她也一样。“也许我身上的势利因子正在减少。”我说。

“一切皆有可能。”她对我报以微笑。对我来说，她仍然充满异域风情。这是当然，但这是一种可爱的异域风情，老实说，远不止可爱。

“是啊，一切皆有可能。”我告诉她，但不再想着用数学理论来证明。

她伸手搂住我，我不知道人类的礼仪，在这个时候，我是该吟诵旧时诗人写的诗，还是该抚摸她的身体？我什么也没做。我只是让她摩挲我的后背，此时此刻，我抬头仰望夜空，在无边的热层之外，两个月亮滑到了一起，合二为一。

*

盯梢者

第二天，我有了宿醉反应。

我想，如果喝醉可以让人类忘记自己总有一死，那么宿醉则是提醒他们看清现实。醒来时，我头痛口干，胃中火烧火燎。我把伊莎贝尔留在床上，自己一个人下楼喝水，然后淋浴。穿好衣服后，我走进客厅准备读诗。

我有一种莫名其妙但无比真切的感觉，那就是有人在盯着我，这种感觉越来越强烈。我起身走到窗前，外面的街道空无一人。硕大的红砖房仍然伫立在原地，一动也不动，犹如机场跑道上停泊的飞机，但我还是继续察看。这时，一扇窗户上仿佛映照出了什么东西，是的，车旁边的影子，也许是人影。我的眼睛也许在欺骗我，毕竟，我现在宿醉未醒。

牛顿把它的鼻子放在我的膝盖上，它发出了高分贝的呜呜声，声音里充满着好奇。

“我不知道。”我说道。我再次凝望窗外，目光从倒影移至现实。是的，我看见了，那辆汽车的上方笼罩着一个黑影。我看得一清二楚，最上面是一个人的脑袋。我是对的，有人故意躲在暗中。

“在这里别动。”我告诉牛顿，“替我看好家。”

我跑了出去，穿过车道，来到了大街上，正好看见下一个街角有个人影飞速逃走。一个穿黑上衣和牛仔裤的男人，即使只是远远地看见他的背影，我都觉得有一种无比熟悉的感觉，但我实在想不起我在哪里见过他。

我转到街角，但这里已四下无人，只余空荡荡的市郊街道。这条街道极长，人类要想一下子冲到尽头是不可能的。呃，它也不是空荡荡的。有一个老妇人正向我走来，她拖着一辆购物车，我停下奔跑的脚步。

“你好。”她微笑着说。她的皮肤布满了岁月的沧桑，物种老化了差不多就是她这副模样（要想以最仁慈的方式看待人脸的老化过程，不妨想象一片处女地逐渐变成了城市，悄然间横亘了无数条漫长蜿蜒的道路）。

我猜她认得我。“你好。”我回应道。

“你现在好吗？”

我四处打量，尝试计算逃跑线路的数量。如果他们滑入其中一条过道，那他们有可能在任何地方，这里的过道差不多有两百条。

“我，我很好。”我说，“很好。”

我的目光仍然四处游移，但只是白费工夫。我不禁自问，**那个男人是谁？他来自何处？**

自此之后，我偶尔还是有被人盯梢的感觉，但从来没有发现盯梢者，这实在不合逻辑，因此只有两种可能：第一，我智力退化了，成为了真正的人类；第二，我寻找的那个人——那个我隐隐感觉他在大学走廊和超市里监视我的人——聪明绝顶，所以我没法逮住他。

换而言之，他不是人类。

我尝试着对自己说这太荒谬了，我几乎都相信了这一切全是胡思乱想，我几乎要深信自己真的就是人类，我真的就是安德鲁·马丁教授，以前种种全是虚幻。

是的，我几乎可以说服自己。

几乎。

*

如何看到永远

是那些不再重来的，

使得生活如此甜蜜。

——艾米莉·狄金森

伊莎贝尔坐在客厅里用笔记本电脑，她的一位美国朋友开了一个主题为古代历史的博客，伊莎贝尔正在评论其中一篇有关美索不达米亚的文章。我在一旁望着她，如醉如痴。

地球上的月亮是一片死寂之处，没有一丝大气。

它无法愈合伤口，和地球——或地球上的居民——完全不一样。我惊讶地发现，这个星球上时间修复伤痕的速度快如闪电。

看看伊莎贝尔，她就是个奇迹，我知道我的想法很荒谬，但人类本身从数学概念上来看就是一个不可思议的成就。

首先，伊莎贝尔的父母相遇的可能性本来就不大。即使他们相遇了，考虑到人类在约会的过程中会遇上无数曲折，他们结婚生子的可能性依然微乎其微。

她母亲体内可能有10万个卵泡，与此同时她父亲体内大约有5兆个精子。因此，他们的精子和卵子相遇的概率只有50兆分之一，即使如此，这还算是个保守的估计——人类的出生毫无公平可言。

你知道，当你凝视着一个人类的脸庞时，你会明白这个人来到人世间是何等幸运。在伊莎贝尔·马丁的家族，在她之前，应该有150000代人，这还仅包括人类，不算猿猴。150000代人越往后走交配的比例越低，生孩子的比例也随之走低。每一代人出生的概率仅为千万亿分之一乘以另外一个千万亿分之一。

或者说，大约是宇宙中原子总数量的两万倍分之一。但这也只能算是人类起源时的概率而已，毕竟人类在地球上只存在了大约3000万年，和地球上初次出现生命的35亿年历史相比只能算是昙花一现。

因此，从数学理论上来说，综上所述，伊莎贝尔·马丁来到这个世界的概率为0，为“10的永远次方”之0。然而，她就在我眼前，这真是咄咄怪事，我简直看得目瞪口呆。突然间，我终于想明白了宗教在这个星球上至关重要的原因，原因很简单，是的，上帝当然可能不存在，但人类也可能不存在。因此，如果他们相信自己，以此类推，那为什么不相信不可能程度仅比自己多一丁点儿的上帝？

我不知道自己这样痴痴盯着她盯了多久。

“你在想什么？”她关上笔记本问我（这是个关键的细节。记住，她“关上”了笔记本)。

“哦，一些小事。”

“告诉我。”

“呃，我在想，生命是多么不可思议，没有任何事配得上‘现实’的名头。”

“安德鲁，你真是吓到我了，你的整个世界观怎么突然变得如此浪漫？”

是的，这太荒谬了，我居然没注意到。

她41岁，仍然美得惊艳，浑身散发着淡定优雅的气息，介于她曾经有过的青春和她即将拥有的风韵之间。她是冰雪聪明、会帮人消毒伤口的历史学家。她帮别人购物纯粹只是想帮忙，没有任何其他意图。

现在我还知道其他，我知道她曾经是哭闹不止的婴儿，是蹒跚学步的幼儿，是学校里勤奋好学的女学生，是在房间里一边读A.J.P.泰勒[1]的书一边听传声头乐队唱片的青春少女。

我知道她曾经是大学里学习历史并尝试找出历史变化规律的学生。

她曾经是恋爱中的年轻女子，心怀无数希望，努力像阅读历史一样去解读未来。

然后她教授英国历史和欧洲历史，她发现这一块气势恢宏的历史虽然揭开了文明的序幕、虽然引领人们走向启蒙运动，但实现这一切的手段却是暴力和侵略，而非科学进步、政治现代化和哲学研究。

再之后，她想找出女性在这段历史中的地位，但遭遇重重困难，

1　20世纪最著名、最具争议的英国历史学家之一。他1961年发行的著作《第二次世界大战的起源》至今仍然引起不少争议。

因为历史永远是由战争的胜利者写就的，而战争胜利者的性别永远为男性，因此女性一直被置于角落和脚注中——如果她们够幸运的话。

讽刺的是，她很快就为了家庭放弃事业，心甘情愿地把自己摆在边边角角的位置上，因为她想象自己有朝一日走到人生尽头时，和没有出书立著相比，没有孩子的遗憾会更大。可一旦她做出牺牲，她很快就发现丈夫开始视一切为理所当然。

她有很多东西可以给予，但送不出去，只能徒然锁在心底。

看到她从内到外重新焕发出爱的光芒，我感到由衷兴奋，因为这是一种盛开到极致的爱。这种爱也许只存在于两种人身上，第一种是未来某一时刻将归于死亡的人，第二种是活得够久够丰富的人，他们深知爱与被爱很难正好合拍，因此一旦找到真爱，便能看到永恒。

我们犹如两面镜子，呈完美的平行角彼此相对，可以从彼此的身上看见自己的映像。你中有我，我中有你，可以无限地映照下去。

是的，这就是爱（我也许不懂得婚姻，但我懂得爱，这一点我非常肯定）。

爱不仅能让你在瞬间获得永生，而且能使你以全新的角度认清自己，之后你便会意识到这一视角远比你以前的自我觉知和自我欺骗有意义得多——尽管我们之间有一个天大的笑话，事实上是宇宙中最大的笑话，即伊莎贝尔·马丁深信我一直都是那个名叫安德鲁·马丁的人类，她以为我的出生地是一百英里之外的谢菲尔德，可事实上，我的出生地离这里有 8653178431 光年！

“伊莎贝尔，我得告诉你一件事，一件非常重要的事。”

她一脸忧色：“什么？是什么事？”

她的下唇略有瑕疵，左边略比右边丰满。这是一个迷人的小细节，而她脸上的小细节无一不迷人。这样的一张脸，我怎么会觉得可怕？怎么会？怎么可能？

我不能说，虽然我应该说，但实在于心不忍。

“我觉得我们该买一张新沙发。”我说。

“这就是你要告诉我的大事？”

“是的，我不喜欢它，我不喜欢紫色。”

“你不喜欢？”

“是，它与紫罗兰色太接近，所有短波长的颜色都会干扰我的思维。”

“你这人真有意思，‘短波长的颜色’。”

“呃，事实就是如此。”

“可是紫色是皇家御用色，你一直都摆着国王的架势，所以……”

“是吗？为什么？”

“拜占庭皇后在紫色寝宫里诞育皇室后裔，她们的宝宝会被赐予Porphyrogenitos的封号，意思是‘紫衣贵族’，使他们有别于依靠打仗取得王位的草莽国王。不过在日本，紫色是死亡之色。”

她讲述历史的语气令我迷醉，她的声音有一种精致之美，每一个语句都犹如一只细长的手臂，小心翼翼地端出历史，把它视作瓷器一般珍惜——仿佛它会随时摔碎，化为无数块碎片。我意识到，即便回归历史学家本色，她也仍然体贴细心。

“呃，我正在想我们可以买一些新家具。”我说。

“是吗？”她一边问，一边故作严肃地深深凝视我的眼睛。

最聪明的人类之一、一位德国出生、名叫阿尔伯特·爱因斯坦的理论物理学家曾对着一群低智商的同类解释相对论，他说："把你们的手放在热炉子上，一分钟感觉像一小时。而坐在美女身边，一小时感觉只有一分钟。"

如果看美女的感觉就像把手放在热炉子上，那会怎样？那会是什么理论？是量子力学吗？

不久之后，她靠在我身上吻我。我以前虽然吻过她，但此刻胃中却电闪雷鸣，这种感觉极像恐惧。事实上，它具有恐惧的所有症状，却是一种快乐的恐惧，一种至为享受的危险。

她嫣然一笑，给我讲了一个她看来的故事——并非出自历史书，而是她在候诊室的廉价杂志上看的，一对感情破裂的夫妻各自在网络上寻找婚外情，可等到和地下情人见面时，他们才发现原来他们正在和彼此玩外遇。他们后来非但没有离婚，反而还复合了，两个人的感情无比甜蜜，更甚从前。

"我有话要告诉你。"听完这个故事后我说道。

"什么话？"

"我爱你。"

"我也爱你。"

"我本以为我不会爱。"

"谢谢，你什么时候学会肉麻了？"

"不，我是说真的，因为在我们家乡，我们都不会爱。"

"什么？谢菲尔德，那里可没这么糟糕。"

"不，听着。爱对我来说是个陌生的东西，我很害怕。"

她用手捧着我的脑袋，仿佛它是另一件她要小心保护的珍宝。她是人类，她知道自己的丈夫总有一日会归于尘土，但仍然有胆量爱他，这真是一件了不起的事。

我们深情地吻了又吻。

吻犹如美食，但这种美食吃得越多，饥饿感反而越强烈。它并非物质，因此没有质量，然而似乎能转化为一种美味到极致的能量，存储于我的体内。

“我们上楼吧。”她说。

她的语气令我浮想联翩，仿佛楼上不仅仅是一个地方，而且是另一个现实世界，由一种截然不同的时空所构成。那是一个快乐之地，它的入口便是第六级台阶上的虫洞[1]。当然，她百分之百正确。

之后，我们在床上躺了一会儿，她决定放一点音乐。

“什么都好，”我说，“除了《行星组曲》。”

“那是你唯一听得顺耳的音乐。”

“可现在不喜欢了。”

所以她放了一张埃尼奥·莫里康内[2]的唱片，似乎叫《爱情主题》，旋律忧伤入骨，但美到心醉。

“你记得我们看《天堂电影院》时的情形吗？”

---

1 即时空洞，是宇宙中可能存在的连接两个不同时空的狭窄隧道。虫洞是 1916 年由奥地利物理学家路德维希·弗莱姆首次提出的概念，1930 年由爱因斯坦及纳森·罗森在研究引力场方程时假设的，他们认为通过虫洞可以做瞬时的空间转移或者做时间旅行。

2 意大利电影配乐大师，欧洲电影音乐巨人，参与过的电影配乐多达 500 部，代表作有《海上钢琴师》《天堂电影院》《西西里的美丽传说》和《美国往事》。

“记得。”我撒谎。

“你讨厌它，你说它太伤感，所以你恨不得把它给扔了。你说人不应该夸大或过于迷恋感情，这会把感情弄得很廉价。你从来都不想看过于情绪化的东西。我觉得，恕我直言，你一直都很害怕感情。所以，当你说你不喜欢感情用事的时候，你真正的意思是你不喜欢感受到感情。”

“哦，”我说，“不用担心，那个我已经死了。”

她微微一笑，她似乎一点也不担心。

但她真应该担心，我们都应该担心，几小时之后，我就清清楚楚地知道我们应该担心了。

*

入侵者

夜半时分，她把我推醒了。

“我似乎听到了人的声音。”她说。她的声音中掩饰不住喉间声带的紧绷感。显然，她在强作镇定。

“这话是什么意思？”

“我向上帝发誓，安德鲁，我觉得家里有人。”

“也许是格利佛的声音。”

“不可能，格利佛没有下楼。我一直醒着呢。”

我躺在几近黑暗的夜色中等了片刻，接下来我也听见了异响。脚步声，听起来很像有人在客厅里走动。电子钟的屏幕显示 4 时 22 分。

我掀开羽绒被，跳下床。

我看了一眼伊莎贝尔：“待在这里不要动，无论发生什么，都不要到处乱走。”

“小心。”伊莎贝尔说，她打开床头灯找电话，电话一般都在床头柜的电话底座上，可现在它居然凭空消失了，“真是奇了怪了。”

我走出房间，在楼梯入口处等了片刻。现在一片沉寂，这样的沉寂只存在于凌晨4时20分之后。突然之间，我发现这里的生活原始得可怕，你看，人类的房子根本保护不了他们。

简而言之，我被吓得魂飞魄散。

我踮着脚尖缓慢而安静地下楼。一般人在这种情况下都会打开走廊里的灯，可我没有。这样并不是为了我，而是为了伊莎贝尔。如果她正好下楼撞见了客厅里的入侵者，呃，那样就太危险了。而且，让入侵者发现我在楼下是很不明智的——如果他们没有发现的话。因此，我蹑手蹑脚地走进厨房，牛顿在宠物篮中睡得正香，这也许就更可疑了。一切迹象表明，没有人来过这里或储物间，因此，我决定离开去查看客厅。厨房里空无一人，或者说我没有看见一个人影，这里只有书、沙发、一只空果盘、一张桌子和一部收音机。我沿着走廊向客厅走去，此时此刻，在打开门之前，我有一种强烈的预感，客厅里有人！但由于失去了魔力，我不知道我的预感是不是在愚弄我。

我打开门，就在这一瞬间，一股刻骨的恐惧感流遍了我的整个身体。在变身为人类之前，我从未有过这种感觉。我们从不知恐惧为何物，在沃那多的世界里，没有死亡，没有疾病，亦没有无法控制的疼痛。

这一次我又只看到了家具。沙发、椅子、关闭完好的电视和咖啡桌，眼下的确没有人，但肯定有人来过。我看得出来，因为伊莎贝尔的笔记本电脑在咖啡桌上，这本来不算稀奇，因为她昨晚本来就是将它放在这里的。然而，令我真正担心的是，笔记本是开着的。可昨晚她明明将它关了，不仅如此，还有闪烁的信号灯。虽然笔记本背朝着我，但我可以看到屏幕是亮的，这说明一两分钟之前还有人在用它。

我立刻走到咖啡桌前查看屏幕，什么都没有删除，我关上笔记本上楼。

“怎么样？”我爬回到床上时伊莎贝尔问我。

“哦，什么都没有，我们肯定是听错了。”

伊莎贝尔睡着后，我望着天花板发呆，我真希望有一位上帝能够听见我的祈祷。

*

完美时光

次日清晨，格利佛把吉他拿到了楼下，他给我们现场表演。他刚学了一首老歌——涅槃乐队的《满怀歉意》。他脸上的神情专注至极，给我们奉献了一段完美时光。他的表演相当出色，之后我们热烈鼓掌。

我暂时忘记了所有的忧虑。

*

无限空间之王

我刚刚放弃了永生，之后又发现自己被人盯上了。这个时候去看《哈姆雷特》实在是一件非常郁闷的事情。

看到一半时，终于迎来了最精彩的一段，这时哈姆雷特仰望天空。

“你看到了那边的云吗，形状像一头骆驼？”他问。

“我发誓，”另一个名叫波洛尼厄斯的偷窥狂应道，“它确实像一头骆驼。”

“我认为，它像一只黄鼠狼。”哈姆雷特又说。

“那背影像黄鼠狼。”

然后，哈姆雷特眯缝着眼，抓了抓头：“或者说像一条鲸鱼吧？”

波洛尼厄斯实在捉摸不透哈姆雷特超现实的幽默感：“很像一条鲸鱼。”

之后我们去了一家餐馆，它叫“提托小厨”。我点了一份名为“潘扎奈拉”的面包沙拉，里面有凤尾鱼，我一开始花了五分钟时间小心翼翼地把它们挑出来摆在盘边，深深地为它们默哀。

“你似乎很喜欢这部戏剧。”伊莎贝尔说。

我想我总有一天也会死。“是的，我的确很喜欢它。你呢？”

“不，演得糟透了。我想它们最大的错误是请一个电视园艺节目主持人扮演丹麦王子。”

“是啊，”我说，“你说得对，这真是个低级错误。”

她大笑，似乎比以前任何时候都要放松，不再担心我和格利佛。

“这部剧里还有很多死亡。”我说。

“是的。”

“你害怕死亡吗？”

她困惑地望着我：“当然，我怕死怕得要死。我早已不再笃信天主教，但死亡和内疚仍然是我最害怕的东西。”我后来发现，天主教是基督教的一个分支，他们的教徒迷恋金箔、拉丁语和内疚。

“老实说，我觉得你想得很开。想想，你身体的各项机能正在开始逐渐老化，最终走向……”

“好了，好了。求你别谈死亡了。”

“可我以为你喜欢思考死亡，所以才会带我看《哈姆雷特》。”

“我只喜欢舞台上的死亡，不要在我吃香辣茄酱通心粉的时候谈这个。”

于是我们一边聊一边喝红葡萄酒，餐厅里的人来来去去。她谈到了学校硬要她明年教的一门课程——爱琴海的早期文明生命。

“他们没完没了地催我，还越来越来劲了。看看他们要我教的什么玩意儿，指不定下一步还要我教早期文明恐龙呢。”

她自顾自笑起来，我也笑了。

“你应该出版那本小说，”我换了一个话题，“《比天空更辽阔》，就是那本我看过的。”

“我不知道，这本有太多隐私，太过私人化。而且那个时候，我的心情比较阴郁。那时你……呃，反正你知道的，总之已经过去了。我现在感觉自己焕然一新，而且几乎觉得自己还嫁给了一个焕然一新的男人。”

“这么说来，你应该再写一部虚构小说。”

“哦，我不知道，这需要创意。”

我不想告诉她，我有一大堆的创意可以奉送给她。

“我们已经有好多年没有这样了，是不是？”她说。

“‘这样’是什么？”

“聊天，就像现在这样，感觉就像我们第一次约会或初相识，感觉真美好，好像我刚刚认识你。”

“是啊。”

“老天！”她若有所思地叹道。

她已有几分微醉，我也一样，尽管我还在喝第一杯葡萄酒。

“我们第一次约会，”她继续说道，“你还记得吗？”

“当然，当然。”

“就是在这里，不过那时是印度餐馆，它叫什么名字？……泰姬·玛哈尔。那天你提议去必胜客，我不大感兴趣，于是你在电话里改变了主意。那个时候，剑桥甚至没有一家‘马上诺’。我的天……都二十年了。你相信吗？我在记忆里把岁月压缩打包，但那一天是我最难忘的回忆。我迟到了，你等我等了足足一个小时，站在雨里，那一刻浪漫得难以形容。”

她怔怔地看着远处，仿佛二十年之前是一样实实在在的东西，坐在餐厅角落的一张桌子旁就可以看到。我痴痴地看着那双眼睛，它似乎游离于无限时空中的某处，介于过去与现在、快乐与忧伤之间。我真希望自己就是她以为的那个人，那个二十年前勇敢地站在雨中、任由雨水浸透肌肤的男人。可我不是他，我也永远不可能成为他。

我感觉自己变成了哈姆雷特，一时手足无措，不知如何是好。

“他一定很爱你。”我说。

她从梦境中醒过来，浑身突然警觉起来：“什么？”

“我指的是我，”我一边说，一边低头看正在缓缓融化的柠檬酒冰淇淋，“我仍然如当初一般爱你。你知道，回忆过去的时候，我会站在旁观者的角度看我们。有一点点像穿越时空……”

她隔着桌子握住了我的手，握得很紧很紧。恍然间，我觉得自己就是安德鲁·马丁教授，就像那位电视园艺节目主持人轻轻松松就以为自己是哈姆雷特一般。

“你记得我们在剑桥划船吗？”她问，“那次你掉进水里了……老天，我们当时都喝醉了。你还记得吗？就在你拿到了普林斯顿大学的工作邀请、我们准备一起去美国之前，那时我们还在剑桥。那天玩得真开心啊，你说是吗？”

我点点头，但感觉有些别扭。而且，我不想把格利佛一个人留在家里太久。我找服务员买单。

“听着，”走出餐厅时我说，“有件事我觉得实在有必要让你知道……”

“什么？”她抬头望着我，一阵冷风吹来，她挽紧了我的胳膊，“是什么事？”

我深呼吸，使肺里注满空气，努力地在氮气和氧气之间寻找一些勇气。我在头脑里排练了一大堆要说给她的话。

我不是地球人。

事实上，我甚至也不是你的丈夫。

我来自另一个星球，另一个太阳系，另一个遥远的星系。

“我要说的是……呃，是……”

“我们可能得过马路了。”伊莎贝尔拉着我的胳膊说道。这时，人行道上有两个人影——一对正在吵架的男女——正朝我们走来。我们也走上了人行道，以一种既能掩饰恐惧又能迅速躲避的角度穿越马路。遇上这种情况，在宇宙的任何一个地方，偏离直线 48 度角都是最理想的角度，这也正是我们所采取的角度。

在这条没有车辆的马路上，走到中间时我扭头看到了她，佐伊，我来地球第一天在医院遇到的女人。她仍然对着那个人高马大的光头男人叫骂不已，男人的脸上文了一颗泪滴，我记起她曾经坦言她迷恋暴力的男人。

“我告诉你，你大错特错！发神经的人是你！不是我！如果你要做原始生物丢人现眼，随便你！去呀去呀，你这个不要脸的蠢货！”

“你这个装腔作势、只配溜沟舔股的臭婊子！”

然后，她也看见了我。

*

放下的艺术

“原来是你。”佐伊说。

“你认识她？”伊莎贝尔低语道。

“恐怕……是的。在医院里认识的。”

“哦，不。”

“请你，”我对那个男人说，“放尊重点。”

男人盯着我，他的光头以及身体的其他部分向我凑过来。

“这和你他妈的有关系吗？”

“有，”我说，“我希望看到人们彼此尊重。”

“你他妈的算哪根葱？”

“请你转身离开，”伊莎贝尔勇敢地站出来，“不要再和人纠缠。我认真地告诉你，如果你敢动粗，明天早上你会后悔的。”

男人立刻把火力对准伊莎贝尔，他猛地攫住她的脸，用力狠掐她的脸颊，使她那张美丽的面庞变得扭曲。他叫嚣道：“闭上你的臭嘴，你这个多管闲事的婊子。”我的怒火噌地一下子点燃了。

伊莎贝尔的眼里盈满了恐惧。

我可以肯定，有很多种理性的解决方法，但我已离理性太远太远。

“滚一边去。”我说道。一时间，我暂时忘记了我只有嘴上功夫，苍白无力的语言。

他看了我一眼，笑得前俯后仰。在笑声中，我突然明白了一个可怕的事实——我早已失去了魔力，主人已将它从我手中夺走。我事实上只是一个普通得不能再普通的数学教授，已没有任何傍身之力，无法再与眼前这个虎背熊腰的恶徒对抗。

他向我挥来一拳，力道十足，和我曾经熟悉的格利佛的拳头不是一个等级，完全不一样。那个男人的手上戴着廉价的金属戒指，裹挟着彗星一般的力量劈在我脸上。如果我能选择感觉不到这种痛，我会毫不犹豫地选择。不过很快，我就感觉不到了。我倒在地上，肚子上又挨了一脚，还没消化完的意大利菜迅速在胃里翻腾奔涌，接下来便是最后的狂风暴雨——头上的一脚。事实上，这更像是踩踏。

再之后，我彻底失去了知觉。

只有一片黑暗和《哈姆雷特》。

这是你从前的丈夫，现在你再看这一个。

我听见伊莎贝尔恸哭不止，我想和她说话，但一个字也吐不出来。

这是两个兄弟的肖像。

我可以听到警报声时起彼伏，我知道那是我的救护车。

这里是你现在的丈夫，像一株霉烂的麦穗。

我醒转过来，发现自己在救护车里，身边只有她。她正低头看着我，犹如一道强烈得令人睁不开双眼的阳光。她轻抚我的手，恍如隔世，我又找到了第一次见面时她抚摸我的感觉。

“我爱你。”她说。

我知道此时此刻爱的意义。

爱的意义是帮助你活下去。

它的意义还在于忘记意义，停止寻找意义，开始好好生活。它的意义是紧握爱人的手，活在当下，过去和未来皆为传说。过去只是已死的现在，而未来从不曾存在，因为等你看到的时候，它已成为现在。我们所拥有的只有现在，永不停歇、不断变化的现在。现在是如此变幻莫测。因此，要想把握现在，唯有放下。

所以我放下。

我放下了宇宙间的一切。

一切，除了她的手。

*

神经适应性活动

我在医院里醒来。

这是我生平第一次在剧痛中醒来。此时已夜半，伊莎贝尔先前一直陪着我，还倒在塑料椅中睡着了，不过现在护士已经叫她回家了。所以，只余我和疼痛，做人有时真的极其无助。我在黑暗中辗转反侧，只能暗暗盼望地球转快些，再转快些，好让太阳再次出现，好让夜的悲剧变身为昼的喜剧。我不习惯夜晚，虽然我在其他星球上也经历过夜晚，但地球上的夜却是独一无二的。它不仅最长，而且最黑最孤寂，最具悲剧美。为了寻找一点慰藉，我胡乱数着质数，73、131、977、1213、83719。每一个除了 1 和自身之外，都无法被其他数整除，如爱一般无法分割。我努力地搜索更大的质数，我突然发现，就连我的数学天分也已弃我而去。

他们检查了我的肋骨、眼睛、耳朵和口腔，我的大脑和心脏。心脏无大碍，虽然他们认为每分钟心跳 49 次有点偏慢，至于我的大脑，他们有点担心，因为我的内侧颞叶区域似乎有某种不同寻常的神经适应性活动。

“似乎你的大脑中有某种东西被取走了，所以细胞必须拼命补偿。不过怎么说呢，你的大脑里当然不可能有东西被取走或损坏，但还是很奇怪。”

我点头。

当然有东西被取走，但我知道这是任何一个人类、任何一个地球上的医生都无法理解的。

体检的项目多如牛毛，但我全部成功通过。我现在和人类没什么两样，由于痛感仍在我的头部和脸部悸动不止，他们给我开了扑热息痛和可卡因用于止痛。

最后，我回家了。

第二天，阿里来看我。我仍然躺在床上，伊莎贝尔上班去了，格利佛上学去了，这一次似乎是真的上学。

“老兄，你看起来糟透了。”

我微微一笑，把额头上的一袋冻豌豆移开：“这可巧了，因为我也感觉糟透了。”

“你真应该去报警。”

“是啊，你说得对。我也这样想过，伊莎贝尔也认为应该报警，但我一看见警察就有些发怵。你知道，自从裸奔被捕后我就落下了这毛病。”

“听我说，你不能让这种变态逍遥法外，想打谁就打谁。”

“是，我知道，我知道。”

“听着，老兄，我只想说你真了不起。只有老派绅士才有那样的勇气为了妻子而战，你知道，在这一点上，我由衷地佩服你，你让我深感意外。我在这里绝无贬低你的意思，我只是没想到你会是这种身穿闪亮铠甲的高贵骑士。”

“呵呵，我已经变了。我的内侧颞叶区域多出了许多活动，我想原因很可能就在这里。”

阿里向我报以怀疑的目光：“呃，不管是什么原因，总之你变成了一个让人敬佩的男人，这种品质在数学家身上极为罕见。从传统上来说，只有我们物理学家才这么爷们儿。好好和伊莎贝尔过日子，不要再横生枝节，你明白我的意思吗？”

我凝视着阿里良久，他是个好人。我看得出来，我可以信任他。

“听着，阿里，你知道在大学的咖啡馆里，我准备告诉你什么吗？”

“就是那次你突然头痛的时候？”

“是的。”我有些犹豫。不过现在我已经和沃那多断开了连接，所以我知道我可以告诉他，或者说我觉得我可以告诉他，“我来自另一个星球，另一个太阳系，另一个星系。”

阿里大笑，这是一种深深发自内心的爆笑，没有任何怀疑的意味：“好啦，外星人。所以你现在想给家里打电话，是吧？可我们的电话线接不到仙女座星系。”

“不是仙女座星系。比那里更远，有很多、很多个光年。”

阿里根本没听我说话，他一个劲地狂笑不止。

他假装茫然地盯着我：“那你怎么来这里的？通过宇宙飞船还是

虫洞？”

“都不是，我没有采取你们所能理解的任何一种传统方式，我用的是一种反物质技术。我的家乡远得你无法想象，但一秒钟之内便可抵达——虽然我永远都回不去了。”

没有任何效果，阿里虽然深信外星生物有可能存在，但如果外星人正儿八经地站在或躺在他面前，却是无论如何也无法接受的。

“你知道，我们的技术比你们先进，这赋予了我特殊的天赋，也就是我的魔力。”

“继续说下去。”阿里拼命忍住笑，“展示给我看看。”

“我不能，我现在已经没有魔力了，我和你们人类一模一样。”

阿里笑得不可抑止，他让我大为光火。他是个好人，但我发现好人也面目可憎。

“和你们人类一模一样！哦，老兄。你现在倒大霉了，是不是？”

我点头：“是啊，我想可能是这样。”

阿里笑完之后面露忧色：“听着，你必须谨遵医嘱服用所有的药，不要只服止痛药，记住是所有的药，知道了吗？”

我点头，他肯定以为我疯了。如果我自己也这样想，把一切都当作一场幻觉，也许事情就好办多了。最好是某天醒来，认为所有的一切只是一场梦。“听着，”我说道，“我调查过你。我知道你了解量子物理，我知道你写了有关模拟理论的文章。你说一切皆不真实的可能性有30%。在咖啡馆里你也对我说你相信外星人的存在。所以我知道你能够相信。”

阿里摇了摇头，但现在他至少没有笑了：“不，你错了，我不能相信。”

“好吧。”我叹了一口气，终于明白如果连阿里都不相信我，那伊莎贝尔就更不可能了。不过格利佛还有希望，我总有格利佛可以依靠。总有一天我会告诉他真相，但那又如何？如果格利佛知道真正的安德鲁已死，他还能接受我做他的父亲吗？

我已陷入死局，我得撒谎，得不停地撒谎。

“可是阿里，”我说道，“如果有一天我需要你帮忙，如果有一天我需要格利佛和伊莎贝尔到你家小住，你愿意暂时收留他们吗？”

他微笑道：“当然，老兄，这是当然。”

*

低峰态分布

第二天，脸上仍然一片瘀肿，但我还是回到了学校。

虽然家里有牛顿陪着我，但我就是浑身不自在。以前从未有过这种感觉，但现在它令我寂寞得无以复加。所以我去上班了，我终于明白工作在地球上为什么如此重要，它可以让你忘记寂寞。但对我来说，寂寞仍然无法摆脱，它就在办公室里等着我。等我在课堂上讲完了分配模型回到办公室时，它又来了。好在这一天我头痛得厉害，所以办公室的一片寂静还是颇为受用的，这一点我不得不承认。

不久之后，门外响起了敲门声，我置之不理。我现在要的是没有疼痛的寂寞，但敲门声又响起了，而且颇有不屈不挠之势，我知道门外的人势在必得。所以我起身走到门前，犹豫了一会儿，终于把门打开。

一位年轻的姑娘站在门口。

是玛姬。

那朵怒放的野花，那个嘴唇丰满、有着一头红色卷发的姑娘。她又一次用手扭绞着发丝，她贪婪地深呼吸，仿佛呼吸的是另一种空气——一种含有神秘春药、有可能让人产生快感的空气，她一脸春风。

“嘿。”她说。

我花了一分钟等她下面的话，但始终没有等到。“嘿”可以是一个开场白，也可以是中间句和结束语，它似乎有什么隐意，只是我不明白。

“你找我有什么事吗？”我问。

她又笑笑，咬了咬嘴唇：“找你讨论钟形曲线和低峰态分布模型的兼容性。”

“好的。”

“低峰态，”她补充说道，手指缓缓下移，从我的衬衫一直下滑到我的长裤，“在希腊语中，platus 的意思是平坦，kurtos 的意思是……突起[1]。”

“哦。”

她的手指舞离我的身体：“好了，杰克 · 拉莫塔[2]，我们走。”

“我不叫杰克 · 拉莫塔。”

“我知道，我指的是你的脸。”

“哦。”

“我们可以走了吗？“

“去哪里？“

“帽羽。”

1　数学术语“低峰态”的英文为 platykurtosis，由 platy 和 kurtosis 两个词结合而成，它们均源于希腊语。

2　美国籍意大利裔拳王，他身体结实、出手敏捷，在拳坛被誉为“愤怒的公牛”。

我不知道她在说什么，或者说，我根本不知道她是在和我说话，还是在和曾经的安德鲁·马丁教授说话。

“好的，”我说，“我们走。”

就在这一刻，我犯下了这一天的第一个错误，但这并非这一天的最后一个错误。

*

帽羽

我很快发现“帽羽”是一个很容易引起误解的名字，这里既没有帽子，当然也没有羽毛。这里只有一群醉得东倒西歪、一脸猪肝色、自顾自傻笑的人，继而我又发现，这是一家典型的酒吧。“酒吧”是英国人的发明，生活在英国并非幸事，所以必须发明酒吧聊以补偿，我相当喜欢这里。

“我们找个安静的角落。”她对我说，“她”当然指的是年轻的玛姬。

这里有很多角落，人造的环境中似乎总有角落。每位酒客都似乎远不能理解直线与严重精神病之间的联系，这也许可以解释为什么酒吧里总是充斥着暴力狂。到处都是直线相互碰撞，吧台旁、水果机[1]旁的每张桌子、每张椅子都是如此（我特别打听了水果机这种东西，显然，它们的目标用户是那种迷恋闪烁的光块，但对概率论知之甚少的男人）。

1　也称水果老虎机，特定水果图案组合出现时即可赢钱的赌博机器。

可供选择的角落有那么多，可她却偏偏要在一整面四方四正的墙旁边落座，这里有一张椭圆形的桌子和几张圆形的椅子。

“这里好极了。”她说。

“是吗？”

“当然。”

“那好。”

“你要喝点什么？”

“液氮。”我的大脑一时短路。

“威士忌和苏打水？”

“是的，随便哪一种好了。”

我们一边喝饮料，一边像老朋友一样聊天。我想我们应该是老朋友，只是她的聊天方式和伊莎贝尔截然不同。

“到处都是你的阳具。”某一时刻她这样说道。

我四处张望：“是吗？”

“YouTube 上的点击数有 22 万次。”

“哦。”我叹道。

“不过他们给你打了马赛克，依我的一手经验来看，我不得不说，这样做是非常明智的。”话音刚落，她笑得更厉害了。这是一种莫名其妙的笑，我的表情不可能因为它而尴尬或释然。

我决定换一种情绪。我问她，对于她来说，做人的意义是什么。我想追着整个世界问这个问题，但此时此刻，眼前的人只有她。于是她告诉了我答案。

*

完美城堡

她说做人意味着小时候在圣诞节可以收到一座华丽壮观的城堡，盒子上有一张美轮美奂的城堡的照片，你整天都只想摆弄着城堡以及城堡里的骑士和公主，因为它看起来就像一个完美的人类世界。可唯一的问题在于城堡并没有建好，它只是一些错综复杂的小碎块，尽管盒子里附送了一本说明书，但你怎么也看不懂，你的父母还有阿姨也看不懂。所以你只好被扔在原地，望着盒子上永远无法建起的完美城堡号啕大哭。

*

别的地方

我很感激玛姬这番生动的解释。之后我告诉她，我越思考人生的意义，就越不得要领。再之后，我开始大谈伊莎贝尔，这似乎让她有些愠怒，因为她换了一个话题。

“等喝完了之后，”她一边说，一边用手指转动着玻璃杯口，“我们是不是要去别的地方？”

她着重强调了“别的地方”，语气中的频率和伊莎贝尔上个星期六说“楼上”时如出一辙。

“我们要做爱吗？”

她暧昧地大笑，我发现，笑声是真相击打在谎言之上时发出的回响。人类被困在自己一手制造的错觉之中，而笑声则是一条出路，是人类连接彼此唯一的潜在桥梁。对了，除了笑声，还有爱。我和玛姬之间没有爱，我希望诸位能明白这一点。

言归正传，事实证明，我们真的准备做爱。因此，我们离开酒吧，走了几条街，最后来到她位于柳树街上的公寓。顺便说一下，她的公寓是我见过的最乱的地方——虽然这并非核裂变的直接结果。书、衣服、空酒瓶、烟蒂、干硬的吐司和未拆的信封扔得满地都是。

我发现她的全名叫玛格丽特·洛威尔，虽然我对地球人的姓名全无研究，但我还是知道这名字和她极不相配，她应该叫拉娜·钟形曲线或艾希莉·性瘾狂之类的名字。总之，我肯定从未喊过她玛格丽特（“除了宽带供应商，从来没人喊我的大名”），她是玛姬。

根据我的发现，玛姬是一个不走寻常路的人类。比如说，问她有什么信仰时，她会答“毕达哥拉斯学派”。她“游历过无数地方”，如果你属于仅仅去过月球这一个外星的物种，那这样的自我描述就荒谬到极点了。而且据我所知，玛姬甚至没去过月球，在这种情况下，“游历过无数地方”仅表示她在回英国学数学之前，曾在西班牙、坦桑尼亚和南美的一些国家教过四年英语。此外，根据人类的标准，她似乎对身体没什么羞耻感，为了交研究生的学费，她连脱衣舞娘都做。

她想在地板上做爱，这种方式着实不舒服。我们一边脱彼此的衣服，一边拥吻，但这种吻不是那种可以拉近彼此距离的吻，和伊莎贝尔擅长的吻迥异。这是一种自恋式的吻，纯粹为了吻而吻，它夸张急促，假装惊天动地，它弄得我生疼。我的脸仍然脆弱，玛姬石破天惊式的吻似乎一点也没照顾到我的伤口。再之后，我们赤裸相对，或者说应该赤裸的部位全都赤裸了，这时她给我的感觉更像是一种诡异的搏击。我望着她的脸，她的脖颈以及胸脯，突然间感觉人类的身体是多么怪异。和伊莎贝尔在一起，我从未感觉自己是在和外星人睡觉，可是和玛姬在一起，这种陌生感令我恐惧，还是有生理快感的，而且有时相当之强烈，但只是局部的生殖快感。我闻着她的肌肤，很香很美好，混合了椰子味的身体乳液和细菌的味道，但我的大脑无比痛苦，原因不仅仅在于头痛。

就在我们开始交欢之时，我突然一阵反胃，几欲作呕，仿佛海拔陡然增高，身体无法承受，我停了下来，我放开她的身体。

“怎么了？”她问我。

“我不知道，但就是感觉不对劲，我发现我现在不想要高潮。”

“你良心发现得也未免太晚了吧。”

我不知道问题出在哪里。毕竟，这只是性爱而已。

我穿好衣服，发现手机上有四个未接电话。

“再见，玛姬。”

她继续冷笑：“代我向你妻子问好。”

我不知道有什么好笑的，但为了表示礼貌，我决定也跟着笑，然后我独自踏入了冷冷的夜风之中。空气中的二氧化碳似乎变多了一点点，连风都被玷污了。

*

超越逻辑的地方

“你今天回来晚了。”伊莎贝尔说，“我担心死了，我怕那个人会跟踪你。”

“哪个人？”

“那个打你脸的畜生。”

她在家里的客厅里，这里的墙上摆满了历史书和数学书，主要是数学书。她正将笔放入笔筒，她望着我的眼神有些严厉，随即柔和下来：“今天过得好吗？”

“哦，”我放下公文包说道，“还好。我上了课，见了几个学生。我还和一个姑娘做爱了，她也是我的学生，就是那个叫玛姬的。”

很有意思，其实我早有预感这话会将我拽入万劫不复的深谷，但还是说了出来。与此同时，伊莎贝尔需要处理这些信息，即使根据人类的标准，她处理的时间也够长了。我反胃的感觉非但没有减退，反而变得更强烈了。

“这一点儿都不好玩。”

“我并不是说着好玩的。”

她用了很长时间研究我的表情，再之后，她手中的钢笔滑落在地，笔盖摔脱，墨水溅了一地：“你在说什么？”

我把原话又复述了一遍，她似乎对后半截话尤其感兴趣，就是我和玛姬做爱的那段。事实上，她的兴趣太过浓厚，以至于渐渐呼吸急促，继而把笔筒往我身上扔。再之后，她开始泪流满面。

“你为什么哭？”我问她，不过这个时候我有点明白了。我走到她身边，她却对我发动了猛烈的袭击，她的双手迅捷无比，简直超越了人类的极限。她的指甲刮破了我的脸，于是我的脸霎时雪上加霜。闹腾完了，她呆立在原地，怔怔地望着我，仿佛她也有伤口，看不见的伤口。

“对不起，伊莎贝尔，你得明白，我当时不知道我在犯错，我真的什么都不懂，你不知道这一切对我来说有多陌生。我知道爱另一个女人是不道德的，但我不爱她。这只是一种快乐，就像吃花生酱三明治的那种快乐。你实在不明白这套价值体系有多复杂和虚伪……”

她打断我，此时，她的呼吸变得缓慢而深沉。她抛出第一个问题，这也是她唯一的问题。“她是谁？”接下来又问，“她是谁？”随即又问，“她是谁？”

我不想回答，我发现和一个你爱的人说话犹如身陷雷区，人们居然还有勇气说话，这真是一个奇迹。我本可以撒谎，我本可以和她虚与委蛇。要想维系这份爱，撒谎当然至关重要，但我意识到，我的爱情要的不是谎言，而是事实。

因此我尽量用最简单的语言告诉她：“我不知道，但我不爱她，我只爱你。我当时没觉得这是个天大的错误，只是当它发生时才隐约明白。那时我的胃告诉我，这种快乐和吃花生酱完全是两码事，然后我就停下来了。”我唯一接触到不忠的概念是看《时尚》的时候，老实说，那本杂志并没有把这事解释透彻。它只是笼统地说这要取决于具体环境，你们知道，对于我来说，这种外星概念实在是太难理解了，和我们想让人类理解跨细胞疗法一样是一种不可能完成的任务。

“对不起。”

她没有听。她有自己的话要说：“我根本不认识你。我不知道你是谁。我不知道。如果你连这种事都做得出，对我来说，你就是个外星人……”

“我是外星人？伊莎贝尔，听我说，你是对的。我的确是外星人，我真的来自外星。我以前从来没有爱过，所有的这些东西我都不懂。在这方面我是个白痴，听着，我以前可以永生不死，我可以控制疼痛，但我全都放弃了……”

她完全充耳不闻，她离我有一个银河系那么远。

“我只知道，我现在只确凿地知道一点，那就是我要离婚。真的，我要离婚。你已经毁了我们，你已经毁了格利佛，现在是第二次。”

这个时候牛顿跑出来了，它摇着尾巴似乎想缓和气氛。

伊莎贝尔无视牛顿，她作势要从我身边走开。我本应让她走，但奇怪的是，我做不到，我抓住她的手腕。

“不要走。”我说。

然后，悲剧发生了。她大力挥手，恶狠狠地甩开我。她紧握的拳头裹挟着小行星一般的速度，击在我行星一般的脸上。这次不是拍打或抓挠，而是结结实实的一耳光。爱的终结就是这样的吗？就是在旧伤上添新伤再添新伤？

“我现在出门，等我回来的时候，我希望你已经消失。你明白吗？消失。我希望你离开这个家，离开我们的生活。结束了，一切都结束了，完了！我以为你变好了。我发自内心地以为你变成了一个好人，我给了你一个再次伤害我们的机会！我他妈的就是个白痴！”

我用手捂着脸，它疼得厉害。我听见她的脚步声渐渐远去，接下来是开门声、关门声。家里再次只剩我和牛顿。

“我把一切都搞砸了。”我说。

它似乎深表认同，但我再也无法理解它，我现在已是一个无法与狗沟通的普通人。它仿佛一点也不难过，因为它对着客厅的方向以及门外的马路狂吠不止。这不是安慰，反倒更像一种警告。我从客厅的窗户向外望去，什么也看不到。因此，我抚摸着牛顿以示歉意，虽然这毫无意义。然后，我离开了家门。

CHAPTER

3

受伤的鹿跳得最高

*

人性中的不完美之处在于：人只有经历了愿望的反面，才能真正心满意足。

——索伦·克尔凯郭尔《恐惧与战栗》

*

温斯顿·丘吉尔

我走进离家最近的便利店，这是一处灯火通明、毫无仁慈之心的场所，全名为“乐购城市店”。我给自己买了一瓶澳洲葡萄酒。

我走在自行车道上，一边喝酒，一边高唱《只有上帝知道》。万籁俱静，我坐在一棵树旁，将酒一饮而尽。

我折回便利店又买了一瓶。我坐在公园长椅上，身旁有一个大胡子男人。我见过他，就是第一天来地球遇到的那个喊我“上帝”的流浪汉。他还是穿着那件肮脏不堪的长雨衣，身上的怪味一如从前。只是这次我对他的怪味产生了浓厚的兴趣，我坐在他身旁，细细分辨每一种味道——酒、汗臭、烟、尿骚以及伤口感染的馊味。这是人类所特有的味道，奇妙而哀伤。

“我不明白为什么没有更多的人这样做。”我找他搭话。

“做什么？”

“你知道，把自己灌醉。坐在公园长椅上。这似乎是解决问题的好办法。”

“你在取笑自己吗，老兄？”

“不，我真的喜欢这样。你肯定也喜欢吧，不然你不会在这里。”

当然，我的话有几分虚伪，人类总是做他们不喜欢的事。说老实话，根据我最乐观的估计，无论在何时，只有3%的人才能积极地做自己喜欢的事。即便如此，他们还会有一股强烈的内疚感，因此不得不热烈地向自己保证一定迅速回归正常状态，继续做恶心的正常事。

一只蓝色的塑料袋随风飞起。大胡子男人卷起一根烟卷，他的手指不住地颤抖，估计是神经受损。

“只是没有选择，我的爱情和生活都一塌糊涂。”

“是啊，的确如此。有时你以为自己有选择，事实上根本没有。不过我认为人类一直沉浸于自由意志的幻觉之中，你觉得是这样吗？”

“起码我不是，先生。”他开始用含糊不清的男中音慢悠悠地唱起了一首老歌，“她走了，从此没有阳光……”

“你叫什么名字？”

“安德鲁，”我说，“这差不多就是我的名字。”

“你有什么烦心事？你被人打了吗？你的脸真吓人。”

“是啊，伤痕累累。有个女人爱我。世间最珍贵的东西就是爱情，它给了我一个家，让我有了归属感，可我毁了这一切。”

他点燃烟，烟固定在他脸上，好似一根麻木不仁的天线。“十年以前，我和我妻子结婚了。”他说，“后来我失业了，就在那个星期，她离开了我。自此之后，我开始喝酒，我的腿也开始和我作对。”

他拉起裤管，左腿浮肿，呈紫色。确切地说，是紫罗兰色，我想他是存心恶心我。

“深静脉血栓症，会让你疼得死去活来，哭爹叫娘。总有一天这该死的病会杀了我。”

他把烟递给我，我吸了一口。我知道自己不会喜欢，但还是吸了。

“你叫什么名字？”我问他。

他大笑：“温斯顿·丘吉尔，这名字很欠揍吧。”

“哦，和二战时的首相同名。”我看着他闭上双眼，极为受用地吸了一口烟，“人为什么要抽烟？”

“不知道，问我别的问题。”

“好的。如果有个人恨你，永远不想再见你，可你还爱着她，那该怎么办？”

“天知道。”

他的五官扭曲，深陷于痛苦之中。第一次看到他的时候我就知道他身体不舒服，但现在我想帮他。我喝了太多酒，我以为我可以帮他，我忘了自己早已失去魔力。

他准备放下裤管，看到他惨不忍睹的腿，我叫他等等，我把手放在那条腿上。

“你在干什么？”

“别担心，这只是转移细胞的一个小步骤，它需要激活死亡的细胞，然后作用于分子，恢复再造死亡病变的细胞。在你看来，这就像变魔术，可它不是魔术。”

我的手停留在那里，什么也没发生。再等了一会儿，仍然没有任何奇迹。这连魔术都不如，远远不如。

“你是谁？”

“我是个外星人。我是两个星系中一无是处的废物。”

“呃，请你把该死的手从我腿上拿开好吗？”

我把手拿开：“真对不起，我以为我还有帮你治病的魔力。”

“我认识你。”他说。

“什么？”

“我见过你。”

“当然，我知道。我第一天来剑桥时见过你，你也许还记得，我当时光着身子。”

他眯着眼，身体向后靠，歪着脑袋又看了看我：“不，不。不是那天，我是今天才看到你。”

“这不可能，如果我们见过面，我肯定会知道。”

“不，绝对是今天，我记人脸最在行了。”

“我和别人走在一起吗？和一个年轻的女人？红头发的？”

他想了想：“不，只是你一个人。”

“我当时在哪里？”

“哦，你在，让我想想，你在纽马克特路上。”

“纽马克特路？”我知道这条路，因为阿里就住在那里，但问题在于我从未去过那条路。今天没去过，以前也没去过。当然，很可能是那个安德鲁 · 马丁——安德鲁 · 马丁的真身——以前去过那里很多次。是的，肯定就是这样，肯定是眼前的这个流浪汉弄错了。“我想你可能记错时间了。”

他大摇其头：“就是你。今天早上，也许是中午，我绝对没记错。”

然后这个男人起身，一瘸一拐缓缓从我身边离开，只留下一股烟酒味。

一片乌云遮住了太阳，我抬头看着天空，心底暗暗生出一个和乌云一般阴暗的念头。我起身掏出口袋中的手机，拨通了阿里的电话。终于，有人接起了电话。那是一个女人，她呼吸沉重，伴随着擤鼻涕的声音，她在泣不成声之余竭力挤出连贯的字句。

“你好，我是安德鲁，阿里在家吗？”

然后，电话那头终于有了一连串的字句，只是令人毛骨悚然：“他死了，他死了，他死了。”

*

替身

我发足狂奔。

我扔下葡萄酒，穿过公园，用尽全力沿着大街拼命奔跑，迅速越过主干道，几乎没法顾及来往的车辆。我浑身酸疼，膝盖、髋部、心脏，还有肺都无法承受，所有的这些器官都在提醒我，它们终有一天归于衰竭。而且，它们也加重了我如今正在遭受的脸部疼痛以及其他各种疼痛。不过，此刻最让我痛苦的还是一团乱麻的思绪。

这是我的错，这和黎曼假设毫无关系，所有的这一切只是因为我告诉了阿里我来自外星。他不相信我，但这不是重点。重点是我能够告诉他，还能够逃脱紫罗兰色痛感警告的惩罚。他们已切断了和我的连接，但他们肯定还能监听，这意味着他们现在很可能听得到我的声音。

“不要动手，不要伤害伊莎贝尔或格利佛，他们什么都不知道。”

我终于回到了那个我住过亦爱过的家，此时已是清晨。我踩着石子车道，脚下嘎吱作响。车不在这里。我透过客厅的窗户往里望，里面没有人。我身上没有钥匙，所以我按响了门铃。

我站在门外傻等，正在思忖如何进入之际，门开了，可一个人影也没有。显然，开门的人不想见我。

我踏进家门，第一站是厨房。牛顿正在宠物篮中酣睡，我走到它身边，轻轻摇晃它："牛顿！牛顿！"但它仍然酣睡，呼吸声悠长而深沉，莫名其妙地怎么也唤不醒。

"我在这里。"客厅那边传来一个声音。

我循着这个熟悉的声音走过去，客厅里有一个男人坐在紫色的沙发上，跷着二郎腿。我一下子就认出了那张熟悉的脸——事实上，熟悉得不能再熟悉了。然而，看到他的一刹那，我不禁魂飞天外。

因为我看到的正是自己。

他的穿衣风格和我迥异（牛仔裤而非灯芯绒裤，T 恤而非衬衫，球鞋而非皮鞋），但他的脸绝对就是安德鲁 · 马丁。棕褐色的头发，自然边分，疲惫的眼神——他的脸和我一模一样，除了没有伤痕之外。

"嗒嗒嗒！"他笑着说，"地球人就是这样说话的，是不是？你知道，他们打牌的时候喜欢这样说。嗒嗒嗒！我们是如假包换的双胞胎。"

"你是谁？"

他皱眉，仿佛我不该问这么愚蠢的问题："我是你的替身。"

"我的替身？"

"正是如此，我来这里是为了完成你不能完成的任务。"

我的心狂跳起来："这是什么意思？"

"销毁信息。"

有时恐惧和愤怒是一码事："你杀了阿里？"

“是的。”

“为什么？他根本不知道安德鲁·马丁证明了黎曼假设。”

“是的，我知道。但主人给我的命令要更广泛一些，我得杀掉任何一个知道你”——他斟酌出了一个词——“来历的人。”

“这么说，你们一直都在监听我？他们说已经和我切断了连接。”

他指了指我的左手，显然这里还有沃那多的技术：“他们拿走了你的魔力，但并没有拿走他们的魔力。他们有时还在监听，他们得监督你。”

我望着自己手，突然之间，它看起来像一个敌人。

“你来这里多久了？我的意思是，来地球。”

“没多久。”

“几天以前，有人半夜潜入了这里。他们动了伊莎贝尔的电脑。”

“那是我。”

“那你为什么不动手？为什么不在那晚就把任务做完？”

“你在这里，我不想伤害你。沃那多人不会相互残杀，起码不会直接动手。”

“听着，我不是一个真正的沃那多人，我是人类。矛盾的是，虽然我的家在无数个光年之外，但我觉得这里才是我的家，这种感觉太诡异了。说正经的，你一直在做什么？你住在哪里？”

他犹豫了一会儿，用力吞咽了一下：“我一直和一个女性人类住在一起。”

“女性人类？是女人？”

“是的。”

"住哪里？"

"剑桥以外的一个小村庄，她不知道我的姓名，她以为我叫乔纳森·罗珀。我使她深信我是她丈夫。"

我笑得不可抑制，我的笑声似乎使他颇为讶异："你为什么笑？"

"我不知道，我已经获得了幽默感，这是我失去魔力之后的补偿。"

"我准备去除掉他们，这个你知道吧。"

"不知道，真的不知道。我跟主人说了这毫无意义，这是我跟他们说的最后一句话。他们似乎表示理解。"

"可他们一直都叫我除掉这两个人，我得执行任务。"

"可你不觉得这样做既没有意义、也没有站得住脚的理由吗？"

他叹了口气，摇了摇头。"不，我不这么想。"他说道，他的声音和我的差不多，但更低沉也更平缓，"我不觉得有什么区别，我只和人类住了几天，但我可以看到这种物种身上有暴力和虚伪的基因。"

"是的，但他们也是有优点的，很多优点。"

"不，我看不出来，他们可以无动于衷地坐在电视屏幕前观摩同类的尸体。"

"我一开始也是这样想的，可是——"

"他们每天开车四五十公里，却因为回收了一两个空果酱瓶而觉得自己就是环保达人。他们大谈和平如何如何好，却又崇拜战争。他们鄙视在盛怒之下杀妻的男人，却膜拜炸死数百名妇孺的冷血军人。"

"是的，这里的逻辑的确不对。我深表认同，不过我真心觉得——"

他一个字也没听进去，此时他站起身来，在房间里踱来踱去，继续慷慨陈词，且目光坚定地望着我："他们认为上帝永远站在他们这一边，即使他们并没有和其他物种站在同一边。他们永远无法接受生物基因带给他们的两个最重要的事件——生育与死亡。他们口口声声说金钱买不来快乐，但每次还是会选择金钱。他们一有机会就会为平庸大唱赞歌，而且个个都喜欢幸灾乐祸。他们在这个星球上已经生活了数十万代，却还是无法真正看清自己，也不知道自己应该如何生活。老实说，人类如今的智力还不如从前。"

"你说得对，但你有没有觉得，这些矛盾有着某种迷人而神秘的魅力？"

"不，不，我不觉得。我认为人类的暴力本性使他们得以统治这个世界，并将其'文明化'，但如今他们已经无处可去——因此人类世界变得故步自封。它成了一只自啃自噬的怪兽，可人类仍然看不到这只怪兽，或者说他们不知道自己身处其中，不知道自己就是怪兽的分子。"

我望着书架："你读过人类的诗吗？人类理解自己的这些缺陷。"

他仍然自说自话。

"他们迷失了自己，却仍然野心勃勃。不要以为他们会永远待在地球上，现在只是因为没机会。他们已经开始意识到有外星生物的存在，肯定不会就此停手。他们会继续探索，他们的数学知识会不断发展，最终能帮助他们达成心愿。他们总有一天会找到我们，到了那一天，他们可不会和我们做朋友——即使他们以为自己会对我们友好，人类总是这样，总以为自己是绝对仁慈善良的。总之，他们会找到消灭或征服其他生物的绝好理由。"

一个穿校服的女孩从家门口走过。很快，格利佛也要回家了。

"但杀掉这些人和停止人类的科技发展之间并没有任何联系，我可以向你保证，真的没有联系。”

他不再踱步，而是走到我身边，整个人凑到我脸上来：“联系？我告诉你什么叫联系……曾经有一位德国人在瑞士伯尔尼的专利局工作，他业余时间喜欢钻研物理。他想出了一条理论，半个世纪后，他的理论使日本的两座城市毁于一旦，成千上万的人因此丧命。丈夫、妻子、儿子，还有女儿通通惨死。这位德国人肯定不希望有这种联系，但这是他无法控制的。”

“你说的是另一码事。”

“不，不，你错了。这是一个白日梦终结于死亡、数学家有可能触发世界末日的星球，这就是我对人类的看法。你有不同意见吗？”

“不过人类会从错误中总结经验教训，”我说，“而且他们对彼此关爱的程度超乎你的想象。”

“并非如此，我知道他们关爱和他们有相同背景的人，或同住在一个屋檐下的人，但除此之外的，他们就不会同情了。他们相互之间翻起脸来比翻书还快，想想这样的物种如果有能力的话，他们会怎样对我们。”

当然，我已经想过，答案自然令我不寒而栗。我仿佛被抽去了筋骨一般，疲倦而迷茫。

“但我们来这里是杀他们的，你觉得我们的行为正义吗？”

“我们是经过了合乎逻辑的考量，我们的行为合情合理。我们来这里是为了保护自己，甚至也是为了保护人类。想想吧，进步对他们来说是一件危险的事。女人可以留下来，但男孩必须得杀掉。那个男孩知道得太多了，你亲口对我们说的。”

“你犯了一个小错误。”

“什么错误？”

“你不能在不杀母亲的情况下杀掉母亲的儿子。”

“你在说绕口令吗？你现在变得像人类了。”

我看了看时钟，现在是四点半，格利佛随时都有可能回家。我得努力思考对策，也许眼前的另一个我——这位“乔纳森”——是对的。好吧，这里真的没有“也许”，他就是对的，人类无法好好把握进步，他们无法摆正自己在这个世界中的位置。他们最终势必会对自己以及其他物种造成巨大的威胁。

因此我点点头，走到紫色的沙发旁坐下。我现在冷静多了，冷静得足以感觉到身上所有的疼痛。

“你是对的，”我说，“你是对的。所以我要帮你。”

*

一个游戏

“我知道你是对的。”这话我已对他说了17遍。此时我直视他的眼睛，“我一直都太心软了，现在我得向你承认，我以前以及现在都无法再伤害任何一个人类，尤其是和我住在一起的。但你刚才的一番话让我想起了我来这里的初衷，我现在是无法完成这个任务了，因为我已经失去了魔力，但与此同时我想通了，这个任务必须完成，所以我很感激你在这里帮我。我以前一直都太蠢了，总是不忍心下手。”

乔纳森躺回到沙发里，他仔细察看我的表情，他盯着我的伤口，还闻了闻我的口气：“你喝酒了。”

“是的，我被他们腐化了。我发现，像人类一样生活会很容易沾染他们的一些恶习。我喝酒，我做爱，我还抽烟，我吃花生酱三明治，听他们的简单音乐。我学会了享受他们的许多种原始乐趣，我也体验到了他们的许多种生理以及心理痛苦。不过，尽管我被腐化了，但仍然保持了足够多的本色，足够让我找到理性的自己，我知道该怎么做。”

他望着我，我知道他相信我，因为我说的每一个字都发自肺腑：“我很高兴你这么说。”

我打蛇棍随上：“现在听我说，格利佛马上就要回家了，他不坐车，也不骑车。他只走路，他喜欢走路。我们可以听到他走在碎石路上的脚步声，接下来是他用钥匙开门的声音。一般来说，他会直接进厨房给自己倒水或者倒一碗麦片，他一天大概要吃三碗麦片。好了，这不是重点，重点是他很可能会先进厨房。”

乔纳森聚精会神地听我说话，给他提供这些信息不仅奇怪，甚至有些可怕，但我实在顾不了这么多。

“你得快点动手，”我说，“因为他母亲很快就会回家，还有，他看到你的时候可能会吃惊。你知道，我因为不忠被他母亲扫地出门了，或者说我的忠贞观和人类的不一样，人类缺乏读心术，所以他们认为一夫一妻制是可行的。还有一点也得注意，那就是格利佛曾经积极主动地自杀过。所以我得建议你，不管你采取什么样的方式杀他，最好能做得像自杀的样子。也许等他的心跳停止后，你可以在他的手腕上切个小口，把静脉切断，这样就不容易引人怀疑。”

乔纳森点点头，然后在房间里四下打量。他的目光在电视、历史书、扶手椅、墙上的艺术画、底座上的电话上游移。

“我建议把电视打开，”我告诉他，“即使你不在客厅里也可以开着，因为我总是看新闻，习惯了把电视开着。”

他打开电视。

我们坐下来静静地看中东战局的新闻片段。但突然之间，他听到了我没听到的声音，他的听觉比我的灵敏多了。

“有脚步声，”他说，“来自碎石路上。”

“他回来了。”我说，“你去厨房，我马上躲起来。”

*

90.2MHz

我躲进内室，把门关上。格利佛绝无可能来这里，这里不同于客厅，他几乎从未进过这间房，起码我似乎从未见过。

所以我待在这里，不发出一丝声响。前门开了，随即又关上。他在走廊里一动也不动，没有脚步声。

“有人吗？”

然后有人回应了，厨房里传来了我的声音，却并非我的声音：“哈喽，格利佛。”

“你在这里做什么？妈妈说你走了。她给我打过电话，她说你们吵架了。”

我听到他——我、安德鲁、乔纳森——斟词酌句地回应道：“是的，的确如此。我们吵过架，不过不用担心，其实没多严重。”

“哦，真的吗？听妈妈的语气似乎挺严重的。”格利佛顿了顿，“你穿的是谁的衣服？”

“呃，这个嘛，这是我很久以前的旧衣服，我都忘记了它的存在。”

“我从来没看你穿过，还有你的脸，一点伤痕都没有了。你看起来完全恢复了。”

“好了，过来坐吧。”

“好，不过我等会要上楼，现在得先找点吃的。”

“不，不，你会待在这里。”这是思维催眠的前奏，他的话犹如驱赶意识的牧羊人，“你会一直待在这里，你还会拿一把刀，一把锋利的刀，厨房里最锋利的刀。”

就要开始了，我可以感觉得出来，按计划行事的时间到了。我走到书架前，拿起时钟收音机，360 度旋转电源开关，然后按下那个有绿色小圆圈的按钮。

打开了。

小小的显示屏背光灯打开了：90.2 MHz。

古典音乐几乎以最大的音量轰泻而出，我拿着收音机走进走廊。如果没记错的话，这应该是德彪西的音乐。

“现在把刀按在手腕上，狠狠地压下去，直到把静脉切断。”

“那是什么声音？”格利佛问道，他的大脑清醒了。我仍然看不到他，我离厨房的门也还有一段距离。

“快动手，结束你的生命吧，格利佛。”

我走进厨房，看到我的替身正背对着我，他把手按在格利佛的头上，刀掉在了地上。眼前这一幕犹如诡异版的人类洗礼，我知道从他的角度来看，他的行为正确且合乎逻辑，但角度是个有趣的东西。

格利佛瘫倒在地，他的整个身体都在痉挛。我把收音机放在备餐台上，厨房里也有一部收音机，我也把它打开。客厅里的电视仍然开着，和我计划的分毫不差。古典音乐、新闻广播员的聒噪声以及摇滚乐汇成一股刺耳的噪声，弥漫在空气中，我走到乔纳森身边，把他的手拿开，不让他碰格利佛一根汗毛。

他转身，扼住我的喉咙，恶狠狠地把我的背抵在冰箱上。

“你犯了一个错误。”他说。

格利佛停止了痉挛，眼前的这一切让他看傻了眼。他看到了两个男人，全都长得和他父亲一模一样。他们各自扼住对方的喉咙，而且力道相当。

我很清楚一点，那就是无论发生什么事，都必须把乔纳森困在厨房里。厨房里有两部收音机，隔壁客厅里还有电视，只要把他留在这里，我们就势均力敌。

“格利佛，”我说，“格利佛，把刀给我，随便哪一把都好。好，就是那把，把它给我。”

“爸爸？你是我爸爸？”

“是的，我是，快把刀给我。”

“别理他，格利佛，”乔纳森开口了，“他不是你爸爸。我才是你爸爸。他是个冒牌货。他的样子都是伪装的。他是个怪物。是个外星人。我们得联手除掉他。”

当我们都以徒劳的搏击姿势相互掣肘、不分上下之时，我看见格利佛的眼中溢满了犹疑。

他望着我。

该说实话了。

“我不是你父亲，他也不是。你父亲已经死了，格利佛。4 月 17 日的那个星期六，他死了。他被……”我努力寻找一种他能理解的表达方式，“……被我们的主人杀了，他们提取了他大脑里的信息，然后杀了他。他们派我来这里，变成你爸爸的样子，目的是杀掉你，杀掉你母亲，以及所有知道你爸爸那天取得了伟大数学成就的人。但我做不到，我做不到，是因为我开始……我开始感觉这是一件不可能完成的任务……我能理解你所有的感受，我开始心疼你，担心你，我爱你和你母亲。而且我放弃了一切……我失去了魔力，不再有力量。”

“儿子，别听他胡说八道。”乔纳森喝道，此时他意识到了什么，“把收音机给关了。听我的话，现在就去关。”

我用眼神哀求格利佛：“不管怎样，都千万不要关掉收音机，它的信号可以干扰魔力，就是他左手中的魔力。注意他的左手，所有的秘密都在他的左手之中……”

格利佛站直身体，他面无表情，脸上读不出任何信息。

我努力地思考对策。

“叶子！”我大叫道，“格利佛，你当时没看错。叶子！你还记得那片枯叶变绿了吗？想想——”

就在这个时候，我的替身用脑袋狠狠地撞在我的鼻子上，力道迅猛而野蛮。我的头砸在冰箱门上，眼前的一切开始溶解。色彩渐渐褪去，收音机的音乐以及远处新闻主持人的声音汇成了一股声流，一锅沸腾的噪声之汤。

完了。

“格利——”

另一个“我”关掉了其中一部收音机，德彪西消失了。但就在音乐消逝之时，我听到了一声尖叫，听起来似乎是格利佛的声音。是的，就是他，但并非痛苦的尖叫，这是一种下定决心的尖叫。这声原始的怒吼赋予了他无限的勇气，他将手中那把用来自割静脉的刀插入到那个和他父亲长得一模一样的男人的背中。

刀深深地插了进去。

随着这声怒吼，以及看到这一幕，屋子里的一切开始锐化聚焦。我终于可以赶在乔纳森的手指碰到第二部收音机之前站起身来。我一把扯住他的头发。我看到了他的脸。他的五官已扭曲，只有人脸才能清晰地表达出这样的痛苦。眼神里充满了震惊与哀求。嘴巴似乎已融化。

融化。融化。融化。

*

终极罪恶

我不敢再看他的脸。有魔力傍身，他根本死不了，我把他拖到AGA炉具旁。

“把它打开。”我命令格利佛，“把盖子打开。”

“盖子？”

“加热铁板上的。”

他依令照办，他拿起圆形钢圈，把它搁到一边。做这一切的时候，他的眼中没有一丝犹疑。

“快来帮我，”我说，“他在挣扎，帮我捉住他的手臂。”

我们两人合力将他的手掌压在滚烫的金属上，他的惨叫声令人毛骨悚然。我清清楚楚地明白自己在做什么，这样的声音听起来犹如宇宙末日。

我正在实施终极罪恶，我在毁灭魔力，谋杀同类。

“我们必须把它压在这里。”我对格利佛吼道，“我们必须把它压在这里！用力！用力！千万别松手！”

然后我把注意力转移到乔纳森身上。

“告诉他们结束了，”我低语道，“告诉他们你完成了任务。告诉他们你的魔力出问题了，所以没法回去。只要你告诉他们，我马上就收手。”

这是赤裸裸的谎言，我在赌主人的频道此时调到了他身上，而不是我身上。但这个赌必须得打，他告诉了他们，但我并没有收手。

我们像这样持续了多久？几秒钟，还是几分钟？这有点像爱因斯坦的相对论，火炉与美女的对比。总之到了最后，乔纳森跪倒在地，完全失去了意识。

我把那只血肉模糊的手拿开时，脸上泪如雨下。我摸了他的脉搏，他走了。他仰面倒下时，背上的刀深深地扎了进去。我看着他的手，还有他的脸，一切已了然。他已经断线，和他断开连接的不仅仅有主人，还有生命。

之所以一目了然，是因为他恢复了本色，一团失去生命后自动变乱的细胞。他的整个身体都在变形缩水，脸逐渐变平，头骨拉长，皮肤透出紫色和紫罗兰色。只有背上的刀没有任何变化，这样的场面怪诞无比。在地球人的厨房里，眼前这个曾经和我一模一样的生物此时此刻却让我感觉犹如天外来客。

一个怪兽。一个野兽。一个非我族类。

格利佛只是傻傻地看着，什么也没说。眼前的这一幕太过触目惊心，震得人连呼吸都成了一种困难，更不用讲说话了。

我也不想说话，但我的理由更为实际。事实上，我担心自己可能说得太多。也许主人已经听见了我在厨房里说的一切，我不知道，但我知道自己还有一件事必须得做。

他们拿走了我的魔力，但没有拿走他们的魔力。

就在我采取任何行动之前，门外响起了停车声，伊莎贝尔回家了。

“格利佛，是你妈妈，不要让她过来，快去拦住她。”

格利佛走出厨房。我转过身对着火红的炉子，把手放在乔纳森的手曾经放过的位置旁边，他的血块仍在炉子上嗞嗞作响。我把手狠狠压下，纯粹得令人死去活来的疼痛汹涌袭来，刹那间带走了时间、空间还有内疚。

*

现实的本质

你知道，文明生活取决于我们努力维护所有人都愿意积极协作的这一幻想。可问题在于一旦我们信以为真，等到现实把我们撕得四分五裂时，这种震惊就太可怕了。

——J. G. 巴拉德

什么是现实？

客观事实？群体幻觉？主流意见？历史认知的产物？梦境？是的，梦境，也许就是如此。但如果这是一个梦，那它就应该是一个我还没有醒过来的梦。

可一旦人类真正地深入研究问题（无论是被人为划分的量子物理、生物、神经科学、数学领域还是爱情领域的问题），他们会渐渐发现一切都毫无意义，既无逻辑又无秩序。他们所知的一切都被证明是错的，且一次又一次被驳倒。地球不是平的，水蛭没有药用价值，上帝不存在，进步是假象，他们所拥有的只有当下。

这不仅仅是一个总体现象，它发生在每个具体的人类身上。

每个生命都有一段非常时刻，是的，人生的拐点。此时你终于明白，你相信的皆为错误。每个人都有这一时刻，区别在于这一顿悟会如何扭转人生。在大多数情况下，人们只是把这一顿悟深深埋葬，假装问题不存在。于是，人类就这样慢慢衰老，最终这一切将化为皱纹丛生的脸庞、弯曲的脊背、耷拉的嘴角以及破碎的雄心，这就是一味否认的代价。它是有重量的，这一现象并非独见于人类，对于任何人来说，最勇敢或最疯狂的行为莫过于改变。

我曾经是甲，现在我变成了乙。

我曾经是怪兽，现在则是另一种怪兽，一个会死会痛，但也会生活，甚至还有可能在某一天找到快乐的怪兽。因为现在对我来说，快乐已成为一种可能，它存在于被伤害的另一面。

*

脸色如月亮一般惊惧惨白

格利佛是个年轻人，他比他母亲更容易接受事物。对他来说，生活从来都没有真正的意义，所以等最后事实证明生活确实毫无意义时，他反而获得了一种解脱。他不仅失去了一位父亲，而且亲手杀了一位疑似父亲，不过他不理解自己杀掉的那个生物，亦对它毫无感觉。一只狗死了，他可能会掬一把泪，但一位沃那多人死了，对他来说却没有任何意义。就悲伤而言，格利佛还是很担心他父亲的，他问父亲死时是否痛苦。我回答他毫无痛苦。事实果真如此吗？我不知道。我发现做人的一部分意义正在于此，你得知道应该撒什么样的谎，以及什么时候撒谎。爱一个人就是对他或她撒谎，但我从没见过他为父亲掉一滴泪。我不知道为什么，也许失去一个从未真正在身边存在过的人真的很难悲伤。

总之，天黑之后，他帮我把尸体拖到外面。牛顿此时已醒了，乔纳森的魔力被融化后它就醒了。此时此刻，它接受了自己所见的一切，因为狗似乎能接受一切。犬类动物没有历史学家，所以它们容易相处得多，它们没有任何行为是不可预料的。牛顿一度还开始刨土，似乎想帮我们，只是没这个必要。我们不需要给怪兽——我在意识中就是这样称呼他的——挖坟，只要把他放在这种富含氧气的环境中，他的身体自会迅速分解。把他拖到外面不啻一场恶战，因为我的手灼伤了，而且格利佛恶心得厉害偶尔得停下来。他面无人色，我记得他的样子，他透过厚重的刘海望着我，脸色如月亮一般惊惧惨白。

牛顿并非我们唯一的观众。

伊莎贝尔梦游般地看着我们，我不希望她出来目睹这一切，但她还是看到了。此时她什么都不知道。比如说，她不知道丈夫已经亡故，她也不知道我正在死命拖曳的尸体曾经和我有着一模一样的脸。

她慢慢地知道了真相，但没有我想象中那么慢。对她来说，消化这些事实本应至少需要一两个世纪，甚至还要更久。这犹如把一个人从摄政时期[1]的英国带到21世纪的东京的繁华街头。她无论如何也没法接受这一切。毕竟，她是一位历史学家，她的工作是寻找规律、连续性和根源，她需要把过去转换成一种沿着同一条蜿蜒小道不断轮回的故事。但在如今的这条小道上，重物从天而降，狠狠地砸下来，把地砸得千疮百孔，以至于颠覆了地球，她再也找不到道路的方向。

换而言之，她去找医生开了一些药。她拿的药毫无效果，她还是浑身无力，最终卧床休息了三个星期。医生说她可能患了一种名为“肌痛性脑脊髓炎”的疾病。显然，她没有，她只是过于悲伤。这种悲伤不仅是因为失去了丈夫，更是因为失去了熟悉的现实。

1　英国历史上1811年至1820年间的一段时期。

她在那段时间恨我入骨，我把事情的原委全部向她解释了一遍，比如说这一切都不是我的决定，我只是被迫来到这里的，我的任务只是中断人类的发展，以维护整个宇宙的和谐。但她根本不看我，因为她不知道自己眼前是什么人。毕竟，我骗过她，我和她睡觉，我让她帮我上药，她当时根本不知道和自己上床的是什么人。虽然我爱上了她，虽然我断然违抗主人的命令救了她和格利佛的生命，但这全都不重要，没有一丝分量。对她来说，这只是浮云。

在她眼里，我是个刽子手，是个外星人。

我的手慢慢痊愈了，我去了医院，他们给了我一只透明的塑料手套，里面有一种抗菌乳膏，他们叫我戴上。在医院里，他们问我怎么把手弄成这样，我告诉他们我喝醉了，不小心歪在火炉上，当时醉得不省人事，等知道疼的时候已经太晚了。手被烫出了很多水疱，护士得把它们一一刺破，透明的液体渗出来时，我看得津津有味。

我自私地希望，这只受伤的手能在某个时候激起伊莎贝尔的一点同情心。我渴望再次看到那双眼睛，那双在格利佛梦游袭击我之后关切地在我的脸上扫来扫去的眼睛。

我鬼使神差地胡乱想着，也许我应该尝试说服她我告诉她的全都是假的，我告诉她的不是科幻小说，而是魔幻现实主义小说——这种虚构文学分支通常与一个不可靠的叙述者形成固定搭配。我应该说服她我不是外星人，我只是一个精神一度错乱的人，我既未出过地球，也未出过轨。格利佛也许看过一些不该看的东西，但他是个神经脆弱的孩子，我可以轻而易举地否定一切。狗是有可能自动恢复健康的。人从屋顶上摔下来是有可能侥幸活命的。毕竟，人类——尤其是成年人——还是愿意相信一些最世俗的真理。为了不让自己的世界观以及心智不至于完全倾覆，掉进无边无际的困惑海洋，他们不得不这样。

但这样似乎有欠尊重，我怎么都做不到。这个星球上谎言遍地，真爱之所以令人向往是有原因的。如果有一位叙述者告诉你一切都只是一场梦，你也许会说他胡说八道，睁着眼睛说瞎话，崭新的现实迟早有一天会结结实实地给他打一耳光。你必须沉浸于生活的幻觉之中。你所拥有的只是你的视角，因此客观事实毫无意义。你必须选择一个梦境，然后奉其为真理，其他的一切皆为歪理邪说。可一旦你品尝到了真理与爱情调配而成的浓烈鸡尾酒，你便再也无法自圆其说。尽管我深知自己出于诚实无法再扭曲我的故事版本，但接受它实在太难了。

你知道，来地球之前，我从来都不渴望也不需要关爱，可现在我却如饥似渴地盼望着那种被呵护、被需要、被爱的感觉。

也许我要得太多，也许我能待在这栋房子里就已是万幸，虽然我只能睡在那张万恶的紫色沙发上。

我想，我还能苟活于此全赖格利佛。格利佛要我留下来，我救过他的命，我帮助他站起来成为了一个真正的男子汉，但他的谅解程度仍然超乎我的想象。

不要误会，这并非《天堂电影院》，但他接受我外星生物的身份似乎要比接受我是父亲的身份容易得多。

“你从哪里来？”一个星期天的早晨，七点差五分，在母亲醒来之前他这样问我。

“一个很远很远很远，远得你无法想象的地方。”

“到底有多远？”

“很难解释，”我答道，“我的意思是，在你眼里，法国就已经够远了。”

“试着说说嘛。”他恳求我。

我发现了一只水果碗。就在前一天，我去超市买了医生推荐伊莎贝尔吃的健康食品——香蕉、橙子、葡萄和葡萄柚。

“好吧，”我抓起一个硕大的葡萄柚，“这是太阳。”

我把葡萄柚放在咖啡桌上，然后找了一只个头最小的葡萄，我把它放在桌子的另一边。

“这是地球，小得几乎看不见。”

牛顿凑到桌边，似乎想一口把地球吞下去。“不要，牛顿，”我轻声喝道，“让我先讲完。”

牛顿夹着尾巴退下。

格利佛打量着葡萄柚和不堪一击、微不足道的地球，不由得皱起了眉头。他环视四周：“你的星球在哪里？”

我估计他满心以为我会把手中的橙子放在房间的其他地方。比如说放在电视或书架上，甚至在必要时放在楼上。

“准确来说，这只橙子应该放在新西兰的一只咖啡桌上。”

他失语了良久，似乎在努力理解我的星球到底有多远。最后，他仍然神情恍惚地问我：“我可以去那里吗？”

“不行，这不可能。”

“为什么？坐宇宙飞船肯定能到吧。”

我摇头：“不，我没有进行星际穿梭。是的，我的确来到地球了，但我没有乘坐交通工具。”

他茫然不解，所以我得仔细解释，但这样一来，他反而更迷惑了。

“总而言之，我现在和任何一个人类一样，再也没有机会在宇宙中穿梭了。我变成了人类，我只能待在地球上。”

“为了生活在这张沙发上，你放弃了整个宇宙？”

“我那时没想到结果会这样。”

伊莎贝尔下楼了，她穿着白色的睡袍和睡裤。她面色苍白，不过她早上起来一向面色苍白。看到我和格利佛聊天，她脸上一时间露出了一丝少见的柔情。可等到她忆起过去种种时，那丝柔情便迅速一扫而光。

“你们聊什么？”她问。

“没聊什么。”格利佛答道。

“你们拿水果干什么？”她问道，平静的声音里仍有几丝睡意。

“我向格利佛解释我从哪里来，离这里有多远。”

“你来自一个葡萄柚？”

“不，葡萄柚是太阳，你们的太阳，也就是我们的太阳。我住在橙子里，这只橙子应该放在新西兰，地球现在正在牛顿的肚子里。”

我微笑着望着她，我以为她会觉得这话很风趣，但她只是瞪着我，这几个星期以来她都是用这种眼神瞪着我，仿佛我离她有几光年。

她离开了厨房。

“格利佛，”我说道，“我想我最好离开，我真的不应该再待在这里。你知道，这不仅仅是因为我是个外星人。还记得我和你母亲大吵过一次吗？就是你一直不知道原因的那次？”

“当然记得。”

“是我的错，我对你母亲不忠，我和一位叫玛姬的女人上床了。她是我——你父亲的学生。我并不觉得享受，但这不是重点。我当时没想到这会对你母亲造成伤害，但大错已酿成。我不知道忠贞的确切规则是什么，但这不是理由，我也没脸以此为借口。毕竟，我故意撒过太多谎，我一度对她以及对你的生命都造成过威胁。”我叹了一口气，“我想，我想我还是应该离开。”

“为什么？”

这个问题撕扯着我，把我的五脏六腑撕得粉碎，却毫无松手之意。

“我只是想这个时候，这样对大家都好。”

“你要去哪里？”

“我不知道，起码现在不知道。不过不用担心，等我安顿好了就告诉你。”

他母亲站在门口。

“我要走了。”我告诉她。

她闭上双眼深吸了一口气。“好，”那张我曾深吻过的双唇轻启道，“好，也许这样最好。”她的整张脸皱了起来，仿佛皮肤是她想揉成一团然后扔掉的感情。

我的眼睛感觉到了一阵温暖、轻柔的张力，视线一片模糊，然后有东西从脸庞滑落，一直滑到唇边。这是一种液体，犹如雨，但更温暖，且味道咸湿。

我流下了一滴泪。

*

第二种重力

在离开之前，我上楼去了格利佛的房间。除了电脑屏幕的光亮，这里没有一丝光。格利佛躺在床上，望着窗外发呆。

“我不是你父亲，格利佛，我没资格留在这里。”

“是的，我知道。”格利佛啃咬着手上的腕带，眼中闪烁着恨意，犹如破碎的玻璃。

“你不是我爸爸，但你和他没什么两样，你从不在乎别人的感受，你背着妈妈和别人乱搞。你知道，他以前也是这样。”

“听着，格利佛，我不想离开你，我只是想让你母亲尽快恢复，你知道吗？她现在精神有点恍惚，我在这里于事无补。”

“这一切太操蛋了，我觉得无比孤独。”

阳光突然从窗外照进来，完全无视我们的情绪。

“格利佛，孤独和氢气一样无处不在，无法避免。”

他发出了一声只有老人才应有的叹息声：“我有时觉得自己格格不

人，你知道，和这个世界脱节。我的意思是，学校里的同学，有很多人的父母都是离了婚的，但他们和他们父亲的关系似乎都挺好的。每个人都看不懂我，我到底有什么资格去卧轨？我的生活到底出了什么毛病？我住在漂亮的大房子里，父母不仅没离婚，而且还相当有钱。我他妈的到底是哪里有毛病？”

“但这些表面都是狗屎。自我记事起，我的父母就不相爱。爸爸精神崩溃后，妈妈似乎有所改变。我的意思是，在你来之后，但这是妈妈的幻觉。我的意思是，你甚至不是她以为的那个人。原来你是外星人，并不是我爸爸，这样一来一切就合情合理了。他是个人渣。老实说，我实在想不起来他给过我什么建议。除了建议我不应该读建筑之外，因为建筑需要一百年时光的洗礼才能被人真正欣赏。”

“听着，格利佛，你不需要指导，你需要的一切都在你的大脑里，你对这个宇宙的理解程度已超过这个星球上的任何一个人。”我指着窗外，“你已见识过那里的世界，而且我还要说，你已经向自己证明了你是个不折不扣的男子汉。”

他再次凝望窗外：“那里是什么样的？”

“和这里截然不同，所有的一切都不一样。”

“比如说？”

“呃，我们的生活不一样。那里没有死亡，没有疼痛。所有的一切都美如梦幻。唯一的宗教是数学。那里没有家庭。我们的领导是主人，他们提供指导。主人之外的人就是普通平民。我们只关心两件事——数学发展和宇宙安全。那里没有仇恨，没有父亲和儿子。生物和技术之间没有明显的界限。一切都是紫罗兰色的。”

“听起来简直像天堂啊。”

“很乏味，那是你所能想象的最乏味的一种生活。在这里，你们有疼痛，有死亡，这就是代价。可你们的回报却是无与伦比的，格利佛。”

他半信半疑地望着我：“说是这么说，可我怎么就找不到回报呢？”

电话响了。伊莎贝尔接起了电话。片刻这后，她对着楼上喊起来。

“格利佛，你的电话，是个姑娘，叫娜塔。”

我不禁发现格利佛脸上有一丝不易察觉的淡淡微笑，一丝他自觉难为情、竭力要隐藏在满腹牢骚之下的微笑。他离开了房间。

我坐定深呼吸，虽然胸中的这对肺叶总有一天会走向衰竭，但现在还可以吸入无数温暖而澄澈的空气。我对着格利佛桌上那部原始的地球版电脑开始打字，我要尽可能地给他一些做人的建议。

*

做人的建议

1．羞耻感是桎梏。不如释放自己。

2．不用担心自己的能力。你有爱的能力，这已足够。

3．友善待人。从宇宙的角度来看，他人即你。

4．技术无法拯救人类，但人类自己可以。

5．开怀大笑，你很适合笑。

6．保持好奇心，质疑一切，当下的现实不过是未来的小说。

7．毒舌当然很好，但没有真情实感那么美妙。

8．花生酱三明治最适合搭配白葡萄酒。如果别人告诉你别的搭配，不要相信。

9．有时做自己意味着你必须忘掉自己，成为另外一个人。你的性格并非一成不变，有时你必须跟上性格前进的脚步。

10．历史是数学的分支，文学也是。经济是宗教的分支。

11．性会毁掉爱，但爱不会毁掉性。

12．新闻的头条应该是数学，然后是诗歌，其他的一切都要往后排。

13．你本不应出生，你的存在近乎不可能。你的存在意味着没有不可能这回事，否认它就等于否认你自己。

14．你的一生有 25000 天，要留下一些难忘的日子。

15．势利之路的尽头是痛苦，反之亦然。

16．悲剧只是一种尚未开花结果的喜剧，总有一天我们会对着悲剧大笑。我们会笑对一切。

17．无论如何也要穿衣服，但请记住，它们只是衣服。

18．一种生物的黄金，可能是另一种生物眼中的破罐。

19．多读诗，尤其是艾米莉·狄金森的诗，它也许能拯救你。安妮·塞克斯顿懂心，沃尔特·惠特曼懂草叶，而艾米莉·狄金森懂得一切。

20．如果你成为建筑师，请记住一点：正方形不错，长方形也很好，但不要过度运用。

21．在你能够离开太阳系、继而前往扎比星系之前，不要想着进入太空。

22．不要担心自己会愤怒，愤怒的时候人是不可能担心的，因为那时你已经怒火攻心。

23．幸福不在此处，幸福在别处。

24．地球上的新技术只是某种五年之后你会嘲笑的东西，所以不如珍视五年之后你不会嘲笑的东西。比如说爱，或一首好诗，或一首歌，或者天空。

25．虚幻类小说只有一个类别，这个类别叫作“书”。

26．绝不要离收音机太远，收音机也许可以救你一命。

27．狗是忠心耿耿的天才，一种你应该拥有的纯善天才。

28．你母亲应该写小说，多鼓励她。

29．如有日落，请停下来好好欣赏。知识有限，美景无限。

30．不要力求完美，进化和生命只有通过错误才能实现。

31．失败是光的幻影。

32．你是人，自然会在乎钱。但请记住一点，钱买不来快乐，因为快乐是非卖品。

33．你不是宇宙间智商最高的生物，你甚至也不是地球上智商最高的生物。就复杂性而言，莎士比亚的所有著作加起来也远远比不上座头鲸歌声中的声调语言。这并非竞争。呃，老实说，其实就是竞争。不过不必为此而担心。

34．大卫·鲍伊的《太空怪谈》和太空毫无关系，但旋律还是很养耳的。

35．仰望晴朗的夜空时，你可以看到无数颗恒星与行星。此时请记住，这些星球大半乏味，几乎无事发生，真正的美景其实在远方。

36．人类总有一天会生活在火星上。但在那里终其一生，精彩程度都比不上地球上一个阴云密布的清晨。

37．不要老想着扮冷扮酷，整个宇宙已经够冷了，真正宝贵的是温暖的东西。

38．沃尔特·惠特曼至少有一点说对了，你会自相矛盾。你的内心一片浩瀚，那里住着无数个你。

39．没有人在任何地方就任何事都百分之百正确。

40．每个人都是一出喜剧，如果有人笑话你，他们只是不明白他们笑话的是他们自己。

41．你的大脑是开放的，绝不要让它封闭。

42．如果人类可以活一千年之久，那么你所知道的一切都将被证明为错误，届时你得学习更多更广泛的神秘知识。

43．世间万物皆重要。

44．你有停止时间的魔力，亲吻或听音乐都可以让时间停止。顺便说一下，音乐是帮助你从不同角度看待事物的绝佳途径。它是你所拥有的最先进的事物，它具有超级力量。好好弹贝斯，不要放弃。你是有天赋的，加入乐队吧。

45．我的朋友阿里是有史以来最聪明的人类之一，多读他的书。

46．有一个悖论。书、艺术、电影、葡萄酒等事物虽然没有也不会死，但离开了它们还不如去死。

47．牛就是牛，尽管你称它为“肉牛”。

48．没有两套道德体系是正好匹配的，接受不同形状的道德吧，只要它们不会尖锐如伤人的刀锋。

49．不要害怕任何人，你曾用一把面包刀铲除了来自另一个星球的外星杀手。而且，你的拳头真的很有力。

50．有时，眼看大难就要降临了。此时不如找个人陪你携手共渡难关。

51．晚上痛饮几杯至为享受，但清晨的宿醉却相当不受用。有时你得选择：要夜晚还是要清晨。

52．大笑的时候，请确定你真的一点也不想哭。反之亦然。

53. 不要害怕告诉他人你爱他们。这个世界有许多错误的东西，但爱不在此列，给得再多也不为过。

54. 有关此时正在电话那头的女孩，以后你肯定还会有其他的女孩，不过我希望现在的这个是个好姑娘。

55. 你并非地球上会运用技术的唯一物种。看看蚂蚁，真的，好好看看。它们运用树枝和树叶的方式简直令人叹为观止。

56. 你母亲爱你父亲，尽管她假装不爱。

57. 在你所属的物种中，有许许多多的白痴，多得难以胜数，你并非他们之一。记住要坚守你的阵地。

58. 生命的长度并不重要，重要的是它的深度。不过挖掘深度时，记得不要深入到阳光照不到的地方。

59. 数字很美，质数更是美不胜收，好好了解它们。

60. 服从你的大脑。服从你的心。服从你的血性。总而言之，服从除命令之外的一切。

61. 如果有一天你掌握了一点权力，请这样告诉你的手下：不要犯傻，“你能”并不代表“你可以”。未经证明的猜想中蕴含着一种力量和一种别样的美，犹如未曾亲吻的嘴唇和未曾采撷的花朵。

62. 生火。但只能生比喻意义上的火。除非你很冷，而且处于安全的环境，在这种情况下，生一堆火吧。

63. 方法不重要，重要的是计划。歌词不重要，重要的是旋律。

64. 保持活力，这是你对这个世界应尽的最高义务。

65. 不要想你知道，要知道你能想。

66. 黑洞形成时会散发出强劲的伽马射线暴，它的光线会令整个星系致盲，毁掉成千上万的世界。你可能会在任何一秒钟内消失，不是这一秒，就是下一秒，或下下一秒，请尽可能地确保你能够做一些你愿意为之去死的事。

67．战争是错误问题的答案。

68．外表上的吸引基本上只关乎肾上腺素。

69．阿里认为我们所有人皆为虚幻。物质全是幻觉。一切都是硅元素。他可能是对的。但你的感情呢？它可是实实在在的。

70．错在他们，不在你（并不尽然，有时正好相反）。

71．尽量多遛遛牛顿，它喜欢出去玩，它是只可爱的狗。

72．大多数人都没有深入地思考问题。他们只考虑需要和需求，所以他们活着只算生存。但你不属于他们，凡事要多思考。

73．没有人会懂你，从根本上来说，这并不重要。重要的是你懂你自己。

74．夸克不是最小的东西。临终时的遗憾——比如说应该努力工作——才是最小的东西，因为它小得不存在。

75．礼貌常常等于恐惧，友善往往等于勇气，但关爱却使你富有人性，关爱越多，你便越有人情味。

76．在大脑中，把每一天的名称改为星期六，然后把工作的名称改为嬉戏。

77．看新闻时，如果看到你的同类正在遭遇苦难，不要以为你爱莫能助。但请明白，只看新闻肯定帮不了他们。

78．你起床，你穿衣服，然后你得披一件人格外套。这时可得好好挑选。

79．达·芬奇不是地球人，他是我们沃那多人。

80．语言是委婉语，爱是真相。

81．通过寻找生命的意义是找不到快乐的。意义只是第三重要的事，它屈居于爱和存在后面。

82．如果你觉得某件事物很丑陋，不妨仔细多看看。丑陋只是因为没有看见美。

83．守在水壶旁，水铁定是烧不开的。想了解量子物理知道这一点就够了。

84．你不仅仅是无数个粒子的总和，你的内容远远不止于此。

85．黑暗时代永远不会终结（千万不要告诉你母亲）。

86．喜欢某样东西是对它的侮辱。要么爱，要么恨。保持热情。文明在进展，冷漠也紧随其后，它是一种病。用艺术、用爱来使自己免疫吧。

87．暗物质是使星系能够聚拢成团所必需的物质。你的精神家园是一个星系，那里的黑暗多过光明，但让这个精神家园变得有价值的却是光明。

88．换而言之，不要自杀，就算黑暗铺满每一寸空间也不要。你得永远记住，生活不是静止不动的，时间就是空间，你正在星系中穿行，不妨静等星星出现。

89．从亚原子的级别来看，一切都很复杂。但你的生活并非处于亚原子级别，你有权简化，如果做不到，你迟早会精神崩溃。

90．要知道一点，男人并非来自火星，女人也并非来自金星。不要犯分类贴标签的错误。每个人都是万物。星星中的每一个元素你体内也都有，你的心灵剧院里隐藏着每一种人格，它们都想抢着做主角。

91．人生在世是一种幸运，吸入并接受生命的奇迹吧。不要把一切视为理所当然，就算是一朵花的一片花瓣也是巨大的奇迹。

92．如果你有几个孩子且对其中一个偏心，请务必改正。因为他们会知道，即使你对他们的感情只少了一个原子。引发一场大爆炸，一个原子就足够了。

93．学校是个笑话，但还是好好上学吧，因为你离这个笑话的最后一个笑点只有一步之遥。

94．你不需要成绩好，你不需要处处优秀。不要强求，不妨摸索着前进，在找到适合自己的东西之前不要停止摸索。也许最后你什么也找不到，也许你只是一条没有目的地的路，这没关系，不过要确保自己是一条有风景、能够供人从车窗外欣赏的路。

95．对你妈妈好一点，让她开心。

96．你是个好人，格利佛 · 马丁。

97．我爱你，记住这一点。

*

一个潦草的拥抱

我收拾好了安德鲁·马丁的衣物，装了满满的一包，然后我转身离开。

“你要去哪里？”伊莎贝尔问。

“我不知道。我会找到地方的。不用担心。”

她露出担忧的神色。我们拥抱了。我渴望听她轻哼《天堂电影院》的音乐，我渴望她和我讲阿尔弗雷德大帝，我渴望她帮我做三明治，或者帮我在棉球上蘸 TCP 消毒液。我渴望她抱怨工作上的烦心事，抱怨格利佛的叛逆。但她没有，她也不能。

拥抱结束。牛顿蹲在她身边，仰头用那双无助到了极点的眼睛望着我。

“再见了。”我说。

我穿过碎石路，走向马路。在我精神宇宙的某处，一颗赋予我生命、熊熊燃烧的恒星陨落了，一个巨大的黑洞正在悄然形成。

*

日落的忧郁之美

有时世间最难的事莫过于保持人性。

——迈克尔·弗兰蒂

事实上，黑洞这种东西还是相当干净整洁的。黑洞里一切井井有条，所有乱七八糟的东西，所有的纷纷扰扰以及辐射物一旦进入黑洞，便会压缩至微乎其微的状态。你也许会毫不犹豫地称这种状态为虚无。

换而言之，黑洞使一切变得清澈明了。你失去了恒星的温暖和火花，但与此同时，你得到了秩序和安宁，以及百分之百的专注力。

这就是说，我知道该做什么了。

我仍然还是安德鲁·马丁，这正是伊莎贝尔所要的。你知道，她最不喜欢横生枝节。她不需要流言蜚语，不需要别人询问她丈夫的去向，更不需要葬礼。因此，我只能做自己认为最正确的事，我搬出家门，在剑桥租了一套小公寓住了一段时间，然后我申请世界其他地方的工作。

最终，我谋得了一份美国的教职，一份在加州斯坦福大学教书的工作。到了美国之后，我开始勤勤恳恳地工作，同时又不能太过卖力，总之不能帮助人类将数学知识发展到技术突飞猛进的程度。事实上，我办公室的墙上有一张海报，上面印着爱因斯坦和他的一句名言："技术进步正如变态罪犯手中的斧头。"

我从未和任何人提过黎曼假设的证据，相反我还对同行言之凿凿地说这个假设根本就是个伪命题。之所以这样做，大半是为了确保沃那多人再无造访地球的必要。不过话说回来，爱因斯坦说得对，人类不善于处理技术进步，我实在不愿意看到这个星球再遭受毫无必要的苦难。

我一个人住。我在帕洛阿尔托有一套漂亮的公寓，我种了一屋子的绿色植物。

我喝酒，我一下子兴奋得血脉偾张，一下子又沮丧得万念俱灰。

我画画，吃花生酱早餐，有一次还去艺术电影院一连看了三部费里尼的电影。

我感冒过，耳鸣过，我有一次吃虾吃得食物中毒。

我买了一个地球仪，常常坐下来把它转来转去。

我心里装满了蓝色的忧郁、红色的愤怒和绿色的忌妒，我的心是一道人类情绪的彩虹。

我帮楼上的一位老妇人遛狗，但这只狗一点都不像牛顿。我在死气沉沉的学术研讨会上隔着一杯已变温的香槟和别人聊天。我在山林里咆哮，听到的只有回声。每晚我都反反复复地读艾米莉·狄金森的诗。

我很寂寞，但与此同时我学会了欣赏其他的人类，我欣赏他们的程度甚至略微超过他们欣赏自己的程度。总之诸位不会懂，我知道你们奔波几光年也不一定会遇见一个人类。有时，我坐在大学空荡荡的图书馆里，只消看一眼人类就突然泪流满面。

有时，我会凌晨三点醒来，发现自己无缘无故地泪如泉涌。还有的时候，我会歪在懒人沙发里盯着空无一人的房间，怔怔地看着细小的灰尘在阳光中飞舞。

我不想交任何朋友。我知道友谊进展到一定阶段，别人就会刺探你的隐私，我不想对人撒谎。别人也许会问及我的过去，我从哪里来，我的童年是什么样的。有的学生或同事会盯着看我手上的伤疤和紫色的皮肤，但他们从来没有问过缘由。

斯坦福大学是个快乐的地方。所有的学生都笑容满面，他们身穿红毛衣，皮肤晒成小麦色，对于整日对着电脑屏幕的人来说，他们看起来着实健康。穿行在这些年轻人中间我感觉自己犹如幽灵，我呼吸着温暖的空气，尽量不被身边这些人类足以气吞山河的野心所吓倒。

我时常给自己灌白葡萄酒，喝得烂醉如泥，这使我成为了异类。这里似乎没有一个人会宿醉。还有，我不喜欢冻酸奶[1]，这是个大问题，因为斯坦福的每个人都靠冻酸奶维持生命。

我给自己买了许多 CD——德彪西、埃尼奥 · 莫里康内、海滩男孩、艾尔 · 格林。我看《天堂电影院》。我常常一遍又一遍地放传声头的《一定就是这里》，虽然这会让我伤感得无以复加，让我渴望再次听到她的声音，再次听到格利佛上楼下楼的脚步声。

1　硅谷 IT 人士最爱的美食之一，和面包圈、纸杯蛋糕、姜饼并列。相传乔布斯每天都要吃冻酸奶。

我读了许许多多的诗，虽然这也一样令我伤感。有一天，我在大学书店里看到了伊莎贝尔 · 马丁写的《黑暗时代》。我差不多在那里站了大半个小时读她写的文字，我都读出声了。“刚刚被维京人蹂躏过一通之后，”我念到倒数第二页，“英国完全失去了理智。1002 年，英国决定残酷屠杀丹麦移民以示报复。在随后的十年里，这股腥风血雨反而引来了更为疯狂的暴力，丹麦人连续发动了几次报复性的反扑，最终在 1013 年，丹麦人登上了英格兰的王位……”我把书页按在脸上，把它当作伊莎贝尔的肌肤。

我经常出差，我去过巴黎、波士顿、罗马、圣保罗、柏林、马德里、东京。我的脑海里塞满了人类的脸，因为我想忘记伊莎贝尔的脸，结果适得其反。我想研究整个人类，可结果却只想着她一个人。我想追逐一片云，可最后渴望的只是一滴雨。

所以我不再出差，我回到了斯坦福。我要采取一种全新的生活策略，那就是在自然美景中麻醉自己。

夜晚成了我一天中唯一的一抹亮色，每每夜幕降临，我便驱车远离市区。我常常去圣克鲁斯山脉。那里有一个名叫大盆地红杉国家公园的地方。我常常把车停在这里，然后下车四处转悠。我怀着一颗敬畏之心徜徉于参天巨树之间，林间有松鸡、啄木鸟、金花鼠和浣熊，偶尔还能看到黑尾鹿。如果时间尚早，我会在莓溪瀑布附近的陡峭山路上漫步，聆听湍急的水流声，有时树蛙的低鸣亦会融入这股天籁之声。

还有的时候，我会沿一号高速公路开车到海边看日落，这里的日落美得惊艳，我常常看得心醉神迷。在以往，它们于我毫无意义。毕竟，日落其实只是速度减缓的光线而已，除此之外什么也不是。日落时分，光线被云滴和大气颗粒所分散，所以需要穿透更多障碍才能照射过来。但自从成为人类以来，我迷上了各种各样的颜色——红、橙、粉，有时天空中也会透出几丝如鬼影般的紫罗兰。

我坐在沙滩上，潮水拍打着闪闪发光的白沙，来来又去去，犹如逝去的梦想。所有这些微不足道的分子汇集在一起，形成了某种不可思议的奇迹。

泪水常常模糊我的视线。人类所特有的伤感一时涌上心头，这样的情绪美得令人揪心，与日落形成了绝配。因为，日落犹如沉湎于过去的人；此时的白昼不得不转入黑夜，它硬要拼尽最后一丝气力迸发出绝望的色彩。

有一晚我在暮色四合之时坐在沙滩上发呆，一位约莫四十岁的女人光着脚，和一只西班牙猎犬还有她十来岁的儿子一起散步。虽然这个女人长得一点也不像伊莎贝尔，尽管她的儿子是一头金发，但只消看上一眼，我的胃便开始翻腾，鼻头不禁一酸。

我意识到六千英里也许是一个无穷远的距离。

“我现在是一个百分之百的人类了。”我对我的布鞋说道。

这可绝非虚言。我不仅失去了魔力，而且在感情上和人类一样脆弱。我想念伊莎贝尔，她此时也许正坐在书桌前看有关阿尔弗雷德大帝、欧洲加洛林王朝或古代亚历山大图书馆的书。

我意识到，这是一个美丽的星球，也许它是全宇宙最美丽的家园。但美丽自有美丽的麻烦，欣赏瀑布、海景或日落之时，你会发现自己渴望与他人分享这一切。

“美——并非造物。”艾米莉·狄金森这样说道。

从某种程度上来说，她是错的。远处散落的光线创造出了日落，潮水创造了拍打着海滩的海浪，而太阳和月亮的引力以及地球的自转又创造了潮水，它们都是造物。

但不可思议的是，为什么这些造物会如此之美？

它们曾经一点也不美，至少在我眼中并非如此。要想体验到地球上的美，你必须先体验痛苦，必须先知道你终有一死。因此，这个星球上的无数美丽都和时光的流逝以及地球的自转相关。这也解释了为什么人在欣赏大自然之美时会多愁善感，渴望永恒。

那晚美景当前，我伤感得无以复加。

它犹如一股万有引力，硬生生地要把我往东边拉，它要我回英国。我告诉自己，我只想再见他们最后一面，我只想远远地看他们一眼，我想亲眼看看他们是否一切安好。

碰巧的是，大约两个星期后，我收到了一份剑桥系列讲座的邀请函，主题是探讨数学与科技之间的关系。我的系主任克里斯托斯是一位生性乐观、抗压能力极强的男人，他说他觉得我应该去剑桥一趟。

我们一同站在走廊里锃亮的松木地板上，此时我说道：“是的，克里斯托斯，我也觉得我该去。”

*

星系碰撞之时

我在基督圣体学院差不多只待在学生宿舍里，尽量保持低调。我现在长了一脸络腮胡子，皮肤晒黑了许多，而且体重也略有增加，这里的人差不多再认不出我了。

我在讲座上发言。

我告诉同行们，我认为数学是一个相当危险的领域，而且人类已经差不多全部探索完了，结果引来了一阵哄笑。我告诉他们，如果再往前探索，就等于进入危机四伏的非人类领域。

听众中有一位漂亮的红发姑娘，我一眼就认出是玛姬。讲座结束后她来到我身边，问我去不去“帽羽”。我说不，她似乎明白了我心意已决。在故作轻松地问我为什么留胡子之后，她离开了礼堂。

之后，我一个人散步，自然而然地朝伊莎贝尔的学院走去。

还没走多远，我就看到了她。她走在街道的另一端，她没有看见我。这一刻于我意义重大，于她却无关紧要，这实在让我想不通。但我提醒自己，当星系碰撞之时，它们会擦肩而过。

望着她，我几乎无法呼吸，我甚至没有注意到马上就要下雨了。我的一颗心全扑在她身上，我的眼里只有她身上所有的 1.1 兆个细胞。

另一件事也让我想不通，那就是离开了这么久，我对她的感情反而越发强烈。我渴望和她在一起的甜蜜琐碎日子，渴望和她闲闲地聊着彼此一天的生活。这种相互依赖所带来的慰藉虽然平淡，却是人间至乐。在我看来，宇宙存在的意义就是把她纳入其中，除此之外，我想不出更好的意义。

她撑开伞，动作和任何一个女人一模一样。然后她继续向前走，途中只停下来一次——她把零钱递给一个身穿长雨衣的瘸腿流浪汉，那人正是温斯顿·丘吉尔。

＊
一
家

不能爱的人一事无成。

——格雷厄姆·格林《爱到尽头》

我知道我不能跟踪伊莎贝尔，但我渴望接近这里的人，于是我转而跟踪温斯顿·丘吉尔。我缓缓地走在他身后，完全感觉不到雨。我的内心充满了喜悦，毕竟我已看到了伊莎贝尔，而且她还活着，一切平安，模样仍如以前一样动人（她一直都很美，即使在我没有判断力不懂得欣赏她时，她也一样楚楚动人）。

温斯顿·丘吉尔朝公园走去，这里正是格利佛遛牛顿的公园，但我知道这个时候还早，我不可能遇到他们，所以我继续跟踪。他拖着步子蹒跚而行，仿佛他的腿比身体的其他部分沉重三倍。终于，他走到了长椅前。这张长椅被漆成了绿色，但油漆早已斑驳，露出了下面的木质本色。我也坐了上去。空气中弥漫着被雨浸湿的沉默，我们就这样坐了良久。

他请我喝他的苹果酒，我说我不喝。我想他认出了我，但不是很确定。

“我以前拥有一切。”他说。

“一切？”

“房子、车子、工作、老婆和孩子。”

“哦，那你是怎么失去这一切的？”

“我的两座教堂，一座是博彩屋，另一间是酒馆。然后我一直走下坡路，现在我一无所有，身边没有一个人。这才叫赤条条来去无牵挂。”

“唉，我理解你的心情。”

温斯顿·丘吉尔深表怀疑：“你理解？看看你，你怎么可能理解？”

“我放弃了永生。”

“这么说，你信奉某种宗教？”

“差不多是这样。”

“现在你成了凡人，和我们所有人一样都有原罪。”

“是的。”

“只求你别再摸我的腿，我们还是能好好相处的。”

我笑了，他的确认出了我：“我不会了，我发誓。”

“如果你不嫌我多事的话，可不可以告诉我，到底是什么诱使你放弃了永生？”

“我不知道，我到现在都没想明白。”

“老兄，祝你好运，祝你好运。”

“谢谢。”

他挠了一把自己的腮帮子，有些紧张地吹了一声口哨：“呃，你身上有钱吗？”

我从口袋里掏出一张十英镑钞票。

“你真是大好人，老兄。”

“也许我们都是好人。”我望着天空说道。

我们的对话到此为止，他喝完了苹果酒，再没有呆坐在这里的理由，所以他起身走开。当微风把花枝吹弯，碰到他的病腿时，他的脸痛苦地抽搐了一下。

我怎么也想不通，为什么我的心感觉缺失了一块？为什么我如此渴望一个归宿？

雨停了，天空又恢复了澄澈。我仍然呆坐在原地，长椅上的雨滴正在以令人绝望的速度缓慢蒸发。我知道天色已晚，我知道我很可能应该回基督圣体学院，但我就是一点也不想动。

我在这里做什么？

如今在这个宇宙里，我的作用是什么？

我想了又想，快想破了脑袋，突然一种奇怪的感觉涌上心头，一种渐入佳境的感觉。

我意识到，尽管我在地球上，但过去的这一年，我过得像一个沃那多人，我以为我可以若无其事地继续前行，但我不再是以前的我。如今我已几乎成了一个人类，人类最大的特点莫过于变化。他们知错能改，所以才能得以生存。

我做了一些无可挽回的事，但还有一些事却是可以弥补的。如今的我违背理性、服从感性，早已不复为沃那多人。这个感性的我深知，如果时光倒流，我还是会做出同样的选择。

时光飞逝如电。

我眯缝着眼再次仰望天空。

地球上的太阳看起来非常孤独，可它在星系里还是有亲戚的，无数个恒星都是它的一母同胞，但如今它们彼此之间相隔很远很远，各自照耀着不同的世界。

我就像太阳。

我离故乡有无数个光年，我已脱胎换骨。一度，我以为自己可以像中微子一般轻而易举、不假思索地穿越时间、穿越物质，因为时间永远都用不完。

正当我坐在长椅上发呆时，一只狗向我奔过来，它的鼻子紧贴着我的腿。

“哈喽。”我低语，假装不认识这只熟悉至极的英国史宾格犬。但它可怜巴巴地望着我，然后低下头，用鼻子指了指它的髋部。它的关节炎又复发了，它很痛苦。

我抚摸着它，手出于本能放在它的患处，但这一次我当然治愈不了它。

然后，一个声音在我身后响起：“狗比人类聪明，它们知道很多事，但不会多嘴多舌。”

我转身，一个深棕色头发、皮肤苍白的高个少年站在面前，脸上的笑容有几分犹豫，亦有几分不安。

“格利佛。”

他只是看着牛顿：“你对艾米莉·狄金森的看法是对的。”

“什么？”

“你有一条建议写到了她，我读了她的诗。”

“哦，是的，那是当然。她是个了不起的诗人。”

他绕到长椅旁，紧挨着我坐下。我发现他长大了，他不仅能引用诗文，而且脑袋的形状长得更像男人了。他的下巴下方透出了一丝胡须的暗影。他的T恤上写了“失落”的字样——看来他最终还是加入乐队了。

如果我能让一颗心免于破碎，那位诗人说，**我就不算虚度此生**。

“你好吗？”我问，仿佛他只是我偶尔碰到的一位泛泛之交。

“我再也没有自杀过，如果你想问的是这个的话。”

“她好吗？”我问，“你母亲？”

牛顿衔着一根木棍跑过来，它把木棍放在地上要我扔远点，我依样照办。

“她想念你。”

“想念我？还是想念你爸爸？”

“你。你照顾过我们。”

“我现在再也没有照顾你们的魔力。如果你再从屋顶上跳下来，很可能只有死路一条。”

“我再也不会干这种傻事了。”

“很好，”我说道，“你长大了。”

我们沉默了许久。

“我觉得她希望你回去。”

“她真这么说了？”

“没有，但我觉得她是这样想的。”

这话犹如沙漠上的甘霖。良久之后，我用平静、不带感情色彩的语气说道：“我不知道这样是否合适，我们很容易误会你母亲。就算你没理解错，我和她之间也有许多障碍。我的意思是，她该怎么称呼我？我连名字都没有，她要叫我安德鲁会有多别扭。”我顿了顿，继续说道，“你觉得她真的想我吗？”

他耸耸肩：“我觉得是这样。”

“那你呢？”

“我也想你。”

多愁善感是人类的另一个缺陷，一种扭曲，另一种变了形的爱情副产品，毫无理性可言。然而，它背后却隐藏着一股真切之至、无与伦比的力量。

“我也想你，”我说，“我想念你们母子。”

夜幕已降临，云层中透出橙色、粉红和紫色。这正是我想要的吗？我回剑桥不正是为了这吗？

我们聊起了各自的近况。

最后一丝光线终于暗淡了下去。

格利佛将项圈套在牛顿的脖子上，牛顿的眼里流露出哀伤的温情。

“你知道我们住在哪里吧。”格利佛说。

我点点头：“是的，我知道。”

我目送他离开。这真是一个宇宙笑话。高贵的人类只有几万个日夜的寿命。他们穷极一生，不过是为了快乐平安地度过这几万个日夜而已。我居然进化成了他们中的一员，这实在毫无逻辑意义。但如果你来地球是为了寻找逻辑意义，那就本末倒置了，你会错过许多东西。

我坐回原处，凝神仰望天空，什么也不想。我坐在那里，直到暮色四合。直到遥远天际的无数个太阳和星球散发着热烈的光，照耀在我身上，犹如庞然的美好生活广告。在那些更为文明发达的星球上，四处皆是和平、宁静和逻辑，往往也会有更高级的智慧生物。可我意识到，我要的不是这些。

我要的是一种极具异域风情的生活。我不知道我的要求是否实际，它很可能不存在，但我必须亲自追寻。

我渴望和我爱且爱我的人一起生活。我渴望一个家。我渴望幸福，我要的不是明天或昨天，而是现在。

总而言之，我渴望回家。所以，我站起身来。

回家的路只有几步之遥。

家——是我渴望的归宿，
但我想，我已经在那里，
我回到了家——她张开双翼，
我想，一定就是这里。

——传声头《一定就是这里》

*

后记兼致谢

这个故事的构思始于 2000 年，其时我正遭受恐慌症的折磨，我感觉自己变成了书中这位无名的外星人，人类生活在我眼中变得无比怪异。我生活在一种强烈而毫无理性的恐惧之中，这意味着我无法独自购物或独自去任何地方，否则就会恐慌发作。阅读是我寻找宁静的唯一途径。这差不多是一种崩溃，不过正如 R.D. 莱恩（以及后来的杰瑞 · 马奎尔）的名言所述，崩溃往往是破茧重生的前奏，所以如今的我并不以那一段炼狱时光为憾，虽然这有些不合常理。

我已恢复，阅读和写作都是极好的药方，这也正是我变身为作家的根源。我发现，文字和故事犹如一张帮助你找回自己的地图。正因为如此，我深信小说自有一股拯救生命和心灵的神奇力量。但我在写了许多本小说之后，才开始动笔写这个故事——这个我最开始就想写的故事，这个从怪异甚至可怕的角度探讨人生之美的故事。

您也许要问，为什么拖这么久？我想，也许我需要远离曾经的我，因为即使这个主题绝非自传，但它的自我色彩仍然极浓，也许是因为曾经有过一段不堪的时光，我对黑暗体会甚深。

在写这本书的过程中，我收获了许多快乐。我的假想读者是2000年的我，或处于类似遭遇中的读者。我尝试为他们提供一张地图，尝试为他们加油鼓劲。也许我的构思酝酿太久，所以文字都是现成的，故事如泉涌一般汩汩流出。

这并不是说它不需要编辑。事实上，我写的每一本小说都离不开编辑的辛劳。因此我需要特别感谢坎农格特出版社的弗朗西斯·比克摩尔，他是一位精明能干的编辑，他告诉我故事从外太空的董事会展开并不见得最好，他建议我参照《古舟子之咏》，将故事的诡异之处徐徐铺开。有这样一位指导我把故事收放自如的编辑真是幸事一桩。

此外，我还要感激给过我一些早期指导建议的专业人士。他们包括我的经纪人卡拉多克·金和露易丝·拉蒙特（AP Watt/United Agents公司），我的美国编辑米利森特·班尼特（Simon&Schuster公司），凯特·卡萨德（Harper Collins加拿大公司），电影制片人塔尼娅·塞哈切恩。在塔尼娅的指导下，我现在开始写电影剧本了。对任何人来说，塔尼娅都是一位可遇而不可求的良师益友。自从我写第一本小说以来——以及近十年前和她在咖啡馆相遇以来，她一直都在支持我，给了我无数的指导意见，在此我要对她深表感激。

最后，我必须感谢我生命中的所有贵人，他们包括：一如既往支持我的坎农格特出版社董事长杰米·拜恩，他是我见过的最热情的图书发行商；我的第一位读者、第一位评论者、我身边的终身编辑兼最贴心的朋友安德莉娅；以及给我的生活增添了无数乐趣的卢卡斯和珍珠。

感谢你们，所有的人类。

您是否

了解人类?

爱人类?

与人类相处有困难?

如果以上问题的答案均为“是”，那您就得好好看看这本书喽……

无论您的计划是与人类深度交流，还是只在地球上走马观花，这本用户指南都派得上大用场。它可以帮助您翻译人类用语，理解诸如“民主”和“沙发”这样的人类关键理念，使您充分理解人类的各种习惯和习俗。

这既是一本常用语手册兼词典，亦是一本旅游指南，可帮助您了解宇宙中最诡异的物种，使您得以尽享旅居地球的快乐时光。

A

Adultery

通奸

❍ 丈夫和妻子听从父母、老师和职业顾问之建议的直接结果（“少做白日梦，多干实事”）。

Advertising

广告

❍ 一种致力于销售产品或服务的艺术形式，它会让人们意识到自己的内心有一个空洞，必须通过购买广而告之的商品或服务予以填充。如果你兜售的是美容产品，则必须让顾客自觉丑陋；如果兜售的是保险，则必须让他们没有安全感；如果兜售的是梦想，则必须时刻让他们明白自己身处噩梦之中。

Alien

外星人

❍ 你。

Ambition

抱负

❍ 一种因缺乏父母关爱或同辈群体接纳而导致的欲求不满的状态。

Animal

动物

❍ 在人类看来，这一词语通常指的是除一种动物之外的任何一种地球动物。

Ants

蚂蚁

❍ 地球上最会运用技术的物种，它们不需要电脑，它们用树枝和枝叶。

Anxiety

焦虑

❍ 思考导致的必然结果。

App

应用程序

❍ 打发无聊的工具，但会产生相反的

A B C D E F G H I J K L M N O P Q R S T U V W X Y Z

长期效果。

Appearance

外表

别人会对你加以评判的东西。

Architecture

建筑

❍ 在地球上，建筑都是静态且牢牢固定于地面之上的，这是人类的主流建筑风格。而且，人类的几何想象力往往有限，仅限于一些简单的形式——正方形、长方形、三角形。这一物种尚未发现直角与精神病之间的关系，因此他们常常无法解释自己为什么愤怒。

Artist

艺术家

❍ 一种发现做人有诸多荒谬之处的人类，他们通过绘画、写作、建筑、雕塑、电影、表演、戏剧、音乐、哭喊来表达这种荒谬。

Astrology

占星学

❍ 某些人类深信他们的出生日期预示着他们的性格和命运，这和古人认为的形状类似某种动物或器皿的星座有关。一个人类也许会说“我今天心情不好，因为我是巨蟹座”或“我优柔寡断，因为我是天秤座”。他们明明知道这毫无科学根据，但对于这一无法掌控时间或空间的物种来说，把时间概念（日历）和空间概念（星座）混搭在一起无比有趣。而且，通过相信占星学，人类不仅可以假装自己驯服了混沌的宇宙，还可以想象自己驯服了毫无秩序的人生。

Beauty

美

❍ 人类可以在日落、音乐、人脸、峡谷、风力发电站或任何地方发现美。美只是一种使他们意识到人生短暂的提醒。

参照：奇迹——Miracle

Bed

床

❍ 睡觉、做梦、做爱、探寻真理的地方。

Bible

圣经

❍ 一本宗教书，由于从它衍生出的各种宗教流派对这本书的理解不同，因此它引发的纷争比地球上的任何一本书都多。

参照：天主教、基督教、新教、教堂——Catholic, Christianity, Protestant, Church

Binary

二进制

❍ 对人类来说，爱是一种二进制系统，因此他们容不下三。

Black hole

黑洞

❍ 地球上有无数黑洞，但它们只是比喻意义上的。爱情消亡时，人类的内心便会形成黑洞。

Blush

脸红

❍ 人类在社交场合深感难堪时往往会脸红，这意味着他们的脸颊会突然变成粉红或红色。从人类解剖学的角度来看，血液涌入关键器官不是为了生殖就是为了求生。可是，在大多数情况下，人类脸红都不是因为生殖。因此，我们不得不悲哀地推断，对于人类这一物种来说，羞耻在某种程度上可是生死攸关的大事。

参照：羞耻、自杀——Shame, Suicide

Bomb

炸弹

❍ 一种会爆炸的设备，常用于战争或革命。

参照：书籍——Book

Book

书籍

❍ 人类读书时，往往会坐下来逐字逐页地阅读。人类阅读大部头书籍——《战争与和平》或《西方哲学史》或《堂吉诃德》——往往至少需要一天。

❍ 而且在地球上，书籍都需要分门别

A B C D E F G H I J K L M N O P Q R S T U V W X Y Z

类。有爱情小说，还有侦探小说。有让人类读了之后能产生智商优越感的书，也有要想保持智商优越感就必须假装从未读过的书。还有，他们喜欢把书籍分成虚构和非虚构两大类，这一点最有趣了。当然，这种分类永远都是错误的，因为无穷多个平行宇宙[1]的存在足以证明所有能想象的一切都正在别处发生。然而人类却顽固不化地认为书有两大类，一种是讲述真正发生的故事，另一种是讲述绝对不曾发生过的故事。这种分类有助于安慰他们脆弱的小心脏，因为这样一来，人类的主流观点——想象和梦想与现实毫无关系——便能得到强化。不过，人类消费书的速度虽然慢得咋舌，但书的数量却多得让你惊掉下巴。

❍ 人类用他们典型的方式写了无数的书，多得一辈子都看不完。尽管人类的日程堆积如山（例如工作、爱情、性爱、追逐名利、看电视、编辑在线个人资料、健身、养育子女、度假、公路旅行、采购食物、说一些难以启齿却又不得不说的话），尽管有太多太多的事令人类抱憾却无暇处理，但他们还是要拨冗读书。

1 平行宇宙是一个物理学术语。它指的是从某个宇宙中分离出来、与原宇宙平行存在着的既相似又不同的其他宇宙。在这些宇宙中，也有和我们的宇宙以相同的条件诞生的宇宙，还有可能存在着和人类居住的星球相同的，或是具有相同历史的行星，也可能存在着跟人类完全相同的人。同时，在这些不同的宇宙里，事物的发展会有不同的结果。例如，在我们的宇宙中已经灭绝的物种在另一个宇宙中可能正在不断进化，生生不息。

Boolean algebra

布尔代数

❍ 人类的一个数学分支，除了帮助人类在扑克游戏中赢钱之外，它毫无任何用处。

Boredom

无聊

❍ 娱乐业飞速发展导致的一种结果。

Branding

贴牌化

❍ 为了更好地销售产品、在产品上附加一种抽象概念的过程。例如，为销售洁面乳运用青春的概念，为销售啤酒运用男性友谊的概念，为销售文学作品运用智商高、见识广的概念，以及为了在面试中成功自我推销而运用外向自信的概念。

Breathing
呼吸

❍ 一种持续性活动。

参照：如何在地球上呼吸——How to breathe on planet Earth

Bridge
桥梁

❍ 一种横跨于河流、山谷或道路等物理障碍之上的建筑结构，目的是帮助人类跨越障碍。它也是人类最常用的隐喻名词。

参照：爱——Love

Cannibal
食人者

❍ 一种会吃另一种人类的人类。

参照：批评家——Critic

Capitalism
资本主义

❍ 一种无爱的体系。

参照：经济学——Economics

Career
职业

❍ 一种老掉牙的就业理念。

Cars
汽车

❍ 在地球上，汽车通常局限于地面之上，而且依赖化石燃料。因此，汽车的噪声比火箭升空还大。在人类的城市，汽车往往毫无意义，因为城市里有严重的堵车问题，这意味着开车的平均速度和快步走不相上下。不过交通堵塞给了人类一个宝贵的抱怨机会，因此他们可以随时随地把握这一契机。值得一提的是，汽车是一种毫无知觉的设备，它们没有自己的想法或梦想。

Catholic
天主教

❍ 基督教的一种分支，其教徒往往

喜欢温暖的气候、金箔、拉丁文和内疚。

参照：新教——Protestant

Cats

猫

❍ 类似于狗，但体型更小，而且没有自尊问题。

参照：狗——Dog

Cell

牢房

❍ 如果你被警察逮捕，则很可能会被关进一间名为“牢房”的小房间。牢房是人类建筑和室内装潢的缩影，不是正方形就是锐角，然而人类认为这种房间比其他房间更可怕，因为不大容易逃离。当然，人类也无法轻易逃离他们的星球，可他们却因为自己被困在地球上而沾沾自喜。这真是一个明显的矛盾。

参照：建筑、警察——Architecture, Police

Change

改变

❍ 人类认为无处不在且自己有能力掌控的事物。“我可以改变世界！我可以改变人生！”到最后，一切一如从前，不过不要告诉人类真相。

Charity

慈善

❍ 内疚的有益副产品。

Christianity

基督教

❍ 人类最流行的宗教，一部分原因在于它为信徒们提供了一个女人无性生育，以及一个男人死后复活的故事。此外，教徒们还可以运用它的圣经牵强附会，为自己的每一种信仰和偏见寻找合理的借口。

参照：圣经——Bible

Church

教堂

❍ 在地球上，上帝无处不在，但显然他在教堂里的机会比较多，因此人类喜欢去那里和他老人家交流。

参照：基督教、新教、天主教——Christianity, Protestant, Catholic

Cigarette

香烟

❍ 一种受人欢迎但名声欠佳的传送系统，它能将一种名为尼古丁的植物提取物传入血液。这种东西不仅容易成瘾，而且致亡率颇高，因此你也许会想，这种东西吸上一口将会产生何等强烈的快感！否则人类绝不会情愿付出少活几年的代价。悲哀的是，事实并非如此。香烟之所以在某些圈子中较为流行，只是因为它和某些去世多年的电影巨星以及存在主义哲学家能攀上一些关系罢了。

Cinema

电影院

❍ 在黑暗中发生膜拜行为的地方。

参照：教堂——Church

Civilization

文明

❍ 人类聚集在一起压抑本能的结果。

Class

等级

❍ 人类不仅需要凌驾于其他动物之上的优越感，还需要凌驾于其他人类之上的优越感，因此他们发明了等级制度。这种人类的等级制度曾经很好理解，在工厂工作的人类是劳动阶层，不在工厂工作的人类是中产阶层，完全不工作的则是上等阶层。可如今除了机器人和印度尼西亚人之外，没人在工厂工作，因此一种新的等级制度应运而生，它的分类依据变成了各种各样繁复难懂的玩意儿，比如人类喜欢去电影院看什么样的电影、去什么样的地方度假、家里的厨房地面铺的是什么材料以及对霞多丽葡萄酒有什么看法。

Clean

清洁

❍ 甚至在知道细菌之前，人类就已经有洁癖了。在古代，人类相信上帝会来自己家里吃晚餐，因此保持房屋和身体的洁净只意味着给上帝留下好印象。如今，清洁意味着使用五花八门的家庭卫生用品以杀菌并减轻身体羞耻感。

Clothes

衣服

❍ 衣服的作用是这样的：衣服分为内层和外层。内层由“内裤”和“袜子”构成，它们用来遮盖生殖器官、臀部和脚这三个味道重的部位。“背心”也算内衣，它用来遮盖羞耻程度略轻一些的部位——胸部。这一部位包括敏感的皮肤凸起物，人称

“乳头”。

❍ 外层的衣服似乎比内衣更重要，它们覆盖身体95%的部位，只把脸、头、头发和手留在外面以供观瞻。外衣的作用是凸显穿衣者的性别、地位或职业。例如，商人也许会穿昂贵的西装，警察穿深蓝色警服，而小说家则穿破旧肮脏的睡衣。有一点必须牢记：在这个星球的大多数地方，不管天气热不热，不管你舒不舒服，反正不穿衣服就是犯罪。从远古时代开始，人类就已经给自己灌输了一个非常简单的概念——要想被他人接受，就必须找个套子把自己装起来，穿衣就是最好的方式。

Coca-cola

可口可乐

❍ 一种极甜的碳酸饮料，略带钾的味道，恶心至极。

Computer

电脑

❍ 笨拙的地球技术。电脑不会自己拿主意，它们至多只能遵循程序的命令。它们端坐于书桌——或人类的膝盖之上——哼哼唧唧，压根就不是真正的电脑，甚至连电脑胚胎都不算。

Conditional

假设

❍ 人类在种种假定事物上浪费了无数的时间。我会有钱。我会出名。我差点就被那辆公共汽车撞死了。我身上的痣本该少一点，胸本该再大一点。我本该在年轻的时候好好学外语。人类练习这种虚拟条件句的程度肯定超过宇宙中任何其他已知物种。

Context

环境

❍ 人类生活中的一切都离不开特定环境。没有任何事物可以在任何环境下通用。地球上任何地方都少不了氧气，但氧气只是地球上唯一通用的事物。而其他的事物——例如读情诗、在草坪上行走、穿比基尼——只有环境合适的时候才不至于唐突失礼。

Cow

牛

❍ 一种居住在地球上的动物，一种经过驯化的多用途有蹄类动物，人类视它为采购食物、饮料、肥料和精品鞋的一站式商店。

Criminal

罪犯

❍ 一类特殊的群体，人类对现实中的他们既爱且怕，但对小说和电影中的他们却顶礼膜拜。

Critic

批评家

❍ 一种上辈子为绞刑吏和猎巫师[1]，这辈子发现没有此类工种因此要设法自谋职业的人。

Critical theory

批判理论

❍ 一种与猜谜有关的游戏，在大学教授中尤为流行。

参照：教授、大学——Professor, University

Cunt

阴道

❍ 最脏的骂人字眼，亦是人类来到这个世界的起点。这着实有些意味深长。

参照：咒骂——Swearing

1 15世纪至18世纪的欧洲，曾兴起“猎杀女巫”的风潮，在整整三个世纪内，有大约十万名“女巫”被处死。然而，这些所谓的女巫仅仅是一群普通的女人，无奈成为宗教迫害的牺牲品。猎巫师就是搜捕所谓“女巫”的恶徒。

Currency

货币

❍ 在地球上的大多数地方，货币就是钱。有时它是爱，有时它是恨，但一般来说，它仍然还是钱。

Dancing

跳舞

❍ 一种测试性潜能的东西，它需要人类跟着音乐移动身体。在夜总会、结婚喜宴、音乐节以及其他前戏场合非常流行。

Day

一天

❍ 在地球上，一天是一段相当短的时间，但还是足够让你坠入爱河的。

Death
死亡

❍ 人类是银河系中目前尚未解决死亡问题的极少数智慧生物之一。不过他们和一些其他生物——例如还没有掌握“来世设计”技术的阿纳登人——还是有本质区别的，人类没有穷尽一生深陷于恐惧之中尖叫，没有死命抓挠自己的身体或在地板上痛苦翻滚。当然，还是有些人会这样做，但他们都是疯子，我在医院里见过这样的人。

Debauchery
放荡

❍ 一种因热爱享乐、缺乏内疚而产生的行为。

Debussy
德彪西

❍ 一个天才。

参照：美、音乐——Beauty, Music

Decision
决定

❍ 如果人类大声说“我做了一个决定”，这说明他们要告诉你一个坏消息。

Decline
衰退

❍ 人类20岁之后的生活。

Defeat
失败

❍ 战争对各方所产生的必然结果，它常常被称为“胜利”。

Delusion
错觉

❍ 一位货真价实的人类兼去世多年的小说家米格尔·德·塞万提斯写过一句极为聪明的话：“大人，您仔细瞧瞧，那不是巨人，是风车。”

Democracy
民主

❍ 一种可以使所有国民有同等机会选择政府的政体。但民主的问题还是有很多的，其一在于国民大多都是人类，其二在于他们的选择范围其实非常有限，所有的选择对象事实上无力解决任何问题。所以最后不可避免的是，民主有一点像走进一家鞋店却被店员告知这里有所有口味的芝士，你可以任选一种。不过归根到底来说，真正的问题在于民主需要国民投票选择政客，可只有平庸之辈才愿意做政客。

参照：政治——Politics

Design
设计

❍ 人类是一种会死的物种，所以他们喜欢新事物或极古老的事物。年代久远的事物有助于使他们相信永恒，而新事物则可以帮助他们相信自己的大脑——而非身体——仍然充满青春活力。因此好的设计永远只有两种形式，要么旧如出土文物（例如帕拉第奥式建筑、大教堂、凉鞋、宗教三联画、宽袍），要么新如初生婴儿。所有失却趣致、不新不老的玩意儿一律被视为丑陋过气，因为它们会提醒人类他们终有一日归于死亡。因此，“设计师”的直译意思其实是“怕死鬼”，因此最伟大的怕死鬼会设计出最时尚的餐具，最流行的长裤。

Depression
抑郁

❍ 一种传染病，智商高于平均水平的所有人类最终要走向的必然归宿。

参照：疯狂——Madness

Determination
毅力

❍ 和宗教一样，人类的历史也是一部血泪史，充斥着殖民、疾病、种族主义、性别歧视、打压同性恋、阶级势利、环境破坏、奴隶制度、极权主义、军事独裁、灾难发明（人类总是发明一些让自己自乱阵脚的玩意儿，例如原子弹、因特网、分号[1]）、迫害天才、膜拜白痴、无趣、绝望、周期性崩溃以及精神世界的大灾难。而且在所有的这些悲剧中，总少不了一些令人发指的食物。

❍ 但不可思议的是，随着帝国崛起和衰落，随着战争的胜利和失败，随着领土的扩大和缩小，随着知识的获取和焚毁，随着人类在争取正义以及美食体验的过程中一次又一次受挫，历史的长河充满了无数曲折，但始终未能阻止人类前进的脚步。他们真的很勇敢。不管前方有多少艰难险阻，他们永不放弃。我不得不说，这是他们真正了不起的地方。

1 在英文写作中，分号是个难点。

A B C **D** E F G H I J K L M N O P Q R S T U V W X Y Z

Diazepam

安定片

❍ 人类用于治疗焦虑症和抑郁症的药物。它看起来很像我们沃那多的语言胶囊，不过如果它真是语言胶囊的话，那应该只有一句话——“你的大脑现在空空如也”。

参照：焦虑、抑郁——Anxiety, Depression

Emily Dickson

艾米莉·狄金森

❍ 一位诗人，非常有灵气。

参照：死亡——Death

Disappointment

失望

❍ 一种默认设置。

Dishwasher

洗碗机

❍ 由于人类没有具备自洁功能的餐具，因此洗碗机成了他们的必备设施。不过这种机器需要你将盘子放进去又拿出来，有时还得把没洗干净的盘子再洗一遍，既耗时又耗精力，到头来还不如直接在水池里手洗餐具省力。

Distance

距离

❍ 地球不是一个特别大的星球，人类几乎从未离开过这里，然而他们却不断地强调距离遥远。对沃那多人来说，12000英里（1英里≈1.609千米）只是个小数字，但人类却觉得有如海角天边。你必须记住这一点。例如，如果你在英国给澳大利亚的亲戚打电话，不要问他们你能否当天下午去看他们，因为这不可能。要想穿越半个地球，即使是最便捷的交通工具——飞机——也需要一天一夜。可怜的人类没有像反物质技术这样的东西。如果他们要去外地，则差不多得全程带着自己的身体。因此，他们至今还在为了超越音速而苦苦奋斗，超越光速是他们连想都不敢想的。在这个星球上，物质永远是物质，人类无论去哪里，都必须受困于自己具有耐速度特质、由无数原子构成的身体。

Diversity

多样性

❍ 在地球上，人们认为文化多样性意味着友好对待与自己构造相同、但肤色略有差异的人。如今的人类不再屠杀肤色比自己暗的同类，他们觉得达到这种文明程度就已算得上丰功伟绩。这样的想法不得不令我们胆寒，因此，如果你们把自己克隆成了人类的模样，绝不要让他们知道你和他们之间的差异，否则他们会在瞬息之间杀了你。

Dog
狗

❍ 四足多毛哺乳动物，为人类的宠物。从进化的角度来看，狗根本不应该存在，它们应该是狼。狼是一种习惯于成群结队捕杀猎物的高贵动物。可有一天，它们犯下了帮助人类捕猎的错误。人类好好地奖励了它们一番，自此它们被驯化驯服，开始找人类讨要饼干了。所以，简而言之，狗就是失却了尊严的狼。

参照：猫——Cat

Dream
梦

❍ 你和我都没有梦。我们不需要梦，因为我们心之所至，行之所往，我们的身份和行为之间没有鸿沟，而人类几乎每次闭上双眼就得做梦。

Ear
耳朵

❍ 人脸上第二丑陋的器官，仅次于鼻子。除此之外，人类的耳朵还有一个缺陷，那就是它们有两只，而且还分别位于脑袋两侧。

Earth
地球

❍位于模样乏善可陈的银河系中，为孤独的太阳系中一只小得可怜、地位卑微的蓝点，这是一个点缀着云状物的水球。在浩瀚的宇宙中，你肯定从未见过如此倒胃口的玩意儿。不过，这里充满着无限奇迹，只是即便你站在这里，即便这些奇迹就在你眼前，你也很难马上发现，你需要一点时间。

Economics
经济学

❍ 地球上有六大宗教，它们分别是基督教、伊斯兰教、印度教、佛教、锡克教和经济教。经济教很可能是其中最重要的。它复杂晦涩，没人能真正理解——尤其是非经济学家人士。归根到底来说，它是一门基于数字、并认为这些数字意味着什么的学科。我说的“什么”就是指的钱。当然，数字不是真正意味着钱。数字只是数字，不过不要告诉人类真相。

❍ 这门学科可以把所有的数字瞬间清零，而且完全合情合理，只是人类似乎没有意识到这一点，或者说他们不愿认清这一点，因为这门学科的复杂性令他们觉得自己高人一等。那些有钱人尤其如此，他们渴望相信经济学是一门伟大的学科。原因很简单：这样一来他们就不必为求得被拯救而对任何人好脸色——所以，这个星球上的其他宗教一直都为此而遭殃。

Embarrassment
尴尬

❍ 一种持续的不安状态，青少年和英国人尤其容易产生这种感觉。

参照：羞耻——Shame

Euphemism
委婉语

❍ 一种代码语言。例如，人类也许会在电话里对他们的母亲说，“嗯，这很有意思”，其实他们的真正意思可能是，“你对哥哥/姐姐/弟弟/妹妹更偏心，害得我一直自卑，我永远都不会原谅你” 。

Evil
恶

❍ 阻碍他人达成自私目标的自私行为。

参照：善——Good

Eyebrows
眉毛

❍ 眼睛上方的一道毛发，沿眉弓而生。它的主要功能是辅助交流，在不幸的婚姻中以及警察审讯中尤为常用。

名　望　指　数　排　行　榜

1．电影演员

2．电视演员

3．亿万富豪女继承人

4．电视真人秀明星

5．日间电视节目主持人

6．体育明星

7．创业家

8．超模

9．时装模特

10．流行歌手

11．电视厨师

12．电视房产专家

13．名人御用发型师

14．恐怖分子

15．电视智力节目主持人

16．皇室

17．政客

18．脱口秀谐星

19．报纸专栏作家

20．时装设计师

……

5748. 人类学家

5749. 神经系统科学家

5750. 哲学家

5751. 物理学家

5752. 脑外科医师

5753. 诗人

5754. 制图师

5755. 书法家

5756. 陶艺家

5757. 人权活动家

5758. 动物权利活动家

5759. 短篇小说家

5760. 词典编撰家

……

42397. 恬淡无欲、乐观快乐的人

Fame

名望

❍ 一种想象中的救赎。

Fashion

时尚

❍ 时尚是一种典型的人类概念，基本上来说，它是一个在某一年认为某种事物美丽，然后在第二年认为它丑陋，继而在一二十年之后又觉得它美丽的过程。

参照：衣服——Clothes

Fiction

小说

❍ 看起来像谎言的真相。

参照：书籍、生活——Book, Life

Film

电影

❍ 一种仅持续两个小时的娱乐形式，致力于围绕着救赎以及改变的可能性这两个主题讲述故事。

Fluoride

氟化物

❍ 人类真的在口腔中使用这种化学元素以清洁牙齿。是的，我知道，你们别说了。

参照：钛——Titanium

Food

食物

❍ 人类的食物是从口腔进入并消耗的，大多恶心难吃，不过还是有一两个特例的。请参见以下文本框。

Foreign

外来

❍ 人类的“外来”概念和我们的截然不同，它并非只意味着他们的宇宙之外，或银河系之外，或太阳系之外的事物。事实上，“外来”这个词一

顶级美食

原料：面包、花生酱

做法：将花生酱涂在面包上，然后开吃。

选项：

——你也许可以在面包上涂上厚厚的一层细砂糖。

——这种美食最适合搭配一杯长相思白葡萄酒。

——如果你熟悉厨房而且时间充裕的话，建议将面包放入吐司机烤一下。在全球大多数地方，这种绝版美食都被称为“花生酱吐司”。

般都不是指另一个物种，当然不是。当人类说外来人时，他们指的是外国人——这类人的主要区别仅在于他们住在另一个国家。有时其他国家仅仅在几英里或几分钟车程之外，然而，人类却偏偏要树起地理和心理上的疆界。举例来说，这一概念可能会使英国人认为法国人是外国人。尽管对方的情感和需求与自己几乎没什么两样也于事无补，因为这不重要。对人类来说，真正重要的是，其他的人类使用不同的语言表达情感，其他的人类有不同的国旗，而且吃牛肉的方式也略有不同。

❍ 人类必须把他们的同类视为“外人”，因为一旦开战大家需要各自站队。尽管他们一再口口声声地声明自己不喜欢战争，但他们的行为却明明表示他们非常喜欢。

❍ 要想完完全全地理解这个怪异的“外来”理念，我建议你们看人类的新闻。例如，当播报地震或海啸等导致成千上万的人丧生这样的天灾事件时，你会看到一半的报道都围绕着来自新闻播报国的12个遇难者。

❍ 这里面要么是数学有问题，要么是道德有问题。不过，当播报像战争这样的纯粹人祸事件时，这里面的数学就更片面了。来自新闻播报国的少数士兵阵亡了，他们的命可比战争发生国成千上万的“外国人”更值钱。

❍ 这一物种缺乏同情心的程度令人震惊，除非你是一只狗（而且是一只可爱的狗，在这种情况下你很可能安然无恙），否则你休想全身而退。可是，你当然不是一只狗，因此只要人类发现你是“外来的”，他们差不多肯定会想方设法地杀了你。而且，等到你一命呜呼后，他们还会说这是如何如何惨不忍睹的一出悲剧，以及所有的一切全是你的错。

参照：移民、新闻、排外者——Immigrant, News, Xenophobe

Freedom

自由

❍ 更大的牢笼。

Friend

朋友

❍ 会告诉你真相的人，你常常错把他们当敌人。

Fruit machine

水果老虎机

❍ 酒吧和赌场里常见的一种机器，它们的目标用户是那种迷恋闪烁的光块和金钱、但对概率论知之甚少的男人。

Fuck

操

❍ 最常用且用法最灵活的骂人话，它可做名词、动词、副词和形容词，只要加上一点修饰即可。它多指“性爱”——人类日常生活中最快乐也因此最可怕的一个方面。

Fundamentalist

原教旨主义者

❍ 一种自卑的人，他们对自信的人恨之入骨。此外，这类人不理解宗教书中神话、寓言或晦涩诗文的寓意。老实说，生活中的种种寓意他们也一无所知。

Future

未来

和现在差不多，不过更好（如果你年轻的话）。

G

Genitals
生殖器官

❍ 首先第一件要注意的事是，男人和女人的生殖器官完全不一样。男性有阴囊和阴茎，样子怎么说呢？实在太难描述了。这么说吧，如果你去过洛玛星系最南边的特拉哈拉哈星球，我就比较好描述了——它像伊比索人的脸。

❍ 女性生殖器官较为复杂，它由阴核、阴道和阴唇组成。和只有一个生殖孔（尿道）的男性器官不一样的是，女性有两个孔（尿道和阴道）。女性生殖器官长在身体里面，所以不大容易看见。

❍ 男性和女性生殖器官有一个共同的特点，那就是它们的神经末梢数量相当之多，这意味着它们极度敏感，一经触碰便会产生极大的快感。

❍ 由于这种快感太过强烈，人类对自己的生殖器官深感羞耻，而且往往会在公共场合加以遮盖。如果你变身为人形，我强烈建议你务必这样做，因为将自己的阴茎或阴道暴露在其他人类的面前属于犯罪，你可能会被逮捕或关押。为什么会这样？呃，老实说，它们的模样着实难看（尤其是男性的），不过人类难看的器官多了去了，比如说耳朵或鼻子。要知道，生殖器官可是人类存在的根本，我也实在想不通，它为什么会使人类产生如此多的羞耻感和难堪。总之，被压抑的事物势必会通过另一个渠道释放出来，因此委婉暗示法应运而生。例如，一个男性一般不会通过暴露生殖器官的方式表示他对另一个人类有性欲，这样做常常也不可能成功。因此，他会买开花植物的性器官，把它献给另一个人类；这样不仅可以传递自己的意图，而且也不会招致任何反感。

Genius
天才

❍ 把家庭以及正式教育提供的每一张虚假地图都通通扔在一边、自行寻找出路的人。

God

上帝

❍ 一种安慰人心的发明。一个空洞填充物。一个疑难问题的解答。他留着长长的白胡子，常被人们忽略。

Gold

黄金

❍ 在地球上，黄金是稀缺资源，地位自然尊贵。在沃那多，我们用黄金制作廉价罐头和垃圾桶，可人类哪里舍得这样浪费？人体体内的平均黄金含量仅为0.2毫克，地球上的黄金储量也同样少得可怜。这也同时凸显了人类哲学另外一个有趣的特点：他们之所以珍视某个事物，只是因为它稀少、难以找到或看不见。

参照：上帝——God

Good

善

❍ 协助他人达成自私目标的无私行为。

参照：恶——Evil

Goodness

善良

❍ 大多数人类深信自己拥有而其他大多数人类缺乏的一种品质。

Grass

草

❍ 一种狭叶型草本植物。如果草叶足够长且无人打理，则一般可以在上面行走。如果被人修剪得整整齐齐，则不宜行走。修剪整齐的草坪象征着人类的影响力，参观者的心底应产生一股敬畏和敬重之情——尤其是在雄伟建筑的衬托之下。

Gravity

重力

❍ 这个星球上的重力有两种，其中之一是心理重力。

Gullibility

轻信

❍ 在我还尚未完全领悟占星术、顺势疗法、宗教团体和益生菌酸奶的概念之前，我就知道人类特别容易受骗，这也许是因为他们缺乏外表上的魅力，正所谓美不够，蠢来凑。跟他们说话只要语气中的信服力足够，他们就会相信。真是什么都信，当然，除了事实。如果你告诉他们事实，那就得冒着被他们认定“滑稽可笑”的风险了。

Gym

健身房

❍充斥着自愿受罚者的酷刑室。

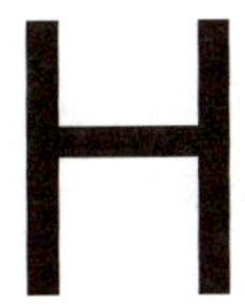

Hair

头发

❍人类相互判断对方之社会价值的方式。

Hamlet

哈姆雷特

❍一出戏剧，讲述的是一位有自杀倾向的年轻王子的故事。王子的爱好颇多，例如发表长篇大论、没完没了地作、乱伦、发抖以及在墓地做一些不合时宜的事。他是终极版的人类。

参照：莎士比亚、自杀——Shakespeare, Suicide

Happiness

快乐

❍人生并非一直处于悲惨之中。人类的年纪越大，生活便越困苦。他们来到人世间，有着婴儿的手和脚，还有无限的快乐。之后，手脚越长越大，快乐一点一点蒸发。再然后，青葱岁月转瞬即逝，快乐从指缝中匆匆流过，越流越快。仿佛越知道它会流逝，就越抓不住，就算有巨手和天足也是枉然。

Heaven

天堂

❍人类相信宗教的原因之一——事实上是主要原因——在于来生的概念给了他们极大的安慰。人类毕竟是人类，他们可不会让所有人都拥有一模一样的来生。因此，来生必须分为三六九等，这是一个三级体系，最上层就是天堂。唯一的问题在于：只允许“纯善”进入天堂，势必会导致这

A B C D E F G **H** I J K L M N O P Q R S T U V W X Y Z

里成为一个无聊得要死的地方，因为按照人类的定义，纯善意味着放弃快乐。因此天堂的生活就意味着只有纯善和一片雪白的背景。

参照：罪恶、上帝——Sin, God

Heroism

英雄主义

❍ 一种把集体自私置于个人自私之上的行为。

History

历史

❍ 在地球上，历史并不是数学的一个分支，这样当然是不对的。你会发现这里的历史和新闻一样都只是一个狭隘的学科——我的意思是历史只讲述0.0000001%已故男性的故事。

Home

家

❍ 人类不满足于局限于一个星球，甚至总体来说，也不满足于局限于一个星球上的某个国家里，因此他们决定在一幢房屋或一套公寓——也就是他们的家里度过大半生光阴。有时人类从生到死住的都是同一幢房屋。有时人类会搬到另一幢房屋，搬家的理由有很多。可能是他们爱上了某人，想和心爱的人住在一起。在这一阶段，家很可能是一套公寓。等这对夫妻有了孩子，他们又会搬家，搬到远离市中心的一套大房子里。这里更安静，夫妻们认为孩子住在这里受到的不良影响会比较少，而且也不大可能吸毒。然后，等孩子上大学之后，人类也许会搬到比较小一点的房子中（人类的房子有一个有趣的特点，那就是无论居住人数怎么变，它的面积不会有任何变化）。然而，房子真正的重要性仍然只是一个概念，人类需要一种归属感，这种归属的所在可以是一幢房屋、一个家庭、一个部落或一个国家。身为人，就必定需要一个称之为家的地方或一个称之为家人的人。

Homelessness

无家可归

❍ 人类命运的最低谷。

Homeopathy

顺势疗法

❍ 脑残人士开设的一种医学分支。

Honour

荣誉

❍ 一种一钱不值的东西。

参照：莎士比亚——Shakespeare

Hope

希望

❍ 人类不同于一些擅长数学的物种，他们中间有无数与逆境殊死搏斗的勇士。有的人类成功了，但大多数人类都失败了，然而这并没有拦住他们前进的脚步。无论你对这种生物如何苦口婆心，他们就是不撞南墙不罢休，究其原因在于他们有一种名为“希望”的东西。

❍ 希望就是无论种种证据表示绝无可能，也始终相信会有正面的结果。从定义来看，希望毫无理性可言，它毫无意义，如果它有意义的话，那它就应该叫“理性”。希望还有另一个特别之处，那就是你得努力。人类缺乏智商和数学知识，因此他们会用努力来弥补。或者，就像艾米莉·狄金森在诗里写的：

希望是轻翅的鸟儿，

于灵魂中幽栖，

吟唱着无词的曲调，

永不停息。

参照：毅力——Determination

Hospital

医院

❍ 人类勇敢面对死亡/精神崩溃的地方，这里亦是地球上最可怕的地方。

Human

人类

❍ 中等智商两足生物，全身含有7000兆兆个原子。他们外表丑陋，起码第一眼看去便是如此。他们有无数个超出他们能力之外的想法——时空旅行和后现代哲学，他们对自己、对他人都极其危险。他们有一天会死，他们亦深知这一点，但对此束手无策——除了爱之外。顺便说一下，爱是他们的一个可取之处。事实上，爱是他们唯一需要的东西。

参照：爱——Love

Humpback whale

座头鲸

❍ 人类并非地球上智商最高的生物，他们只是这样自认为罢了。但是美洲驼和大象也以为自己智商最高。老实说，地球智商最高生物的这项大奖应该颁给座头鲸，因为座头鲸的歌声充满了复杂性，就算是莎士比亚的所有著作加起来也望尘莫及。而且，座头鲸可不像人类那样愚蠢，他们深谙低调的智慧。

Hypocrite

伪君子

❍ 人类的同义词。

I

Idleness

懒散

❍ 尽管人类对自己做的大多数事心存内疚，但什么都不做同样也是他们所不能接受的。

Imagination

想象

❍ 自由唯一的立足之地。

Immigrant

移民

❍ 移民基本上有两种。第一种是不得不迁移至其他国家的人类，因为移民是他们养家糊口的唯一途径或者移民是他们逃离暴力死亡威胁的唯一手段。第二种是完全没必要离开本国，但感觉生活在别处会更幸福的人。如果你不得不做移民，你会发现第二种移民得到的好脸色会比第一种移民多，因为对人类来说，超越温饱之上的选择是一种奢侈，他们尊重有这种选择资格的人。

参照：外来、奢侈品——Foreign, Luxury

Individual

个体

❍ 人类认为自己属于“个体”，这是资本主义和蹩脚诗歌虚构出来的谎言。

Information
信息

❍ 一种储量丰富的商品。

参照：知识——Knowledge

Ingredients
成分

❍ 宇宙中大多数有生命的事物都由同样的成分构成，即使是怪异陌生的人类也不例外。区别只在于这些成分——氧、碳、氢、氮、磷、钙等——的重组方式，人类的成分经过特别排列，因此他们丑得独一无二。当然，成分也并非完全一模一样。比如说，我们沃那多人的体内含有大量的锂，而且我们还有铋和锆。而人类的体内钙比较多，这是因为他们的骨骼和牙齿都由钙组成。不过有一点还是得牢记，当你凝视人类时，从某种奇怪的意义上来说，你其实在凝视自己，我们之间只是成分稍有不同而已。

Innuendo
暗示

❍ 人类是宇宙中唯一会暗示的物种，他们需要暗示，因为有时提到性爱时不能赤裸裸地说出来。暗示其实很容易的，只要在说暗语时瞪大双眼即可，也可以通过巧妙地运用引号来加以暗示。说到"短语"末尾时故意瞪大"双眼"。

参照：委婉语——Euphemism

Instinct
本能

❍ 人类本能似乎是使人类永远无法满足的恶意设计。例如，人类有渴望安全感的本能，可与此同时，他们又渴望兴奋感。父母有教育子女的本能，可如果孩子被教育得功成名就了反而会对父母心生怨恨。人类有研发技术的本能，可他们的技术最终会使他们走向灭亡。

J K L

Jealousy
忌妒

❍ 人类的忌妒程度远甚于宇宙中任何其他物种。这和我们偶尔感到的竞争感完全不是一码事。不，忌妒不等于竞争感，竞争感只是一种微不足道的热辐射，而忌妒则是一种 γ 射线暴，足以把人类吞噬，毁灭一切。

Jesus
耶稣

❍ 基督教创始人，被人误解的社会主义者兼魔术师，他生性善良，擅长做激励人心的演讲。

Joke
玩笑

❍ 无法永生的一个副作用。

Journalism
新闻报道

❍ 诗歌的反义词。

参照：艾米莉·狄金森——Emily Dickson

Justice
司法

❍ 司法系统是人类觉得可以挟以自重的事物之一，但事实上，它只反映了两种最基本的动物本能：调解欲和报复欲。

Killing
杀戮

❍ 可能是人类道德最复杂的一个方面。一个人类杀另一个人类当然是不对的，但这里有许多例外（战争、死刑以及安乐死）。而且，杀特定的某类动物也是不对的，但这里面的确切标准错综复杂，极难理解。总的来说，绝不能杀一个戴着项圈或坐在你大腿上的动物。

Kindness
善意

❍ 少量的爱。

Kissing
亲吻

❍ 人类亲吻需要嘴对嘴，可奇怪的是，它会使你的胃产生电闪雷鸣的效果，使你的心跳加速。

❍ 这种感觉极像恐惧。事实上，它具有恐惧的所有症状，却是一种快乐的恐惧，一种至为享受的危险。

❍ 你可以将它比作享受美食，但这种美食吃得越多，饥饿感反而越强烈。它并非物质，因此没有质量，然而似乎能转化为一种美味到极致的能量存储在你体内。

参照：爱——Love

Knowledge
知识

❍ 一种稀缺商品。

参照：信息——Information

Language
语言

❍ 人类的语言简单到可笑，因为它们几乎只是词语的堆砌。

Laughter
笑声

❍ 真相击打在谎言之上时发出的回响声。

Lawyer
律师

❍ 道德排行榜上仅屈居于杀人犯和保险推销员之下的人。

参照：司法——Justice

Leaf
树叶

❍ 长在树上的一种绿色事物，很

漂亮。

Lexicography

词典编纂

❍ 一种毫无意义的人类工作，它需要将词语按字母顺序排列，然后解释它们的意思。这本书就是一个活例子。

Lie

谎言

❍ 谎言在地球上名声极坏，事实上它不应该有此下场，因为如果没有它，大多数的人类关系根本维持不了六分钟。

Life

生活

❍ 貌似真实的谎言。

参照：谎言——Lie

Lion

狮子

❍ 一种凶猛的野兽。“就算狮子会说话，我们也听不懂。”人类有一位名叫路德维希·维特根斯坦的哲学家这样说道。他是错的，狮子所说的东西和人类的大致相当，只是它们对因特网的了解比较少，但同情心比人类略多。

Loneliness

寂寞

❍ 在地球上，与你的同类远隔无数个星系，你也许感到强烈的寂寞。但老实说，没有什么好寂寞的，你只是有时找不到联系感和熟悉的模式而已。人类极容易寂寞，他们常常找不到联系感。他们虽然不像你那样离家436682472光年远，但经常有这种感觉。

参照：孤独——Solitude

Love

爱

❍ 弥补无法永生的东西。

Luxury

奢侈品

❍ 人类不切实际到无可救药。在地球上，最贵的商品是他们不需要、也没有实际作用的玩意儿。

M

Madness

疯狂

❍ 一般说来，人类是不喜欢疯子的，除非这类特殊人士擅长绘画，除非他们早已长眠于地下。但在地球上，疯狂的定义似乎极度模糊并且前后矛盾。某个时代完全正常的行为到了另一个时代就变得不正常了。原始人可以光着身子东奔西走，这毫无问题。如今热带雨林中还有一些人类仍然如此。综上所述，我们不得不断定疯狂有时是个时间问题，有时则是个地域问题。

❍ 总而言之，如果你想在地球上表现得正常，你就得在正确的地方，穿正确的衣服，说正确的话，还必须踩在正确的草地上。

❍ 因此，从整体来看，所有人类都有满脑子的错误幻觉，无论你和他们说什么，他们的判断没有一样是对的。如果他们能明白这一点，根据他们自己的标准，肯定得把整个人类归入无可救药的疯子之中。

参照：医院——Hospital

Magazines

杂志

❍ 在地球上，媒体仍然处于“前胶囊时代[1]”，你得通过电脑或一种将树木经化学处理变为纸浆后制成的薄薄的称为“纸”的印刷媒介获取大部分的信息，可以想象有多封闭了吧。杂志是一种五颜六色、纸质有光泽的印刷物，其目的是给读者灌输自卑感。杂志发行商存心想让读者感觉自己穷肥老挫、没人要、没健康、没名气、孤陋寡闻、穿衣没品位、性生活品质低下、焦虑抑郁。这样一来，他们就可以扮演解决所有问题的救世主了。

1 译者注：在作者的沃那多星球，人们不需要看书，他们吞服胶囊即可获取信息。所以在作者看来，地球处于“前胶囊时代”。

Majority

大多数

❍ 一大群站在错误一方的人类。

参照：民主——Democracy

Marriage

婚姻

❍ “爱的组合”，意味着两个彼此相爱的人长相厮守到白头。但这个组合有可能被一个叫作“离婚”的东西打破，这意味着从数学的角度来看，婚姻几乎没有意义。悲剧在于，人类仍然相信他们有一个恒定的“人格”，随着时间的流逝，随着他们逐渐长大成熟，这个“人格”也几乎永远不变。他们意识不到，这个星期六与自己结为连理的人也许到了下个星期二就会变成另一个人，天知道十年之后枕边人会变成什么模样。毕竟，一个人类不仅仅有一个人格，他或她内心的人格有10000个。然而，人们往往会爱上对方的一个人格（有时是两三个人格），等到妻子或丈夫另外的9997个人格浮出水面时，他们便陷入痛苦了。不过，婚姻仍然是个流行的理念。

参照：婚礼——Wedding

Mars

火星

❍ 地球最近的邻居，这是一颗红色微型球体。当然，这里曾经是火星人的家园，只是后来他们因脱水、氧化铁中毒和对性过于好奇而全体移民了。

Marx

马克思

❍ 一个聪明绝顶的人，却误以为人类社会是一张调整轴线即可改变的图表。

Mathematician

数学家

❍ 勇敢却莽撞的一种人类，为了迎接文明，他们甘愿冒着失去理智的风险。

Mathematics

数学

❍ 在地球上，数学知识及其掌握程度仍处于一个相对较低的水平（有些地球人仍然琢磨不透质数的分布规律、双曲几何学和四边形棋盘结构，很难以置信吧）。之所以如此，是因为人类只要一解开复杂的数学理论问题，马上就会发疯。

Memory
记忆

❍ 过往经历触发的幻觉。

参照：历史——History

Miracle
奇迹

❍ 从数学理论来看，每一个人类根本不可能以他们现有的形式存在。他们存在的概率为零分之无限大，然而他们却在这里。一想到此，你便会明白宗教在这个星球上至关重要的原因。很简单，不是吗？上帝当然不存在。可人类也不可能存在。因此，如果他们相信自己，以此类推，那为什么不相信不可能程度仅比自己多一丁点的上帝？

Mirrors
镜子

❍ 你永远不会遇到一个比人类更丑陋的物种，他们简直是美学的天敌。然而，值得讽刺的是，地球上似乎遍地都是这种反射表面。

Monarchy
君主制

❍ 人类需要把一些人放在神坛上仰视，但他们又不想把自己衬托得很弱智。所以，他们发明了一种系统，即赋予一些智力并不出色的人一大把的权力和特权。可后来他们发现，这些人手握重权实在有些危险，因此又把他们的权力夺走。

Monogamy
一夫一妻制

❍ 在地球上，由于没有读心术的存在，所以一夫一妻制还是行得通的。

Moon
月亮

❍ 地球上只有一个月亮。它没有生命，被小行星撞得伤痕累累，却象征着浪漫。

Morality
道德

❍ 大多数人认为自己有道德，但问题在于没有两种道德正好匹配。例如，有的人认为婚前性行为是不道德的，可还有一些人认为这种想法很荒谬，但仍然无法接受婚外性行为。另外还有一些人仅仅是户外性行为就无法接受。

❍ 人类的道德就像一张没有开拓的

疆土地图，界线和边境早已划下，但随着人类进入成年，他们会发现自己开始跨越边界，继而意识到这张地图比他们想象的更大更广阔。他们来到一块陌生的土地上，因而必须重新思考自己的身份。这常常令人类感到悲哀，但与此同时，这也正是岁月酝酿思维的过程。

Mornings
清晨

❍ 地球上的清晨等同于痛苦，主要的问题在于为了能出门见人，你就得忙得四脚朝天。一般来说，人类必须做以下工作：他（或她）得起床、上洗手间、淋浴、涂洗发水、涂护发素、洗脸、刮胡子、涂除臭剂、刷牙、吹头、梳头、抹面霜（有时还得化妆）、对镜检查仪表仪容、根据天气和场合选择衣服、穿衣、再对镜检查——等把这一切都忙完，你才有资格吃早餐。人类居然能顺利起床，这真是个奇迹。但他们做到了，日复一日，每个步骤都要重复25000次。不仅如此，他们完成这些工作全靠自己亲力亲为，没有机器人或电脑帮助他们。虽然可能需要一点点小家电，例如电动牙刷或电动剃须刀，但除此之外全靠人工。所有的这一切只为去除体臭、多余的毛发、口臭以及他们与生俱来的羞耻感。

Mother
母亲

❍ 听起来很奇特吧，不过对人类来说，母亲是个极其重要的概念。他们不仅清清楚楚地知道谁是他们的母亲，而且绝大多数人终其一生会和母亲保持联系。当然，他们的母亲会死，但即便母亲去世了，他们也感觉母亲在盯着自己，或在天堂里凝望他们，或者只是“在那里”。总之母亲永远都在。

Music
音乐

❍ 在地球上，某些具有固定模式的声音如果使人类的耳朵足够享受，则可以升格为“音乐”。音乐使人类快乐，因为它可以将多巴胺释放至人类前脑的皮层下结构。因此，音乐是一种致瘾物质，和许多其他的一些致瘾物质一样，它也可以使人类的生活变得相对容易忍受。如果你想学习欣赏音乐，我建议你从德彪西的《月光曲》开始，因为听它时，你会真真切

感受人性之必听曲目

德彪西《月光曲》（感受自己在宇宙中的渺小）

传声头《关于建筑与食物的更多歌曲》（感受不确定性）

海滩男孩《小帆船“约翰B”》（感受家的重要性）

王子《美人儿》（感受性感）

马文·盖伊《这是怎么了》（感受对这个世界的沮丧之感）

恩尼奥·莫里科内《天堂电影院》原声大碟（感受伤感之美）

大卫·鲍伊《太空怪谈》（感受人类对太空的感觉）

吉米·亨德里克斯经验《躁郁症》（感受疯狂）

滚石《任血流淌》（感受暴力）

LCD音响系统《银声》（感受对跳舞的渴望）

人民公敌《需要一个人口百万的国家阻止我们》（理解噪声的力量）

比利·哈乐黛《缎衣淑女》（感受忧郁）

艾斯利兄弟《3+3》（感受愤怒）

切地想到宇宙的模样。另外，“传声头”乐队的第二张唱片也相当不错。

Mystery
神秘

❍ 人类极其神秘，连他们自己都觉得自己神秘。神秘使他们不断前进，神秘使爱变为可能，使一切变为可能。事实上，人类比宇宙更难以捉摸。只消一个下午，你就可以从宇宙的这一头穿越到另一头，你可以看清它最阴暗的角落。可是人类？哦，你永远都休想！即使面对内心最通透的人类，若要想从他们内心的这一头穿越到另一头，你需要无限多的时间。不过怎么说呢？有时，探索远比了解有趣。你也许会爱上这样一种在不确定性之中摸爬滚打的旅程。

Nation

国家

❍ 人类生活有一个吊诡而危险的方面，那就是他们把土地分割成国家。这需要一小撮人设计自己的国旗，制定自己特定的语言（或至少是自己的口音），组建自己的政府，谱写一种难听得要死却名为“国歌”的特殊歌曲。此外，每个国家都有自己的军队、警察和晚宴礼仪。我知道这很弱智，但人类却相当重视“国家”这种概念。

Nature

自然

❍ 大多数人类都不认为自己是自然世界的一部分。例如，住在城市里的人类可能会说：“听着，安娜-玛丽，我热爱我的广告事业，我也喜欢我们八楼的公寓，但我有时真心希望我们能搬到郊区投身于大自然之中。”听听那语气，仿佛这种前身为猿的智慧人类突然之间就变得高高在上，脱离了自然活动；仿佛一队建筑工人比一群蚂蚁或一窝蜜蜂更高级，他们建造摩天大楼的工作脱离自然的程度更高；仿佛钢铁或玻璃的原料来自于另外一个宇宙——早已脱离了自然法则的管辖范围。不过，超越自然的理念在地球上还是极其重要的，而且似乎会永远如此，只是它唯一的目的是吸引游客和果汁消费者。

Neighbors

邻居

❍ 尽管在地球上，每个人类都可以有一片相当大的居住空间，他们有条件远离邻居，一辈子老死不相往来都没问题。但大多数人类还是选择和他们的同类物种相邻而居，然后每天幻想邻居家突然发生割草机失控事件，差点要了他们的老命。

Neurosis
神经官能症

❍ 激发艺术天才的先决条件。

News
新闻

❍ 地球上播放新闻的顺序和宇宙中任何一个地方都不一样。例如，它几乎不会播放数学方面的最新发现、最新的诗歌体或至今仍有待研究的多边形，这里大半的内容都是政治——在这个星球上，政治从本质上来说就是战争与金钱的代名词。

Night
夜晚

❍ 我们沃那多星球只有白天，你肯定不会习惯夜晚。地球上的夜晚伸手不见五指，它很可能是你见过的最黑的夜晚。它不仅最长，而且最深沉、最孤寂、最具悲剧美。

Nonsense
废话

❍ 人类喜欢讲废话。例如，如果有人想从你嘴里掏出一点真话，他们可能会说“有话直说，少跟我绕弯子”——因为他们对刚性线有一种本能的膜拜。他们意识不到，真话其实不是他们真正想要的，而且真话永远都是呈曲线状的。

Nose
鼻子

❍ 人类的鼻子是他们身上最丑陋的器官，可偏偏要安放在最醒目的地方——脸部中间。

最诡异的人类器官排行榜

1. 鼻子	6. 睾丸
2. 耳朵	7. 人中
3. 眉毛	8. 脚趾
4. 肚脐	9. 会阴
5. 膝盖	10. 手

Oblivion

遗忘

❍ 思维的湮没。一种幸福的思维状态，需要借助酒精、毒品和电视真人秀得以实现。

Once

一次

❍ 打着研究的旗号做某种乐事而不会受惩罚的次数。

参照：两次——Twice

Optimism

乐观

参照：错觉——Delusion

Organic

有机

❍ 人类曾经喝一杯所谓的圣水就感觉灵魂得到了升华。如今他们喝有机冰沙。

Osteopath

正骨医师

❍ 一种暴力扭曲和推压他人背部以牟取私利并满足个人变态快感的人类。

Other

其他

❍ 哲学家和心理分析学家中间一个颇为流行的词语。人类喜欢把事物分为“熟悉”和“不熟悉”两类。人类害怕任何其他的东西，这是因为“其他”是他们所不能了解的另外一部分生活，“其他”使人类意识到原来他们自己也不了解自己。我们沃那多人是他们的“其他”，他们是我们的“其他”。但这是一个未解之谜，每个人所能看到的只是他们自己，我们亦概莫能外。我们虽然比他们多了几只眼睛，但眼界仍然有限。

P

Pain
疼痛

❍ 你可能从来不知道什么是持续的疼痛。你的细胞差不多能够在顷刻之间修复再生，你永远不会衰弱、衰老或生病。事实上，你根本不知道持续时间超过一分钟的疼痛是什么感觉，但人类却得面对身体上或精神上的持续疼痛，他们一生中总会遭遇这样的时刻。然而假使没有疼痛，没有疼痛的可能性，人类就不会有艺术、音乐、文学或爱——就像没有黑暗，就不必点燃火炬一般。

参照：爱——Love

Panic
恐慌

❍ 人类最理想的思维运转状态有如缓慢行驶的车辆，所有的思维都以合理的速度在大脑中穿行。有时会超车，但永远不会撞车。然而，有时涌入的思维一下子太多，速度增大，就会发生无数起思维撞车，或者至少是导致整个系统瘫痪的严重堵车。这时大脑什么也听不见，只余撞车的轰响和刺耳的喇叭声，这就是众所周知的恐慌发作。

参照：焦虑——Anxiety

Park
公园

❍ 公园是最常见的遛狗场所。这里有一小块的自然——草坪、繁花和绿树，但还是不能算作货真价实的自然。就像狗是驯化版的狼一样，公园亦是驯化版的森林。这两样人类都爱，很可能是因为人类，呃，也是被驯化的。

参照：狗——Dog

Party
派对

❍ 地球上的派对无异于噩梦，必须不

惜一切代价尽力避免——除非音乐声大到你听不见别人说话的程度。

参照：跳舞——Dancing

Patience

耐心

❍ 无声的愤怒。

Peanut butter

花生酱

❍ 一种美味至极的食物，最适合搭配白葡萄酒。如果别人告诉你别的搭配，不要相信。

Plagiarism

剽窃

❍ 一位艺术家从另一位艺术家那里窃取作品并假装归自己所有的行为。

参照：莎士比亚——Shakespeare

Poetry

诗歌

❍ 通往人性的大门。

参照：艾米莉·狄金森——Emily Dickson

Police

警察

❍ 我曾被捕过。我只是因为没穿衣服就违法了。我敢打赌，绝大多数的人类都知道裸体是什么样子。这和真正做错事——例如故意算错三次方程、恶意杀人或赞美霍德里普的文学天才——不是一码事。

❍ 而且，我也看明白了，人类的警察事实上还是人类，他们不是机器人。因此绝对不会试图用低频X波安抚我的神经。警察通常穿一模一样的衣服，也就是制服，他们连面部表情都如出一辙，以疲倦不满为主。

参照：牢房、司法——Cell, Justice

Politician

政客

❍ 一类供职于政府、负责制定政策的人类。政客要想成功的话，就必须绝对地始终如一，绝不能改变自己对任何事物的看法。换言之，他们必须抛弃人性。毕竟，人类的想法一天大约会变50次，而一位成功的政客则可以在政坛上屹立50年不倒。因此，大多数政客很早就明白一点，那就是绝不能有任何实实在在的看法。

Politics

政治

❍ 建立、引导和管理国家以及其他政

治单位的一整套系统。人类的政治通常分为“左翼”和“右翼”两类。左翼人士相信社会所有制，而右翼人士则把信任交给了私营企业。由于这两个翼都取决于人，因此它们都一样有缺陷。

Possibility

可能性

❍ 身为人类就等于拥抱可能性，因为人类社会的范围极广。例如，你也许想在布鲁克林写阴郁的情诗，或在巴拉圭卷雪茄，或者在圣卢西亚开旅馆，或在丹麦骑电动车四处漫游，或在新加坡做期货交易。你可以决定克隆挪威人并在奥斯陆写书评，或在布加勒斯特卖枪，或在慕尼黑喝啤酒，或在鄂霍次克海捕虹香鱼。另外，你也许想去圣保罗做环保斗士，或去克罗地亚做电气工程师，或去古巴做镍矿工，或去马德里求学沉醉于洛尔卡的美景以及西班牙国家图书馆的书海之中。人类是一间无限大的房间，其中的可能性多得让你眼花缭乱。

Postmodernism

后现代主义

❍ 一种思想风格和学派，其特征为嘲笑和排斥压抑沉闷、一本正经的现代主义教条。后现代主义者不仅借鉴各个时期的方法，还承认自己的狡诈。例如，假使你现在正在看一本后现代主义风格的书，作者会在书中某个地方特意声明——仿佛直视你的双眼，正儿八经地对你说：“本书明显借鉴了约翰逊[I]的词典编纂法和斯威夫特[II]的讽刺风格，以及安布罗斯·比尔斯[III]1911年版的短篇杰作《愤世俗者的词典》（后更名为《魔鬼辞典》）等作品的风格，它并非外星人的著作。它真正的作者其实只有我，我是谁？我是马特·海格，一头社会动物兼36岁的小说家，此时此刻正是一个五月末的夜晚，天气炎热，我吃饱了撑得消化不良，所以写下这一段。”不过，事实并非这样，所以我当然不会这样写。

I 塞缪尔·约翰逊，英国作家、文学评论家和诗人。1755年，他经过八年努力终于编成的《英语大辞典》出版，从此声名大振，这本词典对英语发展做出了重大贡献。

II 乔纳森·斯威夫特，英国作家、政论家、讽刺文学大师，以著名的《格列佛游记》和《一只桶的故事》等作品闻名于世。

III 美国记者和作家，是对早期科幻文学创作有所贡献的作家之一。他的短篇小说最为著名，这些小说为人们展示了一个刻薄、残酷和可怕的世界。他的《愤世俗者的词典》尖锐辛辣又不失机智和幽默，后再版更名为《魔鬼辞典》，词典中许多简明的定义都充满着智慧而又幽默的语调。

Prayer
祈祷

❍ 人类传递给上帝的信息，而祈祷者则自欺欺人，以至于相信上帝如果存在的话，他老人家满脑子应该只记挂自己的考试成绩。

Pressure
压力

❍ 人类总喜欢说自己压力重重。一般来说，他们讲的不是大气压力或重力压力。他们指的往往是一大堆电邮尚未回复，上周五就应该填写的电子数据表现在还没填之类的事所带来的压力。当他们谈压力时，他们的潜台词大多为，“11岁的时候，我的理想是做宇航员或特技替身，或至少是平面设计师。可现在我39岁了，以上理想一样也没有实现”。

Prime numbers
质数

❍ 人类常常玩火而不自知。医生玩的“火”是钛[1]，而数学家玩的“火”是质数。

1 钛无毒、质轻、强度高且具有优良的生物相容性，是非常理想的医用金属材料，可用作人体植入物。

Privacy
隐私

❍ 人类对隐私的重视到了走火入魔的程度，因此不如视人类为一个巨型的秘密，一旦被扒皮就会失去所有的魔力。

Professor
教授

❍ 一种比其他人类多读了很多年书的人类，问题是他们集中火力只专攻一个学科。一般来说，教授对这个学科熟悉得如枕边人，以至于他们已不会说人话，无法浅显易懂地传授知识。不过这根本不是个问题，因为人类越听不懂教授的话，就越发坚定地认为教授睿智不凡。即使教授根本不知道自己在讲什么，但只要运用像“历史性”“后拉康主义”“欢爽”“幻象”“组合关系”等唬人的词再加上“这种大量运用暗喻的架构充当了一种自我合法化的策略”之类的句子往往便能赢得满堂喝彩。这样看来，用字词搭建迷宫的能力是教授的必要标配。此外，他们还需要一堆书架，以便不管拍什么照片背景里总有满眼的书。

Progress

进步

❍ 最流行的人类神话。

参照：现实——Reality

Protestant

新教

❍ 类似于天主教，但没那么苛刻。

参照：天主教、基督教——Catholic, Christianity

Pub

酒吧

❍ 一种喝烈酒的地方，人们如果嫌葡萄酒吧不够舒服/不够危险就会去那里。“酒吧”是英国人的发明，生活在英国并非幸事，所以必须发明酒吧聊以补偿。

Purpose

目的

❍ 人类最想解开的谜团。

QR

Quiet

安静

❍ 极难在人类之中找到的东西，在他们的思维之中尤为稀缺。不过一旦你找到了，则会发现它几乎犹如一张空白页。

Rain

雨

❍ 地球上没有穹顶建筑之下的城市。所以，下雨的时候，雨滴会打在你身上，那种湿湿的感觉真是太可怕了。

参照：天气——Weather

Reality

现实

❍ 最不流行的人类神话。

参照：梦——Dream

Red

红

❍ 一种长波长颜色，地球上的红和你熟知且热爱的红没什么两样。只是在地球上，它意味着血、生命、性爱、危险和兴奋。怪不得人类决定将它作为表示“停止”的颜色（如果你有朝一日来到地球，在打算停止手头的任何工作时，只需找一个有红色标识的按钮即可）。

Remote control

遥控器

❍ 遥控器是一种可以帮助人类在少走五步路的情况下打开电视的装置，这是一个很好的发明，只是有一个问题——人类的每部电视平均需要三个遥控器，因为这种装置一旦消失往往需要你至少走十步路才能找到。事实上，这可能是所有人类进步的一个缩影。

参照：进步、技术——Progress, Technology

Revenge

报复

❍ 你这样的高级生物永远无法理解的一种东西。

参照：哈姆雷特——Hamlet

Rhythm

节奏

❍ 节奏在人类生活中无处不在。心跳、交谈、性爱、诗歌都离不开节奏。工作日和周末的交替轮换亦有节奏。爱抚依在你膝头的宠物狗亦有节奏。从这个定义来看，做人就意味着做音乐家。要想成功很简单，只需找到适合自己的节奏并坚持遵循即可。

参照：音乐——Music

Riemann

黎曼

❍ 波恩哈德·黎曼是19世纪的数学家，他提出了一种名为黎曼假设的问题。对人类来说，我们沃那多的“质数第二基本理论”可谓是数学知识的制高点。证明这一假设——解释为什么质数越往上走就越少——是如今许多数学家的毕生目标。当然，值得讽刺的是，一旦他们破解了这一谜题，相应开发出来的技术很可能会在半年之内使所有人类全部灭绝。但无论威胁的震慑力有多大，人类永远都不会停下前进的脚步。

S

Sadness
悲伤

❍ 人类中的悲伤情绪正与日俱增。一部分原因在于他们的寿命延长了（老人比年轻人更容易悲伤），还有一部分原因在于如今许多人类认为自己有权快乐，他们痛恨自己的权利被剥夺。

Salad
沙拉

❍ 一种冷冰冰的菜，由倒胃口的地球蔬菜制成。

Salvation
救赎

❍ 想知道人类有多焦虑吗？他们总以为自己需要被拯救。例如，救赎就是大多数主要宗教的关键卖点。

参照：广告——Advertising

Sarcasm
讽刺

❍ 讽刺是一种宇宙通用的态度，甚至连人类都运用自如，这种玩意儿非常适合他们。

Satisfaction
满足

❍ 一种不可能实现的状态。

参照：本能——Instinct

Schopenhauer
叔本华

❍ 哲学家，最聪明因而也最悲惨的人类之一。他在书中写道："所有伟人都不免孤独——虽然人们对于这种命运时常扼腕，但是两害相权取其轻，他们还是宁愿选择孤独。"他还告诉人类，"人死后会重归出生前的状态。"当然，在这两个方面他都是对的。

Search engine
搜索引擎

❍ 一种通过输入某个主题以查找最流

行的相关谣言的工具。

Self

自我

❍ 大多数人类认为自己是一种可以与他人割离开来的个体。

Sense

感官

❍ 人类有六种感官，但他们只有能力运用其中的五种。你运用它们的时候得小心谨慎，因为在这个世界上，值得我们品尝、聆听、观看、闻嗅和触摸的东西往往会给我们带来种种生理和心理上的困扰。

Sentence

句子

❍ 语法上的一种玩意儿，有无数种变化，不过实际上反反复复表达的都是同一种意思，永远如此。

Sentimentality

多愁善感

❍ 人类的又一种缺陷，一种扭曲，一种变了形的爱情副产品，毫无理性可言。然而，它背后却隐藏着一股真切之至、无与伦比的力量。

Sex

性爱

❍ 人类生活中有许多说不清道不明的方面，但最令人费解的莫过于他们对性行为的态度。

❍ 纵观整个宇宙，所有的繁殖类物种都可以在公共场合性交（鲁夫维普人是个例外，他们在鲁夫维普星球地表之下30米的地方交媾），可人类一般不会这样。人类在卧室——在能见度有限、但羞耻感无限的环境中——干这事。

❍ 人类的数学知识少得可怜（比如说没能掌握二次方程式），对此他们也许并不觉得羞愧，可在行使“人生头等大事”时却羞愧得无以复加。要知道，不干这事他们根本就不可能来到人世间。人类真是莫名其妙。

Shakespeare

莎士比亚

❍ 窃贼。拼写白痴。错误百出的游记作家。金句创造者。天才。厌女者。女权主义者。保皇主义者。共和主义者。种族主义者。反种族主义者。风趣。悲伤。虚构小说家。纪实小说家。已过世。永远活着。一个人类。

参照：生活——Life

Shrug

耸肩

❍ 存在主义哲学家或青少年的标志性肢体动作。

Shyness

羞怯

❍ 人类最大的残疾。

羞耻指数

1．公共场合裸体。

2．冷场。

3．忘记他人的姓名。

4．和新伴侣做爱。

5．被人看见摔倒。

6．从更衣室走向游泳池。

7．走出洗手间隔间，正好看见门外有人等着如厕。

8．无意碰到别人的胸脯。

9．身为16岁的处男/处女，对着班上其他同学大声诵读乔叟书中的色情露骨片断。

10．脸上又出现一道新的褶子。

11．有体臭。

12．忘了拉裤子拉链。

13．鞋底拖着厕纸。

14．一屋子的人都读了《米德镇的春天》，唯独你没有。

15．被他人盯得太久。

16．在影院里从一排观众的膝盖前走过。

17．借记卡余额不足。

18．直接接触到动物的粪便。

19．得知意料之外的真相。

20．远远地和朋友的目光相遇，此时向他/她走过去，但由于距离仍然还很远尚无法彼此问候。

Sigh

叹气

❍ 借助呼气这种无声的语言表达失望或遗憾。人类叹气的数量每十年加倍一次，等到他们80岁时，呼气和吐字说话之间的比例为1：1。

Silence

沉默

❍ 人类害怕沉默。如果你想让他人不自在，不妨在谈话时莫名其妙地沉默一下，然后深深凝视他们的眼睛。

Sin

罪恶

❍ 快乐+内疚。

Sleep

睡觉

❍ 人类一生用于睡眠的时间多得吓人，他们一生中近1/3的时间都在睡觉，可偏偏事与愿违，他们仍然永远都睡不够。

参照：梦——Dream

Smell

嗅觉

❍ 最神秘的人类感官。

参照：鼻子——Nose

Social networking

社交网络

❍ 基本来说，地球上的社交网络原始得吓人。这里和沃那多不一样，人类没有头脑同步技术，因此网民无法通过心灵感应相互沟通，构筑蜂群思维也就成了无源之水。你不能踏入他人的梦境四处溜达，在充满异域情调的月宫之中品尝想象的美味。在地球上，社交网络往往意味着端坐于一部麻木无情的电脑前，打出一行你需要喝咖啡之类的字，然后在网络上看别人说他们需要咖啡，最后你忘记了真正给自己泡咖啡。

Sofa

沙发

❍ 一种作家的办公室。

Software

软件

❍ 电脑上运行的一种致力于打击用户

的不完备技术。

参照：电脑——Computer

Solitude

孤独

❍ 人类的社交圈中也许有许多朋友，但不要被这种表象所欺骗，孤独往往是朋友陪伴的产物。

Sport

运动

❍ 人类的技术开发能力、数学理解能力通通有限，且受重力限制，因此他们的运动选项少得可怜，简直难以置信。老实说，他们所有的运动只是一种体育比赛的不同翻版——只围绕着一只比地球小的球体以及各种各样的球场。

Starbucks

星巴克

❍ 著名的巴扎丁银行也叫星巴克，不过地球上的星巴克和它不一样，这里的星巴克销售一种名为咖啡的液体兴奋剂。另外搭配销售的还有一种抽象概念“社区”，主要受众为孤独且容易受骗的人群。

Stars

星星

❍ 人类喜欢看星星，他们写有关星星的诗歌，他们哼唱有关星星的童谣哄孩子入睡。然而他们对心爱的星星几乎一无所知，因为宇宙对他们来说差不多是一个谜。但我认为，重点就在这里。对人类来说，美无处不在，因为他们就生活在谜中。

参照：美——Beauty

Stir-fry

炒面

❍ 一种由蔬菜、面条甚至鸡胸制成的菜。闻起来像巴扎丁的排泄物，看起来也相差无几。

Suburbia

郊区

❍ 孩子滋长梦想、成年人幻灭梦想的地方。

Suicide

自杀

❍ 人类虽然不是宇宙中唯一会自杀的物种，但他们对自杀的狂热程度却是其他物种望尘莫及的。自杀的原因有无数种，天气、焦虑、电视真人秀、存在主义哲学、寂寞、理想自我与现实自我的差距过大——以及只有人类特有的羞耻感。是的，这就是主要原因——羞耻感。

参照：资本主义、哈姆雷特——Capitalism, Hamlet

Sunset

日落

○ 当然，你这一生也许已看过无数日落，也许宇宙各个角落的日落你都看了个遍。但在地球上，所有的元素全都恰到好处。孤独的太阳与人类之间的距离拿捏到分毫不差，空气中混合了氧气、氮气和水汽，好似一杯完美的鸡尾酒，色彩忧郁到绝美。

参照：美——Beauty

Superpower

超能力

○ 人类有停止时间的超能力。他们亲吻或听音乐就可以让时间停止。

Swearing

咒骂

○ 人类迫切需要规矩和界线，因此他们不仅有禁地禁事，而且也有禁语。通常来说，性、性器官以及源于性器官的事物都属于禁语范畴。然而，让我们百思不得其解的是，人类另一方面又针对身体禁忌部位发明了一些合法的称呼。例如，你可以对医生描述你的“阴茎”或“阴道”如何如何，但不能用“鸡巴”或“逼”这样的字眼——尽管它们表示的都是同一个部位。

Sweat

流汗

○ 人类不喜欢流汗。为了向同类中的其他成员证明自己不会流汗，他们不惜花费大量的时间和金钱。他们洗澡，他们淋浴，他们用沐浴液和肥皂清洗身体，之后还在腋下涂除臭剂——涂任何能遮盖己酸和雄烯酮混合气味的东西。

参照：羞耻——Shame

Tea
茶

❍ 一种由干叶冲泡的热饮，常常需要加牛奶，非常时期时饮用有助于恢复常态。

参照：焦虑、树叶——Anxiety, Leaf

Technology
技术

❍ 有好多东西我们都视为理所当然。例如星际旅行，在其他星球上居住，变身为其他的生物，服用语言胶囊获取无限知识，探索他人的思维和梦境，没有死亡，没有痛苦或身体的衰老。这些技术对人类来说还是连想都不敢想的，可他们对自己已取得的技术进步却相当满意。比如说最重要的发明——火，还有犁、印刷术、蒸汽机、微型芯片，发现DNA。当人类取得这些累累硕果的时候，第一个为他们欢呼的当然是他们自己。但问题在于，他们从未取得宇宙中其他智慧生物所取得的技术飞跃。

Teenager
青少年

❍ 人类中的一类特殊人群，这类人的主要特征为地心引力的影响作用减弱（他们会变高）、拥有丰富的抱怨类词汇、缺乏空间意识（永远以自我为中心）、频繁手淫、对谷类食物永远欲求不满以及有能力随时随地把父母的人生哲学驳得体无完肤。

Television
电视

❍ 一种远程通信媒体，可将从地球轨道卫星中接收的动态影像传播出去。换而言之，它是许多其他星球掌握人类信息的主要来源，因此伊比索星人认为人类是一种甘心为奴的物种，他们的主子是一位擅长粉饰遮掩，名叫“欧莱雅”的上帝。

Tests
测试

❍ 人类热衷测试，驾驶测试、体能测试、入学测试、心理测试、能力测试、性格测试、爱情测试、性传播疾病测试。如果你未通过一轮测试，为了弄清楚原因，他们往往会给你安排另一轮测试。这个星球到处都是测试，没完没了。人类之所以如此热衷测试，是因为他们相信自由意志。一旦你相信自由意志，你就会认为一切只关乎选择。人类相信他们可以控制自己的生活，因此他们对提问和测试充满敬畏之情，而且这类玩意儿使他们觉得自己可以100%掌控他人。如果他人的选项不对，或未能使出浑身解数给出正确的答案，他们便觉得可以下定义了。

参照：大学——University

Time

时间

❍ 在地球上，不想做某事的借口大多是“我没时间”，听起来合情合理，可后来你会发现他们其实时间挺多的。他们有明天，还有后天，以及大后天，大大后天，大大大后天。老实说，我可以把这个“大”字写上三万遍，这才是人类所掌握的真正时间数量。

Titanium

钛

❍ 地球上的钛和宇宙中其他星球上的钛完全一样，唯一区别在于地球上的所有生物（可能除了蚯蚓之外）都不知道钛能够杀人于无形。真的，如果是个年老体弱的人类，假使你的髋骨出了毛病，医生可能会建议你换一个钛合金的人工髋关节。如果这只是说着玩玩的，那当然很好笑，可医生是认真的。

Toilet

洗手间

❍ 家用废弃物处理间，用于排放人类排泄物。人类的艺术和科学突破大半都始于这里。

Tree

树

❍ 一种高大的植物，由树干、树枝和树叶组成。人类离不开树，因为树不仅能制造空气中的氧，而且能给人类提供纸、宜家家具和糟糕透顶的暗喻。

Twice

两次

❍ 如果某种事物第一次就让你喜欢，请就此收手。如果其中含有酒精则更要如此。

U V W

Ugly
丑陋

❍ 地球上的一切事物第一眼看去都丑陋无比，但请记住，丑陋往往是因为你还没理解其中的美。

University
大学

❍ 某些人类高中毕业后会进入大学深造。同地球上大多数教育机构一样，大学也犯了将知识分门别类的错误。例如，工程系的学生认为他和文学系的学生差不多分属于两个世界。而且，大学常常挟年龄以自傲。一所建立于14世纪的大学势必会令人类肃然起敬，即便这里讲授的内容早已改头换面，和几百年前不可同日而语。可人类喜欢把过去看作是一排排台阶，其终点是一个名为“现在”、专门为他们而建的房间。他们永远都没意识到这个貌似房间的地方事实上只是楼道里的又一层台阶，楼梯层层叠叠，一直向上摞去，无休无止——前方没有终点。

参照：教授、进步——Professor, Progress

Unpleasantness
讨厌的事

❍ 人类总是做他们不喜欢的事。事实上，无论在什么时候，只有3%的人能积极地做自己喜欢的事。而且即便如此，他们也会有一股强烈的内疚感，因此不得不热烈地向自己保证一定迅速回归正常状态，继续做恶心的正常事。

A B C D E F G H I J K L M N O P Q R S T **U** **V** **W** X Y Z

Upgrade

升级

❍ 一种神秘的进步，需借助营销手段得以实现。

Vampirism

吸血榨取

人类常用的一种暗喻，指代性爱或其他一些不方便直接说出口的事物。

Leonardo da Vinci

列奥纳多·达·芬奇

❍ 沃那多星球4362号公民。意大利文艺复兴时期曾造访地球。

Weather

天气

❍ 在地球上，天气是一种显而易见的东西。几乎任何一个地方的天气都千变万化，而且描述的方式也五花八门——晴天、刮风、下雪、雨夹雪、薄雾、浓雾等。在英国，你还能看到一种永不消失的灰色雾气，这叫雨雾。除非你五月时正好住在法国南部，否则很少能遇到恰到好处的天气——永远不是太热就是太冷，不是太湿就是风太大。不过，地球上的天气系统还是有优点的，那就是它给了人类一个既能相互抱怨又不至于引发太多伤感的谈资。人类会说："哦，老天，看看这天气。"这样抱怨总比说，"哦，老天，看看，我们总有一天会死。"轻松一些。他们在抱怨雨天的时候，自然是没法抱怨死亡的。老实说，抱怨天气甚至是人类强加给自己的习惯，因为无论怎么抱怨，天气都不会构成真正的问题。

Wedding

婚礼

❍ 一种结婚仪式。作家和剧作家最喜欢写它，一般用于童话的结尾，或悲剧以及感情强烈的心理剧开头。

Week

星期

❍ 人类发明的"星期"概念事实上反映了一部分的人性。5/7的痛苦以及2/7的解脱。

Windows

窗

❍ 这里的窗由一种名为"玻璃"的非晶质硅基材料制成。你不能穿过它，否则是要撞歪鼻子的，这时你会为旁观的人类带来无穷无尽的笑料。事实上，人类最喜欢看别人走进某事物然后碰一鼻子灰。我说的让你碰一鼻子灰的不仅仅限于玻璃窗，还包括马路上的窨井、动物粪便、电话推销员骚扰、老同学聚会、廉价酒店、投资市场、网络交友、家庭聚会、批判理论硕士课程、婚礼、常规体检、工作面试以及第一眼看上去一目了然的一切事物。老实说，人类好似置身于一间小小的透明屋，他们想走出去，直到撞得头破血流时才知道原来还有一块玻璃——这就是人生的最佳暗喻。

Winning

赢

❍ 人类从本质上来说是不喜欢赢的，或者可以这么说，他们喜欢只赢十秒钟，如果一直赢下去，最后势必会不得不思考其他的问题，例如生死。除了赢之外，人类最讨厌的莫过于输，但输了你至少还能想办法扭转劣势。如果是绝对的赢，那只能高处不胜寒了。你唯有接受且忍耐。

Word

字词

❍ 通往支离破碎的理解之路上的一块砖。

Wrinkle

皱纹

皮肤上永久性的皱褶，曾经是年龄和智慧的象征，但自从这两样东西贬值之后，防皱便成了数十亿美元的大产业。

Writer

作家

一种有病的人，可别人都以为他们想得这种病。

参照：书籍——Book

A B C D E F G H I J K L M N O P Q R S T U V W X Y Z

X Y Z

Xenophobe

排外者

❍ 认为凡是和自己不居住在同一个国家、99.9%都不值得信任的人。

Yoga

瑜伽

❍ 一种只需伸展四肢、缓慢呼吸就能产生优越感的运动。

Zabii

扎比

❍ 离地球最近的有物种居住的星球，小，自转极快，开派对的好地方。离地球仅4632215光年之遥，可人类不知道它的存在。

Zoo

动物园

❍ 展示抑郁的非人类——动物——以供人类游客赏玩的地方。动物园是人类向其他动物声明他们主宰一切的最佳渠道之一，与其并列的还有狩猎游、赛马、农场、科学实验室、快餐店和鞋店。

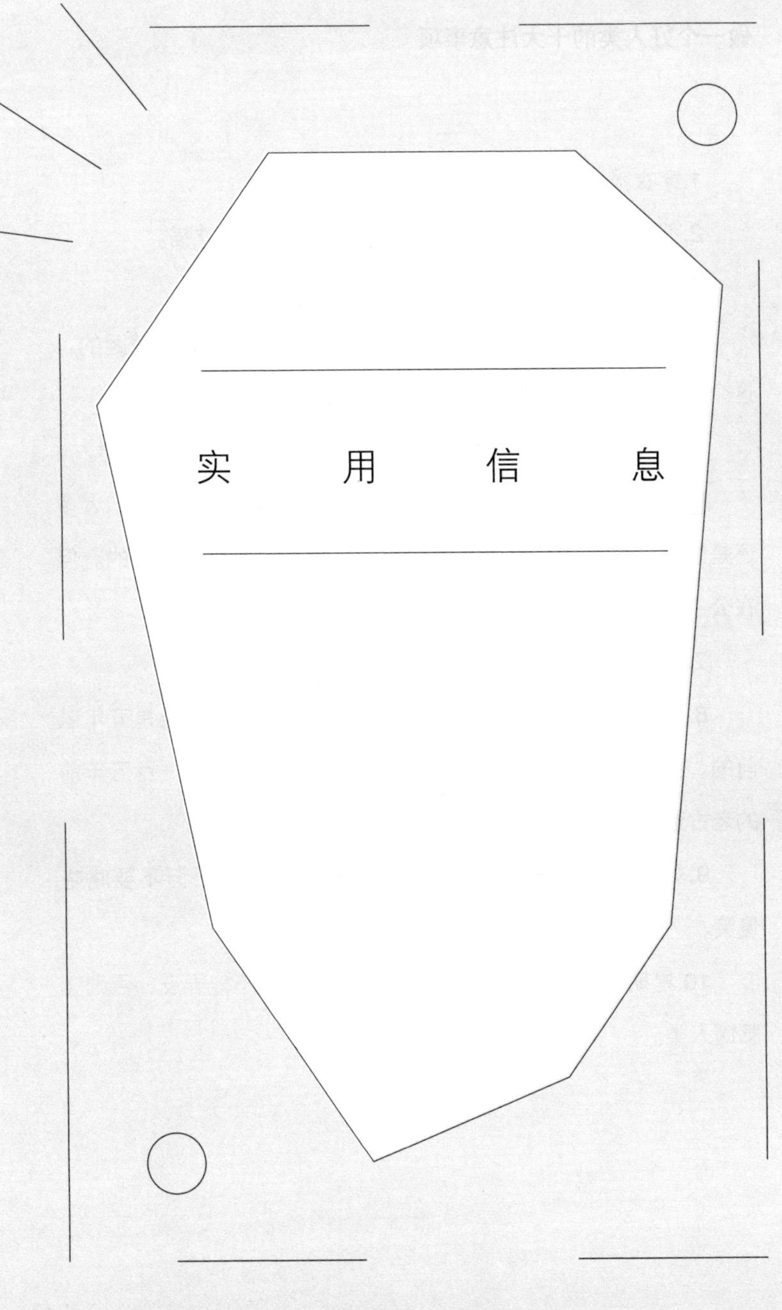
实　用　信　息

做一个好人类的十大注意事项

1.穿衣服。永远牢记。

2.不要吃猫。牛、羊或猪都可以吃，但绝不能吃猫。

3.学着叹气。叹气的频率与年龄成正比。

4.要知道现在的你与童年时理想中的自己之间是有差距的，这个差距也许正在不断加大。要对这种情况表示遗憾。

5.和人类说话时，要看着他们的脸，竭力忍住呕吐的冲动。

6.尽管人类有两条腿和两只手，可以做很多事，但他们大多还是选择走路。如果赶时间的话，一路小跑还是可以接受的。但在公共场所绝不能蹦蹦跳跳或爬行，这样就太不合适了。

7.摆出一副金钱可以拯救一切的模样。

8.要对新出来的技术表现出敬畏惊羡的样子。如果是五年以前的，则不妨嘲笑一番——虽然对你来说，它们都是一百万年前的老古董。

9.如果你正好和一个人类上床，没完事之前千万不要咯咯傻笑。

10.星期一应该郁闷，星期六应该快乐。绝不能弄反，否则会惹恼人类。

如何准备降临地球

地球是一种你其实无法做准备的东西，因为任何其他地方都无法和它相提并论。当然，你可以搜集一些信息。你可以知道物体坠落到地球上时，其下坠速度每秒钟增加10米/秒。你可以知道这里空气中的氮含量超过其他任何星球，你还可以知道这里的海洋面积大过陆地面积。

不过第一眼看到人类时，无论你做多少心理准备也是枉然。这是一种恶心的两足动物，他们的皮肤诡异地暴露在外，毛发生长的位置完全不合逻辑。无论天气如何，他们永远穿衣服，衣服的颜色五花八门，总之要遮盖住他们自觉最羞耻的部位。可讽刺的是，他们的脸——包括那个你这辈子很可能都没见过的如此匪夷所思的鼻子——却始终完全展示在外，起码在大多数文化中都如此。

总之，对于任何一位准备初次前往地球的沃那多人来说，我的建议非常简单。准备好恶心吧！因为你肯定会的。不过，等到恶心感渐渐消退时，你也许会真心真意地喜欢上他们。不过这需要一个前提，你得理解他们的怪异之处以及缺陷。

如何在地球上呼吸

和地球上大多数的动物一样，人类也需要持续不断地呼吸。一旦他们停止呼吸，他们就会一命呜呼，反之亦然。

呼吸的方式有两种，要么用鼻，要么用口。由于人类时时刻刻都在做这事，因此呼吸对他们来说是一种本能，熟练到炉火纯青，所以他们根本不会占用本已小得可怜的脑核思考呼吸过程（哮喘患者或瑜伽教练除外）。

然而，当人类忘记呼吸时，他们同时也会忘记自己还活着，这非常危险。人类有可能变得目光狭窄，眼睛只盯着房贷、争名夺利、应该开什么车以及厨房是否需要装修等琐碎之上。

因此，对于呼吸这个问题，我最中肯的建议是：如果你想做人类，请记住你还活着。

城市点评

人类大多住在城市里，但这并不是他们的本意。他们其实希望远离其他人类的生活，最好住在悬崖之上的别墅之中，壮观海景尽收眼底。然而如果你想了解“人害”，城市就是最好的切入点。

以下是你可能会考虑居住的城市：

西班牙毕尔巴鄂 注意，这座城市有一座巨大的美术馆，是用钛合金制作的。是的，你没看错，钛合金。

英国剑桥 更像是一个小镇而非城市。这里居住了这个星球上一些智商最高的人类，包括我变身为的那个男人——安德鲁·马丁教授。想知道剑桥大学是什么样子的吗？呃，想想进食时间之前的沃那多幼儿园吧。

以色列耶路撒冷 地球三大宗教的发源地。耶路撒冷的字面意思是“和平之地”，然而事实正好相反。

美国拉斯维加斯 沙漠之中横空出世的一座城市，这里有地球上一些最大的喷泉。随处可见一心掉在钱眼里，但对概率论一无所知的人类。

英国伦敦 一位著名的词典编纂家曾经说：“如果一个人厌倦了伦敦，他一定厌倦了生活。”然而有趣的是，要想厌倦生活，最容易的方式莫过于住在伦敦。如果你正好住在东区圣玛丽·里·波教堂一带的科伯恩路上，可得去克里登上班四处给客户打电话销售广告空间，那你的体会就更深了。

美国纽约　拜几部风靡全球的电视情景喜剧所赐，每一个地球人都知道住在纽约是什么感觉。住在纽约意味着你不是帅哥就是美女，你和其他的几位漂亮人儿一同合租一套大得吓人的公寓。你的生活中有一大堆的问题，例如购物、找工作、爱情还有性爱，不过没关系，这些问题最后总能化为诙谐俏皮的段子和温情满满的喜剧。

美国帕洛阿尔托　一座汇集了大量互联网从业人士的城市，这里的居民大半业余时间都在吃冻酸奶。

法国巴黎　如果你想让人类爱上你，那就带他们去巴黎，用葡萄酒和蛋糕宠溺他们。还有，在这里，你会看到从古到今的人类都膜拜不已的一幅名画，它叫《蒙娜丽莎》，有必要谈一下这幅画的作者达·芬奇，他不是巴黎人。实话告诉你，他连人类都不是。

冰岛雷克雅未克　坐落于北半球高海拔地区的一座城市，它所在的国家就景色而言同我们的沃那多星球惊人相似。在雷克雅未克，喜欢读书的人类最多，但自杀率亦极高，这里的人类是地球上个头最高的。

巴西里约热内卢　一座四面被茂密森林、花岗岩高山和海滩团团围住的城市，因一座巨大的耶稣雕像而闻名。这座城市有许多问题，不过如果你想真正享受人类生活的话，这里可是最理想的选择。

意大利罗马　一座充斥着古建筑和现代助动车的城市，居民们在感情上以悠久历史为豪，但在理智上无视它。

蒙古乌兰巴托　对一些人类来说，蒙古国等于“鸟不生蛋的地方”，但这却是实实在在的地方，而且从宇宙的角度来看，它就在巴黎、伦敦和纽约隔壁。它和地球上任何一座其他的城市没什么区别，这里一样有人类，而且有人类的鼻子。

人类常用语

你好！	标准问候语。
再见！	标准道别语。
你好吗？	虚伪的问询语。
我很好！	回答以上问询的标准答案，通常与事实无关。
今天真热/真冷/风真大/真湿/天气真糟糕！	不知道该说什么时，不妨谈天气。
你今天真漂亮，最近整容了吗？	一种赞美。
我累了。	典型的婚后问候语。
哇哦，你真迷人。	典型的婚前问候语。
我的钥匙到哪里去了？	如果你一脸忧色，不妨说这句话。别人会理解的。
我和你哥哥/弟弟/姐姐/妹妹睡觉了。	地球上有很多话是不能说的，它们大多和性有关。这就是其中一个例子。
这真的很有意思。	意思正好相反。
他们的第二张唱片最经典，后来的始终都无法超越。	针对所有乐队的万能评语，唱片数量少于二的乐队除外。
如愿有风险，许愿须谨慎。	倒霉的人最喜欢挂在嘴边的一句话。

呃，他也算是寿终正寝。	听说75岁以上老人过世时的常用感叹语。
真可惜！还这么年轻。	听说75岁以下老人过世时的常用感叹语。
这种明暗对照手法的运用真是绝了！	站在陈年旧画面前的常用感叹语。
哇塞，他/她真是个小天使！	看见别人的宝宝时常用的感叹语，通常与相貌无关。
在这个世界上，有梦想就能实现。	父母的常用谎言。
奥斯卡·王尔德曾经说……	这句引语后面可以插入任何语句，宴席上醉醺醺的客人自然会对你崇拜有加。
我又没要你生我。	青少年的常用语，赤裸裸的谎言。精子与卵子一相遇就会用它无声的语言发问，它的第一句话是：“我可以出生吗？”
是的，我很好。	成年人对母亲说的常用语。
这不是钱的问题。	这就是钱的问题。
还不错，但还是比不上格雷厄姆·格林的书。	看完一本书后的常用评语。
我无所谓，反正我也活腻了，正想跳桥呢。	如果别人威胁说要杀了你，不妨说这句话。
我们坐下来喝杯茶吧。	发生严重问题时的常用语，在英国尤其常用。
我想回家。	人类最常用的短语。
一切都会好起来的，是不是？	你必须回答“是”，人类都是这样回应的。